Eberhard Freise

Der Mischling

Zeitgeschichtlicher Roman

Verlag Neue Literatur
Jena · Plauen · Quedlinburg
2007

Bibliografische Information Der Deutschen Bibliothek
Die Deutsche Bibliothek verzeichnet diese Publikation in der Deutschen Nationalbibliografie; detaillierte bibliografische Daten sind im Internet über http://dnb.ddb.de abrufbar.

Gesamtherstellung: Satzart Plauen
Fotos: Privatarchiv
Printed in Germany

ISBN 978-3-938157-61-9

Für Sandra

Vorwort

Dieses Buch ist bereits an der Rampe manches renommierten deutschen Verlages selektiert und nicht für Wert befunden worden, zum Leben erweckt und veröffentlicht zu werden. Es trägt somit nicht die Fingerabdrücke mit Vorurteilen behafteter deutschsprachiger Lektoren. Sie mochten es nicht lesen, weil ich als Schreiber ihnen nicht prominent genug erschien, weil ich im lesenden Ausland noch keine Auflagen gemacht habe, weil es schon einige ähnliche Erinnerungsbücher gebe und das Thema damit angeblich »verbraucht« sei, weil deutsche Straßennamen nicht ins Englische übersetzt werden könnten, weil es gemäß Oberlehrer-Urteil zwar »flüssig geschrieben«, aber sein literarischer Wert nicht zu erkennen sei. Verlagsbürokraten belehrten mich, »Der Mischling« passe nicht in ihre langfristig festgefügte Jahresplanung. Oder: ein zeitgeschichtlicher Roman falle zwischen die Ressort-Zuständigkeiten des Fachbuchs und der Belletristik und füglich sei dafür eben niemand recht zuständig. Vor allem aber weht ein Hauch von Amerikakritik durch die Seiten des erklärt kritischen Buchs, doch dies mochte keiner der hauptsächlich von US-Lizenzen lebenden deutschen Verlage als wesentlichen Grund für seine Abstinenz offen bekennen.

Ich habe diesem »Mischling« ein Forum gegeben, weil allein im deutschen Sprachraum über sechs Millionen Mischlinge jeglicher Couleur lesend erleben und nachempfinden müssen, was ihresgleichen widerfahren ist und sie immer wieder ereilt: Opfer und Ausgeburt der Geschichte zu sein. Vier bis fünf Millionen gleichaltriger Zeitgenossen sollen sich gemeinsam mit dem Ich-Erzähler erinnern, was für ihre eigene Jugend prägend war. Viele Millionen Nachgeborene, die heute so alt sind wie der Protagonist Ebel, sollen vergleichen und verstehen lernen, was ihre Großväter umgetrieben und was sie geprägt hat. Und zwar wird ihnen kein hinkender

Vergleich mit extremen Szenarien in Polen und Israel, in Ghettos und Todeslagern aufgezwungen, sondern der »Mischling« erzählt ihnen aus der Mitte des Reiches und aus der Mitte der deutschen Gesellschaft heraus, wie es Millionen ergangen ist, denen das Liebste genommen wurde, die aber selbst noch einmal glimpflich davon gekommen sind.

Bestärkt durch den Beschluss der UNO-Vollversammlung zum Jahrestag der Befreiung von Auschwitz Ende Januar 2007 möchten Ebel und ich unseren Beitrag leisten, das Vermächtnis des Holocaust wach zu halten.

Der Autor

Die Personen

Ebel, Ich-Erzähler
Käthe Tana Sarah Sasse, geb. Wolff, Jüdin, seine Mutter
Werner Sasse, »Arier«, Kaufmann, Ebels Vater

Willi v. Sasse, Offizier, Ebels Onkel
Johanna v. Sasse, Ebels Tante
Heidi v. Sasse, Ebels Cousine

Helga Riel, Ebels erste Liebe

Hanni Peters, Ebels Pflegetante
Eva Sasse, Ebels Tante
Ruth Geske, Ebels Pflegemutter
Lily Preuß, Ebels Pflegemami

Karl Dennert, Ebels Vormund
Martha Dennert, dessen Ehefrau
Christa Dennert, deren Tochter

Margarethe Meyer, eine Treuhänderin

Dietrich Hesse, Ebels Jugendfreund
Klaus Dettmar, Ebels Jugendfreund
Manfred Jäger, Ebels Kommilitone
Hans H. Schneider, Ebels Kommilitone

Onkel Paul Huber, ein Gastwirt
Bessie, ein Mischling

Anna Sarah Langer, eine Jüdin
Artur Langer, »Arier«, Landgerichtsrat, ihr Mann
Ein **Junge** mit Judenstern

Passanten, Demonstranten, Polizisten, Nachbarn, Mitschüler, Lehrer, Universitäts-Professoren und Kommilitonen

I

Sandra lädt mich schon am zweiten Tag unseres Kennenlernens zu einer Fahrt in ihren Fiat Punto ein und zeigt mir ihr Berlin der Neunziger Jahre. Es sind die Jahre der Aufbruchstimmung des wieder ganzen, aber noch nicht heilen Berlin. Der allgemeine Optimismus ist Balsam auf viele Wunden, und er weckt auch in mir Impulse für eine Heilung meiner depressiven Seele. Ich habe so lange zwischen beruflichen Erfolgen und Misserfolgen, zwischen Frauen, die mich nicht verstehen konnten oder missverstehen wollten, seelisch in der Luft gehangen. Und nun ist da auf einmal Sandra, die mich ins Schlepptau ihrer Begeisterung nimmt und mich durch Berlin kutschiert. Sie lenkt keine Sightseeing-Tour zu den allgegenwärtigen, großartigen Sehenswürdigkeiten. Sie macht mit mir eine Reise in ihre kleine Heimat, in ihr Heim, zu Freunden, zu ihrer Familie, in ihre Vergangenheit. Sie entblößt nicht zuerst ihre weiblichen Reize, sondern ihre Wurzeln.

»Guck, hier ist das Roseneck mit meiner Lieblings-Kneipe. Ach, herrje, da können wir jetzt nicht reingehen. Siehst du den Mann mit der grünen Schiebermütze?« fragt sie irritiert, »das ist einer meiner verrückten Verehrer, den ich hier erst kürzlich abgeschüttelt habe...« Im benachbarten Wiener Café zeigt sie mir dann ein Foto von Tinie. Sandra hat ihre Tochter allein erzogen – ist stolz auf sie und stolz darauf. »Find'st du sie nicht auch anziehend? Könnte alle Männer dieser Welt haben, bleibt aber noch bei keinem. Hat Beziehungsängste – warum? Sie sieht wohl in allen Männern Ebenbilder der Liebhaber, Partner, Freunde, die in ihrer Kindheit und Jugend bei mir ein- und ausgegangen sind – na ja, eben bei uns beiden, und ihr deshalb viel zu nahe gekommen sind, obwohl sie die oft gar nicht mochte... Weißt du, solche Männer, die immer nach einer Neuen, noch Besseren Ausschau gehalten, mich verladen und verletzt, belogen und betrogen haben... Das hat Tinie schon früh hautnah mitbekommen. Na, eben Männer, die alle unfähig waren, eine ehrliche und dauerhafte Beziehung zu uns aufzubauen – alles Scheißkerle!«

Mit ähnlich gequälten Bemerkungen führt mich Sandra von Anfang an ins Reich ihrer hoffnungsfroh beginnenden, immer aber traurig endenden Männer-Geschichten ein. Vielleicht werde ich nun auch der traurige Held einer solchen Episode? Vielleicht will sie nur mal auf den Busch klopfen und vor mir auch ihre verletzten, wunden und tränenden Wurzeln entblößen. Will mir vor Augen halten, wie sehr sie sich wünschte, dass es nie wieder so erbärmlich enden soll. Aber ihre spontane Offenheit, mit der sie mich von Anfang an ganz weit in ihre Welt hinein bittet, mich ihre Schmerzen und Ängste spüren und mich auf der Welle ihrer Träume mitreiten lässt, stimmt mich optimistisch.

Sandras Welt hat noch den Insel-Horizont der Frontstadt. Sie ist nicht provinziell, aber ihr Weltbild ist ein Mosaik aus Erlebnissen, die ihre Männer ihr innerhalb von Berlin geboten haben. Nicht außerhalb? Doch, zu einer Motorradfahrt an die Ostsee, einem Flug ans Mittelmeer oder einem unerreichbar schönen Liebesnest im Allgäu. Aber noch nie war sie mit ihrem kleinen Auto selbst über die Grenzen der Stadt in die Welt hinaus gefahren, aus der ich komme und in die ich bald und immer wieder zurückkehren muss. Sandra will, dass ich Berlin schön und lebenswert finde – und das findet bei mir Anklang. Allein schon ihr ständiges Bemühen ist liebenswert, in mir, dem Nestlosen, ein neues, mir bisher unbekanntes Heimatgefühl zu wecken.

Als wir aus Sandras Lieblings-Café in den warmen Berliner Frühling auftauchen, verführt sie mich in die Domäne Dahlem, wo sie viele Male Tinies Kinderwagen entlang geschoben hat. Die Forsythien beleuchten die Vorgärten, Krokusse brechen wie Pilze aus den Mittelstreifen der Dahlemer Alleen hervor und Magnolien recken uns lustvoll ihre dicken Knospen entgegen – kurzum, Berlin umarmt mich, und Sandra registriert das wohlgefällig. Jetzt will sie »nischt wie raus an'n Wannsee«, um mit mir an Bord eines Dampfers der Weißen Flotte hinüber nach Moorlake zu schwimmen. Dann geht's zu Fuß auf eine waldige Anhöhe zu Kaffee und Kuchen und zu einer russischen Kirche, deren Glokkenspiel punkt Drei ein Kirchenlied bimmelt. Wir staunen gebannt vor »Nikolskö« – und als ich den eingefleischten Westberliner Aussprachefehler phonetisch richtig stelle und bemerke, es heiße ja wohl »Nikolskoje«, da verletze ich ziemlich unsensibel Sandras Lokalpatriotismus. Woher ich das wisse? Nein, sie sagt skeptisch »Woher willst *du* das denn wissen?« Na, weil ich doch in Weimar zur Schule gegangen bin und dort Russisch gelernt habe. Weimar? In Thüringen? Also in der DDR? »Ja das war mal meine Heimat. Es ist meine alte Heimat. Dort sind *meine* Wurzeln!«

Nein, Sandra will mit Roseneck, Dahlem und Wannsee keine Patjomkin'schen Dörfer vor mir aufbauen. Denn am nächsten Tag fährt sie mit mir nach Buckow, eine kleinbürgerliche Vorstadt im Berliner Süden. Dort war sie aufgewachsen, hat sie geheiratet, ist ihre kleine Tinie zur Welt gekommen, haben Mutter und Kind am Dorfteich in Alt-Britz gespielt. »Sieh mal, die alte Britzer Windmühle, lass uns mal reingeh'n. Ist die nicht schön?« Wir finden beide dasselbe schön. Aber hier war auch Sandras Vater einst als Verkehrspolizist von der Straßenbahn totgefahren worden – als Klein-Sandilein sechs war. Und hier hatte sie ihrem ersten »Scheißkerl« den Laufpass gegeben – mit jungen sechzehn.

Das alles weiß ich nun schon, als Sandra plötzlich auf die Bremse tritt und auf ein traurig-graues Miethaus zeigt. »Und dort wohnt meine Mutter. Woll'n wir sie besuchen?« – Meinst du, ich soll mit hineinkommen? – »Natürlich! Ich versuche immer, sie auf andere Gedanken zu bringen, komm!« Und dann treffe ich ein verhärmtes, sichtlich deprimiertes kleines graues Frauchen von Mitte achtzig, das seit 45 Jahren ihrem geliebten Mann nachtrauert und nur schwer aus ihrer Lethargie herauszureißen ist. Als sie dann mit uns beim Tee sitzt und sich langsam an mein Gesicht gewöhnt hat und meine Zuwendung akzeptiert, taut sie auf, plaudert aus der Vergangenheit und entpuppt sich für mich als ein liebenswertes Wesen. Und als wir schließlich zusammen ein Frühlingslied anstimmen und sie gleich in die Zweite Stimme fällt, merke ich, wie viel aufgestaute Lebensfreude aus ihr herausbricht.

Sandra pflegt zu ihrer Mutter ein gebrochenes Verhältnis: »Mal liebe und mal hasse ich sie. Weißt du, sie hat mich immer unter Druck gesetzt und die Kranke gespielt, damit ich bei ihr bleibe, und davon musste ich mich eines Tages befreien, um mich selbst entwickeln zu können.« Und so hatte sich ergeben, dass sie sich nur etwa alle vierzehn Tage die Zeit nimmt, im Wechsel mit Tinie, für »die Omi« da zu sein, für sie einzukaufen, mit ihr ein paar Schritte spazieren zu gehen, um sich dann jeweils schnell wieder ihrem Beruf, ihrem Kind oder ihrem jeweiligen Liebhaber zuzuwenden. »Ich weiß«, sagt Sandra, »das müssen wir ändern, sonst versauert sie ganz und stirbt uns noch, ohne dass wir uns dankbar dafür erweisen konnten, was sie alles für uns getan, welche Entbehrungen sie für uns auf sich genommen hat.«

Auf der Rückfahrt zu meinem Hotel fällt mir ein Gedicht von Friedrich Kaulisch ein, das ich sehr schön und passend finde, und mir ist danach, es für Sandra aufzusagen:

»Wenn du noch eine Mutter hast,
so danke Gott und sei zufrieden.
Nicht jedem auf dem Erdenrund
ist ein so hohes Glück beschieden!«

Nie gelingt es mir, diese Verse mit ungetrübter Stimme bis zu Ende zu zitieren, denn in der dritten Zeile erbebt meine Brust, ich kann die Tränen nicht mehr zurückhalten und sie kullern mir aufs Revers meiner Jacke. »Ebel, was ist denn?«, lächelt Sandra mütterlich besorgt. »Was ist mit *deiner* Mutter?« Und damit berührt sie einen ganz wunden Punkt in meiner Vergangenheit. »Die ist schon lange nicht mehr unter uns. Sie ist gestorben, als ich neun war – genauso wie dein Vater dich als kleines Schulmädchen verlassen hat.« Ich konnte meiner Mutter all ihre Liebe nicht mehr zurückgeben, deshalb wurmt mich ein Schuldgefühl gegenüber allen Müttern, die nicht in Liebe alt werden.

Dies ist ein entscheidender Moment in meiner Beziehung zu Sandra. Hält sie mich jetzt für einen nassen Waschlappen, der bei jeder passenden oder unpassenden Gelegenheit ausgewrungen wird? Habe ich meine Männlichkeit und erwachsene Gelassenheit jetzt in ihren Augen verspielt? Nein, sie zieht mich an sich und sagt:

»Ich weiß, ich weiß!« Nichts weiß sie, aber sie scheint einen wunderbar funktionierenden seelischen Seismographen unter ihrer Haut zu tragen, der ihr anzeigt, dass es mit meiner Mutter eine ganz besonders traurige Bewandtnis haben muss. Ich verspreche, ihr darüber eines Tages zu erzählen – aber erst, wenn sie noch mehr Vertrauen zu mir geschöpft haben würde.

II

Als Weltreisender bin ich nun viele Male durch die Luft nach Tegel eingeschwebt, um Sandra zu sehen. Meist reise ich beruflich, lebe zeitweilig kundennah in der Festspielstadt Salzburg, muss den Baufortschritt meines Ferienhäuschens am Meer kontrollieren und zeige Fotos von einer Autorenreise an die Strände von Mauritius. Ich bin erfüllt von einem zufälligen Wiedersehen mit Leonard (»Lennie«) Bernstein bei Wagners konzertanten Meistersingern in München. Oder ich schwärme von dem schmackhaftesten Lammrücken meines Lebens mit kalifornischem Wein im Restaurant

»Windows on the World« auf der Top-Etage des World Trade Centers in New York. Kein Wunder, dass in meinem Frontstadt-Mädchen der Wunsch wächst, möglichst bald an solchen Erlebnissen teilzuhaben und dazu der Insel Berlin zu entfliehen. Sie will nicht länger einen Reisenden, der sie immer wieder verlässt und vielleicht, weil ja auf Reisen immer etwas Unvorhergesehenes passieren kann, einmal nicht zu ihr zurückkehrt. Je öfter ich allein reise, desto stärker spüre ich Sandras Ängste, von mir verlassen zu werden. Zwar erweitern sich in den Neunzigern auch die hauptstädtischen Horizonte nach Berlin-Mitte, ins attraktive Potsdam, in die Uckermark oder ins Oderbruch. Aber das haben wir schon bald alles weidlich abgegrast, und jetzt locken fernere Ziele.

Wir schreiben 1999 – das Jahr, für das Weimar zur Kulturhauptstadt Europas ausgerufen worden war und versprochen hatte, den lähmenden DDR-Kultur-Provinzialismus endgültig abzustreifen. Meine ehemaligen Mitschüler an der angeblich besten Oberschule zu Weimar, die den Namen Friedrich Schillers trägt, nutzen die aktuelle Gelegenheit. Sie bitten ihre Schulkameraden von nah und fern zu einem Klassentreffen an die Stätte unserer Pubertät. Beides zusammen genommen ist für mich Anlass genug, jetzt endlich Sandra »mein Weimar« zu zeigen – das Weimar, wo mich meine Mutter verlassen hat, wo ich meinen Vater beerdigen musste, wo ich sprechen und singen gelernt habe, wo ich das erste Mal auf einer großen Bühne stand und wo ich schließlich alle meine Wurzeln herausreißen musste, um der DDR endgültig den Rücken zu kehren.

»Wir machen eine Verreisung«, wortspielt Sandra und umarmt mich dabei – in der einen Hand einen leeren Koffer, in der anderen die neuen flachen Schuhe, in denen sie Weimars Kopfsteinpflaster betreten will. Dieser Wortwitz, mit dem sie oft den Kindermund ihrer Tinie nachäfft und sich dabei wohl in glückliche Momente ihres früheren Lebens versetzt, ist für mich schon ein untrügliches Zeichen dafür, dass sie sich auf oder über etwas freut. In dieser guten

Reisestimmung lassen wir in meinem Oldtimer Berlin heute hinter uns, um alte Zeiten wiederzuentdecken, diesmal meine Wurzeln auszugraben und dabei einander näher zu kommen – das jedenfalls ist mein Ziel. Sandra ist die erste Frau meines fortgeschrittenen Lebens, die sich für meine Vergangenheit interessiert – und das heißt ja, sich für mich interessiert. Sie weiß: ich kann keinen Menschen gewinnen, ohne die Spuren seiner Vorzeit in Kauf zu nehmen und zu begreifen, was wirklich in ihm vorgeht. Sie ist auch die erste, von der ich glaube, dass sie verstehen – und verkraften würde, was sie erwartet.

Wir fahren über Gelmeroda nach Weimar hinein, auf der Berkaer Straße. Ich muss ihr die Dorfkirche von Gelmeroda zeigen und sie damit gleich mitten hinein führen in die höchst persönlichen Erinnerungen an meine alte Heimat. Diese von Lyonel Feininger vielfach kubistisch verfremdete kleine Kirche, die ich einst als erstes selbstgekauftes Bild in mein Zimmer gehängt hatte. Dann fahren wir am historischen Bauhaus-Bau vorbei, um sogleich nach rechts in die Ackerwand einzubiegen und hinter Goethes Hausgarten in die neue Parkgarage unterm Beethovenplatz abzutauchen. Als wir mit unserem Gepäck wieder auftauchen, stehen wir mitten in der Halle des neuen Dorint Hotels und beziehen ein nobles Zimmer im Flügel der ehemaligen Russischen Gesandtschaft. Hier bauen wir für eine Woche unser Liebesnest, schlagen wir unser Hauptquartier auf, um von dieser zentralen Stelle aus die Reise in meine Vergangenheit zu starten.

So attraktiv Sandra die neu aufpolierte Stadt findet, so merkt sie doch gleich: »Du, das ist ein Spiel mit ungleichen Chancen. Du erkennst hier jeden Stein als Meilenstein deiner Geschichte. Du gehst hier jede Straße zweimal entlang – einmal vordergründig Hand in Hand mit mir, und einmal entrückt in Gedanken an damals. Unser Hier und Heute erschließt sich mir nur augenfällig. Es wird nicht leicht für dich sein, mir dein Damals so zu vermitteln, dass wir es gemeinsam nochmals durchleben.« Mit solch einfühlenden

Bemerkungen hat sie völlig Recht, dennoch ist sie von allen Personen, die ich kenne, die einzig geeignete, denn sie hat ein untrügliches Gefühl für fremde Situationen. Sandra kennt mich schon gut genug und kann deshalb den Stein durch mich hindurch sehen und damit auch gleich seine Bedeutung für mich erahnen.

Weimar ist das Lockmittel, um ihr (und mir) den Gang an meine Quellen schmackhaft zu machen. Diese wunderbare klassische Kulisse hat viel dazu beigetragen, die Quellenforschung für mich erträglich zu machen und mich mit manch finsterer Erinnerung auszusöhnen. Eigentlich müssten wir in diese Historie noch viel tiefer eindringen, um alles von seinen Anfängen her zu begreifen. Wir sollten zunächst in einem düsteren Ort beginnen, der sozusagen »am Ende der Welt« liegt: am Rennsteig im Thüringer Wald. Lass uns, Sandra, zunächst dorthin aufbrechen; während der Exkursion eines einzigen Tages können wir fünf Jahre herausholen.

An einem sonnigen Frühlingstag starten wir früh, gewinnen Land über Belvedere, Buchfart und Bad Berka, fahren durch die wieder leidlich hergerichteten Alleen durchs Schwarzatal, vorbei an blühenden Wiesen und durch dunkle Buchen- und Tannenwälder bergauf bis ins letzte Dorf vor dem Gebirgskamm. Ich erwarte eine steil aufsteigende Dorfstraße mit den uniform schiefergrau gedeckten, kleinbäuerlichen Häusern mit weißen Fensterrahmen. Vor meinem geistigen Auge erscheint das Haus, in dem wir uns versteckt hielten, die alte Backstube, wohin Mutter donnerstags ihren Brotteig und ihre Kuchenbleche brachte – und die Schule, in der ich vor über 50 Jahren die Sütterlinschrift erlernte. Aber alles sah verwirrend anders aus:

Hatten damals noch zwei starke Ochsen uns hoch auf dem grauen Wagen die ganze steile Dorfstraße hinaufgeholpert, so glitten wir jetzt in unserem BMW-Coupé auf einer asphaltierten Umgehungsstraße gleich mitten ins Dorf hinein – vorbei an dem gelben Ortsschild: *Meura, Landkreis Rudolstadt*. »Meura«, so merkte Sandra auf, »so zeichnest du

doch manchmal deine Artikel, ist das nicht dein Pseudonym?«
Ja, Bernd Meura, das ist der Deckname, hinter dem ich mich verstecke, wenn meine Identität vertraulich bleiben soll. Und das hat seine tiefere Bedeutung. Auch hier am Ort sollten wir einst unentdeckt bleiben, als Vater beschloss, Mutter und mich hier hinaufzubringen – in die Abgeschiedenheit des Waldes, ins vermeintliche politische Niemandsland.

Wir suchen nach dem Gasthof, der sich schiefergrau von den anderen Häusern kaum abhebt – nur durch ein rotweißes Langnese-Eisfähnchen und mehr parkende Autos erkennbar ist. Ich habe Sandra von handgemachten rohen Klößen vorgeschwärmt, und hier gibt es sie bestimmt – mit Kaninchenbraten, Rotkohl und Gurkensalat, wie sich dies für einen Pfingstsonntag in Thüringen gehört. Der Gasthof ist mit mittagessenden Familien gut besucht, wir setzen uns an den einzigen noch freien Tisch. Da ich vorhin draußen die Schule nicht finden konnte, frage ich die Bedienung: »Ich bin hier im Krieg zur Schule gegangen und möchte meiner Freundin das Schulhaus zeigen.« Die Frau winkt mich ans Fenster und zeigt in die Richtung auf die alte Schule, die sich heute hinter einen Neubau duckt. Dann essen wir genüsslich unsere Klöße.

Nachher, als die Bedienung wieder am Nachbartisch ist, wird dort mit verdeckten Blicken zu uns getuschelt. Ein älterer Mann in meinem Alter erhebt sich, kommt näher und sagt: »Wir hören, Sie sind hier zur Schule gegangen. Das muss zu unserer Schulzeit gewesen sein. Darf ich Sie an unseren Tisch bitten?« Er darf, und er muss entsprechend seinem Alter mehrere Klassen über mir gewesen sein. Er wird uns später das Anwesen Meura Nr. 61 der Familie Schwarz zeigen, bei der Mutter und ich gewohnt haben. Und für den Nachmittag sind wir dann zu Kaffee und Kuchen auf seinen neuen und offenbar gutgehenden Reiterhof eingeladen.

Die Älteren erinnern sich dunkel: »Die Schwarzens kennt hier jeder. Das waren die Schwiegereltern vom Reichsbauernführer.«

»Die hatten damals im Krieg Leute aus der Stadt bei sich versteckt, die sich im Dorf als Feriengäste ausgegeben haben, aber merkwürdig lange geblieben sind.«

»Es waren aber wohl die einzigen…, die einzigen… ähm… Juden in unserem Dorf…« Es ist ihnen sichtlich peinlich, das Wort »Jude« auszusprechen.

»Die Schwarzens hatten deswegen hier viel Ärger. Die Gestapo hat damals alles durchsucht und den alten Schwarz zum Verhör mitgeschleppt; er ist nie wieder gekommen.«

»Da hat man's wieder gesehen: Die Juden waren auch *unser* Unheil…« Unsere zufälligen Gastgeber nutzen unser Erscheinen zur Vergangenheits-Betrachtung.

»Und in dieser Ferienpension habt Ihr damals *auch* gewohnt?« fragt Sandra mich argwöhnisch, die in Thüringer Mundart vorgetragenen Wortfetzen hochdeutsch unterbrechend, »was habt Ihr denn eigentlich hier gewollt?«

Mit dieser Frage ist Sandra von selbst ganz nahe zu unseren eigentlichen Wurzeln vorgestoßen. »Komm«, sage ich, nachdem wir uns von unseren Gastgebern verabschiedet haben, »ich muss dir dazu eine längere Geschichte erzählen.«

***

III

Wir wohnten in einer sehr großzügigen Belle-Etage am Neroberg in Wiesbaden. Die Kapellenstraße 31 hatte einen großen Hof und einen Hintergarten, wo ich in meiner Sandkiste spielte. Ich weiß wirklich nicht, ob ich mich aus eigenem Erleben daran erinnere, ob Mutter mir das später erzählt hat oder ob ich das alles nur aus den Fotoalben kenne, die sie mir sehr bald hinterließ. Jene kleinen, viereckigen und bräunlichen Lichtbilder mit gezacktem Zierrand, auf denen man heute kaum jemanden oder etwas genau wiedererkennen kann, sind Teil meines Kinder-Gedächtnisses. Diese Bilder von Kindergeburtstagen, Besuchen bei den Großeltern oder von langweiligen Onkels und Tanten am Fuße irgend eines Bismarck- oder Hitlerturms zeigen mir Sonntagsgesichter und kleinbürgerliche Fassaden. Sie verheimlichen aber, was seinerzeit wirklich geschehen und was mir widerfahren ist.

Auf den Bildern waren meine Eltern nie zusammen zu sehen. Ich kam deshalb nie auf den Gedanken, dass sie vielleicht nicht so harmonisch miteinander lebten. Das war fototechnisch bedingt: Es war immer der eine, der den anderen aufnahm. Erst als ich fünf wurde, muss mein kleines Gehirn begonnen haben, seine Aufnahmen selbst zu speichern, denn sie sind auf keinem Foto und es gibt auch niemanden, der sie mir hätte erzählen können. Ein Gemeinschaftsbild meiner Eltern ist in meinem Kopf belichtet: Sie standen beide auf den Treppenstufen unseres Hauses, um auf mich zu warten. Vater stand zwei Stufen unter Mutters Füßen und überragte sie dennoch beträchtlich. Er war der hochgewachsene Sohn eines preußischen Rittergutsbesitzers; sie die zarte kleine Tochter eines rundlichen Provinznotars. Sie waren nicht nur 36 Zentimeter auseinander, sondern auch 27 Jahre. Was die beiden aber damals am meisten trennte, das war ihre rassische Herkunft: er der blaublütige, vermeintlich reindeutsche

Arier, sie eine minderwertige Ausgeburt der verhassten jüdischen Rasse. Und das ist es, was sie mir damit angetan haben: Ich wurde ein Mischling.

Wenn ich im Hof gespielt habe und wieder rauf in die Wohnung an Mutters Rockschöße wollte, dann rief ich von unten zum Küchenfenster hinauf: »Mutti, Mutti, lass' mich wieder rein!« Und wenn Mutter nicht gleich hörte, konnte es sein, dass ich mit durchdringender Kinderstimme lauter schrie, als es den Leuten lieb war. »Hör sofort auf zu schreien, du dreckiger Mischling, sonst hol' ich die Polizei«, so erregte sich die Nachbarin aus dem Hinterhaus und knallte ihr Fenster zu. »Mutti, was ist ein Mischling?« Was hätte Mutter mir darauf schon direkt antworten können? Die indirekte Antwort darauf hat sich fest in mein Gedächtnis eingenistet: Vater kam immer seltener nach Hause – und wenn, dann war bis in die Nacht hinein die Stimmung angespannt. Es war die Zeit, als in der Wilhelmstraße schlimme Menschen bei meiner Tante die Schaufenster eingeschlagen hatten. Als ich fragte, lernte ich: Die Tante nannte es die Reichskristallnacht, weil nicht nur bei ihr, sondern überall im Reich in den Auslagen die schönen Kristallvasen kaputt gegangen waren und weil sich etwas herauskristallisierte, was meine jüdischen Verwandten so niemals für möglich gehalten hatten.

Ich stand aus meinem Bettchen auf, öffnete die Zimmertür einen Spaltbreit, und durch die Flucht von Speise- und Wohnzimmer drangen aus Papas Rauchsalon bedrohliche Dialoge zu mir herüber:

»Wir müssen hier weg!«

»Das geht nicht so schnell. Wie stellst du dir das vor?«

»Ich kann den Jungen nicht mehr in den Kindergarten bringen und auch nicht allein auf dem Hof spielen lassen.«

»Wo willst du denn so plötzlich hin? Zu deinen Eltern nach Parchim?«

»Nein, das ist doch völlig ausgeschlossen. Die leben auch nur noch in Angst und Schrecken. Warum können wir nicht auf eure Güter in der Altmark – nach Iden oder nach Rohrbeck?«

»Nein, das geht auf keinen Fall. Die haben dort alle die Hosen voll und sind auch schon von antisemitischen Parolen angesteckt worden. Die würden nie das Risiko eingehen, euch auf dem Gutshof zu verstecken.«

»Wieso ›euch‹. Zählst du dich denn nicht mehr zu uns?«

»Sarah, unsere Ehe ist aufgehoben worden, bitte vergiss das nicht.«

»Sarah, Sarah... Jetzt bin ich plötzlich Sarah, die fremde Jüdin. Noch vor ein paar Tagen war ich dein Häschen und dein Mützchen...«

»Aber mein Häs'...!«

»Ja, Ebel und ich sind vogelfrei. Du könntest uns einfach fallen lassen...«

»Nein, nein, Unsinn! Versteh' doch...«

»Du hast mir versprochen, trotzdem immer für uns da zu sein – egal, was passiert!«

Solche Unterhaltungen uferten oft in heftigen Streit aus. Ich sehe sie mit ihren kleinen Fäusten an Vaters Brust trommeln und ihn wütend vors Schienbein treten, weil er keinen Ausweg wusste. Wenn sich die beiden müde gestritten hatten und Anstalten machten, sich zur Ruhe zu begeben, schlüpfte ich schnell wieder ins Bett unter die Decke und tat, als ob ich schlief, wenn Mutter noch nach mir sah. Dann saß sie oft lange an meinem Bett, streichelte mich, bis ich wirklich eingeschlafen war, und weinte dabei leise vor sich hin.

Wie ich erst später erfuhr, war Vater nach Gutsherren-Art von 1938 von seiner Sippe verstoßen worden, weil er zu dumm oder zu unvorsichtig gewesen war, sich 1932 ausgerechnet mit einer Jüdin einzulassen. Auf den Gütern, auf denen zu keiner Zeit der Verdacht der Judenfreundlichkeit lag, wäre genug Raum für ein anonymes, aber behütetes Überleben gewesen, aber Vaters Verwandtschaft dachte streng deutsch-national, schickte ihre Söhne und Enkel als freiwilliges Kanonenfutter an die Front und betete für den

Endsieg. Vater sah schließlich den Ausweg darin, sich in der Rüstungsindustrie bei den Reichswerken Hermann Göring in Salzgitter einen einträglichen Direktorenposten zu besorgen, um insgeheim für uns aufkommen zu können. Mama und ich packten die Koffer. »Mutti, wo fahren wir hin?« – »In ein hübsches Dorf im Thüringer Wald, weißt du, wo es Hühner und Schäfchen gibt und wo wir in die Blaubeeren gehen können. Es wird dir gefallen!« Ich war fünf oder sechs.

IV

Käthe Sarah Sasse trug sich mit Sohn Ebel auf dem polizeilichen Meldezettel der Gemeinde Meura ein, ließ dabei den Vornamen »Sarah« weg und gab sich den Anschein einer großstädtischen Sommerfrischlerin. Ein stattlicher Herr mit seinem Chauffeur in Werksuniform brachte weiteres Gepäck und Kleinmobiliar. Ihr Auftritt war darauf angelegt, etwaige Zweifel an der Honorigkeit der neuen Gäste von vornherein zu zerstreuen. Ihre nichtjüdischen Namen und arisch-blondes Aussehen hätten nie jemand auf die Idee bringen können, dass hier zwei politisch Verfolgte eine sichere Fluchtburg suchten. Eher noch konnte es sich um Leute handeln, die sich vor den Gefahren der Bombenangriffe aufs Land geflüchtet hatten, aber diese Deutung kam erst drei Jahre später in Betracht, als eine massenhafte Fluchtbewegung aus den gefährdeten Ballungszentren einsetzte. Doch die seltene Gesellschaft erregte in dem Bergbauerndorf dennoch genügend Aufsehen, so dass die zierliche, elegante Frau und ihr artiges Söhnchen fortan mit Interesse beäugt wurden, wo immer sie sich zeigten.

Gleich in den ersten Tagen malte ich für Vater mit Buntstiften einen Grundriss von unserem einzigen Zimmer, um ihm zu zeigen, wie wir uns eingerichtet – und dass wir notgedrungen sehr schnell unsere äußere Ordnung gefunden hatten. Da ich ganz bestimmt mal Architekt werden wollte, hatte mir mein jüdischer Großvater zum Sechsten einen Zirkelkasten mit Rechten Winkeln und Linealen geschenkt. Er wollte eigentlich meinen Schulbeginn honorieren; der aber war durch den Umzug erst einmal aufgeschoben worden. Und so hatte ich viel Zeit, für meinen fernen Papa alles zu zeichnen und zu malen, was Mutti und ich erlebten. Auf diese Weise habe ich die Nachricht überliefert, wie bescheiden und wie armselig wir uns plötzlich eingefunden hatten. Unsere Sommerfrische maß etwa 20 Quadratmeter und war das größte Doppelzimmer in der ersten Etage des Hauses Schwarz. Das Doppelbett dominierte an der Innenwand. Daneben wackelte ein Waschtisch auf Metallfüßen mit Emailleschüsseln und -krügen, die Mutti im Hof mit Wasser füllen musste. An der Wand neben der Tür stand ein Herd, der durch ein Ofenrohr mit dem Schornstein verbunden war, mit einem seitlichen Wasserbehälter, aus dem wir mit einer Suppenkelle warmes Wasser in die Waschschüssel schöpften. Zwischen den Fenstern gab es noch eine Sitzecke mit Esstisch und einem alten Sofa, aus dem sich die Sprungfedern in unseren Podex bohrten. Ein Badezimmer stand uns nicht mehr zu, und das Gemeinschaftsklosett befand sich ein halbes Stockwerk tiefer auf dem Treppenabsatz. »Primitiv«, befand Mutti in ihrem ersten Brief an Vater.

Der soziale Abstieg unserer Familie spiegelte sich darin, dass wir nun nicht mehr auf einer weitläufigen Etage, sondern in zwei erbärmlich möblierten Zimmern hausten: wir in diesem und Vater werksnah auf seiner Bude in Braunschweig bei einer Witwe Wulff, die er immer »gnää' Frau« nannte und die mir öfter selbstgebackene Plätzchen nach Meura mitgab. Für Mutter war die neue Lage deprimierend. Nur sechs Jahre nach ihrer Traumhochzeit auf Iden und fünf Jahre nach dem Triumph meiner Geburt war sie in ein schwarzes Loch gefallen. Alle gesellschaftlichen Sicherungen waren durchgebrannt. Ihre einst so unumstößlich assimilierten Eltern hatten sich im Laufe einer einzigen Nacht mit ihrem Kristall, ihrem Tafelsilber und den Notariatsakten in der völkischen Gosse wieder gefunden. Und hinter ihrem stolzen arischen Schwiegersohn, einem preußischen Tugendbold, schnappte die Falle der Rassegesetze unerbittlich zu; er wurde als ein Blutschänder von der Familie verstoßen.

Der einzige Strohhalm Hoffnung, mit einem Schiffstransport der Britischen Botschaft von Bremerhaven nach England dem Spuk zu entrinnen, knickte bald. Die Großeltern saßen in Hamburg in ihrer Warteschleife für die rettende Ausreise fest. Für Mutti lag schon von einem irischen Pastor die Zusage vor, ihr als Gouvernante Unterschlupf zu gewähren. Aber sie hatten eine zu hohe Wartenummer gezogen, die der Ausbruch des Zweiten Weltkrieges zu Makulatur machte. Die Nachrichten von den antisemitischen Exzessen der Nationalsozialisten kamen immer näher. Die Gerüchte von mordenden, schändenden und folternden SS-Banden, die sich zunächst in den großen Städten ausgetobt hatten, krochen jetzt vom Hörensagen und über den Volksempfänger aufs platte Land und die Berge herauf.

Ich hatte von alledem keinerlei Ahnung. Entweder ließ sich meine kleine tapfere Mutter nichts anmerken oder ich war als letztes behütetes Glied in der familiären Kette unempfindlich gegen existentielle Ängste. Ich kam verspätet zur Schule und führte drei Jahre lang das unangefochtene Leben eines normalen Dorfbengels – abgeschirmt vom Dorfschullehrer Langenhagen, der mir als Nachzügler für das gute Geld meines Vaters Nachhilfe-Stunden geben durfte. Was mich erfüllte und bewegte, das dokumentierte ich durch fast tägliche Briefe an Vater in wohlgesetzter Sütterlin-Schrift: ›Heute war ich mit Mutti in den Blaubeeren, und sie hat dann einen großen Kuchen gebacken. Gestern durfte ich mit Nachbarkindern hoch oben auf dem Heuwagen sitzen, da waren zwei Ochsen davor gespannt. Morgen machen wir einen Klassenausflug auf den Adolf-Hitler-Turm. Ich habe

Mutti zum Geburtstag einen großen Strauß mit bunten Wiesenblumen gepflügt…‹ Mutter hat ein »ck« eingebessert und ein »Küßchen, Dein Häs'« hinzugefügt. Erst 1942 kritzelte sie das erste Mal Randbemerkungen neben meine Schönschrift-Übungen, die den Anspruch symptomatischer Zeitzeugnisse für sich erfüllten: »Dein letzter Brief nun schon fünf Tage…« (gemeint war die kriegsbedingte lange Postlaufzeit zwischen Braunschweig und Meura). – »Bring' bitte deine Schreibmaschine mit; wir können hier noch Farbbänder kriegen.« – »Habt Ihr immer noch soviel Fliegeralarm?«

Eines Tages erhielt Mama Post von ihrem Vater und eröffnete mir, sie werde mich erstmals in meinem Leben für einige Tage allein lassen, den Großeltern gehe es gesundheitlich sehr schlecht und sie müsse nach Hamburg. Zuerst beschwor sie damit wieder meine Lieblingsbilder vom Opa herauf: wie er im schwarzen Notarrock mit rauchender Zigarre mit mir im Garten spielt und nicht mehr von der Wippe hoch kommt. Oder wie ich im Nachthemd auf seinen kräftigen Schenkeln reite, er mir dann den »Struwwelpeter« vorliest und die Moral dazu verrät. Ich muss meiner Mutter jämmerliche Szenen gemacht, geheult und geschrieen haben, um mit nach Hamburg zu dürfen. Es nützte nichts. »Du musst zur Schule!«

Der wirkliche Grund ist mir erst bewusst geworden, als ich nie mehr mit ihr verreisen konnte. Wieder wollte sie mich schützen, ich sollte sie nicht würdelos sehen, nicht ihre Schmach miterleben, in Hamburg den Judenstern tragen zu müssen und als minderwertig abgestempelt zu sein. Und sie wollte um alles in der Welt vermeiden, wovor Gerüchte sie schon gewarnt hatten: das Risiko, mit mir zusammen auffällig, gestellt und gemeinsam weggebracht zu werden. Davor waren wir im Jahr 1941 in Meura vermutlich immer noch sicherer.

Also sollte ich, bis sie wiederkommen würde, ins Kinderheim. Das war das Heim, dessen Kinder immer in Reih und Glied durchs Dorf marschieren mussten, zusammengehalten vom rauen Befehlston ihrer Kindertante, und die schon ab sechs Uhr abends nicht mehr raus durften. Das war eine Erziehungsanstalt. Mir wurde ein Bett am Ende eines riesigen Schlafsaals zugewiesen, wo mindestens zwölf Kinder lagen. Draußen durfte ich meine Mutter zum Bus begleiten. Das Kinderheim am Ende des Dorfes war gleichzeitig die Endhaltestelle des Omnibusses. Bis zuletzt wollte ich nicht hinnehmen, konnte ich nicht ertragen, dass Mutter mich verließ. Mich beschlich eine quälende Ahnung, sie könne niemals wiederkommen. Beschloss ich oder trieb es mich einfach, dem Bus nachzulaufen? Ich kannte die Strecke ganz genau. Ich lief und lief. Über holprige Dorfwege. Auf weichen Straßenrabatten. Über ländlichen Asphalt und dörfliches Kopfsteinpflaster. Ich hastete von einer Haltestelle zur anderen, von einem Dorf zum nächsten, aber immer war der Bus schon weg. Vielleicht hatte er ja irgendwo Aufenthalt. Bis Sitzendorf musste ich noch – vielleicht neun Kilometer von Meura entfernt. Dort würde sie auf den Zug warten, noch eine Weile bis zur Abfahrt im Zug sitzen – und dort würde ich sie sicher einholen. Aber irgendwo vorher ging mir schon die Puste aus.

Als ich dann unschlüssig weiter trottete und überlegte, ob ich nicht besser umkehren sollte, lief ich geradewegs in eine lustige Kinderschar hinein. Sie zog mich in den Hinterhof eines schönen Hauses mit, und ich fand mich plötzlich bei einem fröhlichen Kindergeburtstag wieder, verlor mich in der Menge, flirtete und futterte, quasselte und blödelte, bis unverhofft eine erwachsene Stimme hinter mir streng fragte: »Und wer bist du denn? Na, wird's bald, sag' deinen Namen. Und wo kommst du eigentlich her?« Na, jedenfalls hatte mich die Realität eingeholt, ich sagte, dass ich der Ebel bin, beichtete meine Flucht, und ein Polizist chauffierte mich zurück direkt in die Arme von Schwester Norah Janecke. Das war die Leiterin des Kinderheims. Diese Arme empfingen mich nicht, sondern schlugen auf mich ein. Und sie trafen mich zehn Tage lang immer schmerzlicher, denn das ganze Erlebnis war mir auf die Blase geschlagen; ich litt nachts unter Angstträumen und wurde zum Bettnässer. Beim Frühstück stellte Schwester Norah mich vor allen anderen an den Pranger. Ich durfte mich nicht zu den anderen setzen, musste in der Ecke stehen, und sie schimpften mich den »Pisser«. An diesem Tag kehrte ich nicht ins Heim zurück. Nach der Schule versteckte ich mich bei Schwarzens auf dem Heuboden, bis mich Mutter drei Tage später erlöste. Dies war eines der wenigen Schlüsselerlebnisse meiner Kindheit, an das ich mich recht klar erinnern kann: Wenn Mutter fort ist, bin ich der Geschlagene.

(Meine Erinnerung gibt mir recht: Die verwaschene, einst weiße Inschrift an der grauen Schiefer-Fassade des Hauses am Waldrand ist 55 Jahre später noch immer nicht ganz verblichen: »Kinderheim Schwester Norah Janecke« – ein Albtraum!)

V

Von der schlagenden Pädagogin alarmiert, war der Nachhilfelehrer Langenhagen in panischer Angst durchs Dorf gelaufen, hatte alle möglichen Verstecke nach mir abgesucht. Er war mit dem Rad hinaus aufs Feld gefahren und hatte den Schäfer gefragt, an dessen Schafstall ich mich gern aufhielt. Bei den Schulkameraden, mit denen ich oft zusammen gesehen worden war, hatte er zuhause nachgeforscht. Auch im Holzschuppen der gemeinschaftlichen Backstube hatte er mich vermutet, weil ich gern beim Backen zusah und weil es dort nachts schön warm war – von Ebel keine Spur! Er war nahe daran, die Dorfwache einzuschalten, aber er hatte seine Gründe, nicht schon wieder polizeiliche Aufmerksamkeit auf seinen Zögling zu lenken, dessen Mutter womöglich ohnehin schon auf der staatlichen Fahndungsliste stand und um die sich die Kreise der Neugier und Verdächtigung im Dorf vermutlich immer enger zogen. Auch um seiner selbst willen hatte Langenhagen kein Interesse, die freundschaftliche Nähe zu Mutter, die er Käthchen nannte, zum Dorfgespräch zu machen. Bisher hatten sie sich, wenn es nicht um meine Nachhilfestunden ging, immer nur heimlich und außerhalb des Dorfes getroffen – im Wald oder im Hinterzimmer abgelegener Gasthöfe, um ihre Konspiration unentdeckt zu lassen.

Eines Tages, als ich schon schlief und Mutter nochmals Luft schnappen ging, hatte sie sich auf Umwegen zu einem ungenutzten Hochsitz geschlichen, wo sie ihn wusste – und dort hatten sie sich ein Herz gefasst und sich gegenseitig gestanden, sie gehörten derselben Rasse an und seien auch aus demselben Grund ins abgeschiedene Meura gekommen. Der Lehrer hatte auf seiner Schuldienststelle einen falschen Ariernachweis zu den Akten gereicht, um im Dienst verbleiben zu können, aber es war dennoch seine Taktik, die Stellung möglichst oft zu wechseln, um keine verräterisch tiefen Spuren zu hinterlassen.

Für heute nun war verabredet, dass er und ich Muttern vom Autobus abholen sollten, aber als sie ausstieg, stand er dort ohne mich, und aus seinem Achselzucken sprach Ratlosigkeit. Auf Umwegen über feuchte Wiesenwege beratschlagten sie. Aber Mutter wusste, sie hatte mir von ihrer heutigen Rückkehr erzählt, und mütterliche Intuition sagte ihr, dass ich auf sie wartete und folglich nicht weit sein konnte. Als sich Langenhagen vor der Haustür unserer Pension von ihr verabschiedete, stand ich im dunklen Flur und sah, wie er sich zu ihr niederbeugte und sie zärtlich küsste. Und als Mutter kurz darauf hereinkam, erschrak sie, weil ich ihren Arm berührte. Und wie zwei alte Komplizen huschten wir vorsichtig auf unser Fremdenzimmer. Dann ging sie ans Fenster und flüsterte nach unten »Geh' jetzt; er ist da!« Dann ging ich nochmals hinunter, klappte laut mit der Haustür und Mutter schaltete oben das Licht an – zum Zeichen, dass wir nun offiziell nach Hause gekommen waren.

Keine fünf Minuten später klopfte es an der Tür und die Wirtin reichte einen Brief herein. Nie wussten wir, ob sie gastfreundlich verschwiegen war oder ob sie uns belauerte. Der Brief war von Vati für mich. Er kündigte seinen Besuch in Meura an und wünschte, mit meinem Nachhilfelehrer über dessen Lehrmethode und über meine Lernfortschritte zu sprechen. Ein Postskriptum für Mutter war mir schleierhaft: »P.S. Habe an Gö. geschrieben«. – »Mutti, wer ist ›Gö‹«? – »Das wird dir Vati sicher selbst erzählen.« Aber dann habe ich das wieder vergessen. Es war mir wichtiger, meinem Vater die Bildchen mit Wiesenblumen und die Landkarte von den Straßen und Dörfern in der Umgebung zu zeigen, die ich für ihn gezeichnet hatte.

Was sich hinter der Chiffre »Gö« verbarg, offenbarte mir ein Aktenstück, das ich erst viele Jahre später im Nachlass meines Vaters entdeckte und das die Aufschrift trug: »Reichsmarschall Hermann Göring«. Ich las fasziniert, was ich so vorher noch nie und von keiner Seite zu hören bekommen hatte:

In seiner seelischen Not tat Vater im Sommer 1941 etwas, das für mich beispielhaft mutig war, das aber auch die beispiellose Naivität der unpolitischen bürgerlichen Klasse gegenüber der nationalsozialistischen Judenverfolgung dokumentiert. Er wandte sich an Trude Bürkner, die leitende Familienfürsorgerin der Reichswerke, sie solle in den Berliner Vorzimmern des Reichsministers, zu denen sie Zutritt hatte, seinen Fall vortragen und uns, meine Mutter und mich, zu schützen versuchen. Parteigenossin Bürkner, die Familienfürsorge natürlich im Sinne der Nazis betrieb, schrieb nur wenig später an »Herrn Werner Sasse in Meura (Thür. Wald), postlagernd« und ermunterte ihn, sein Anliegen Hermann Göring direkt vorzutragen. Dabei erweckte sie den tückischen Anschein, meinem Vater mit Wohlwollen zu begegnen und seine diplomatische Botin zu sein:

»Sehr geehrter… Ich bin heute aus Berlin zurück gekommen und habe in Ihrer Angelegenheit Besprechungen geführt… Man riet mir folgendes: Sie schreiben ein Gesuch direkt an den Herrn Ministerpräsidenten und Generalfeldmarschall Hermann Göring. Sie erwähnen, dass Sie seit 1939 Angestellter der Reichswerke sind und dass Sie sich aus diesem Grunde vertrauensvoll an den Mann wenden, dessen Namen die Werke tragen…« Eine offizielle Weiterleitung seines Gesuchs durch die Reichswerke an das Stabsamt Görings erscheine im Augenblick nicht ratsam, wohl aber sei durch den Regierungsrat (ohne Namen), mit dem sie seine Angelegenheit ausführlich durchgesprochen haben wollte, der zuständige Referent im Stabsamt bereits darauf hingewiesen, dass in nächster Zeit ein entsprechender Antrag von Vater… eingehen werde. »Der Sachbearbeiter wird dann von sich aus an die Reichswerke herantreten und um Stellungnahme bitten, so dass ich dann… das Notwendige von mir aus dazu sagen kann…« Aufgrund der augenblicklichen Konstellation erscheine ihr dieser Weg als der richtige. Trude Bürkner wollte von sich hören lassen, sobald Vaters Eingabe Wirkung erzielt haben würde. Sie wünschte ihm »recht frohe Feiertage und viel Freude an Ihrem kleinen Jungen«.

Ich, dieser kleine Junge, las aber erst Jahrzehnte später im Klartext, was mein Erzeuger kurz darauf an den Stellvertreter Adolf Hitlers arglos zu Papier gebracht und tatsächlich abgeschickt hatte. Nie zuvor hatte ich und niemals danach sollte ich etwas derart Erbärmliches und Entwürdigendes zu lesen bekommen.

VI

»Ich stehe allein mit meinem kleinen achtjährigen Söhnchen Ebel. Meine Ehe mit der Mutter dieses Jungen ist aufgehoben, weil diese leider rassisch als nichtarisch gilt. Käthe Sasse ist die jüngste Tochter des früher sehr angesehenen Rechtsanwalts und Notars Dr. Gottfried Wolff in Parchim, dessen Familie jahrhundertelang in Mecklenburg ansässig gewesen sein soll...« So zwiespältig stellte Vater dem Reichsmarschall unsere Familienverhältnisse vor.

»Als Tochter eines durchaus christlich geführten Elternhauses ist sie evangelisch getauft, konfirmiert und getraut. Weder in der Schule noch sonst wo ist sie je mit Nichtariern zusammen gekommen. Äußerlich ist sie nicht als Jüdin anzusprechen, innerlich war und ist sie ausgesprochene Antisemitin, und zwar so eindeutig, dass sie Adolf Hitlers Ansichten über ihre Rasse immer aus voller Überzeugung zustimmte und auch mutig weiter vertritt ...«

Weit ausholend, strapazierte Vater die Geduld des Lesers im Göring-Amtssitz. »Ich kann aus jahrelangen Beobachtungen nur sagen, dass ich kaum jemals einer Frau von so fester christlicher Ethik begegnet bin. Sie war in jeder Beziehung zuverlässig, bescheiden, gegen jedermann freundlich und hilfsbereit; sie war eine musterhafte Hausfrau und wunderbare Mutter. Ihr deutsches Fühlen und ihre Vaterlandsliebe waren und sind unantastbar. Sie hatte in den letzten Jahren nach dem Umbruch (1933) überhaupt nicht daran gedacht, dass sie irgendwie von der weltanschaulichen Revision betroffen sein könnte, weil sie absolut reiner deutscher Gesinnung war...«

»Erst die Nachricht von der Verwüstung auch ihres Elternhauses in jener Novembernacht (gemeint: die Reichskristallnacht am 9. November 1938) gab ihr blitzartig die Erkenntnis, dass auch sie am Ende zu der anderen Seite gerechnet werden könnte. Der Gedanke, dass durch sie dann auch ihr Söhnchen und ihr Ehemann beschädigt werden würden, ließ sie nicht mehr los: Sie rang sich dazu durch, ihre Ehe aufzugeben und ihr Vaterland zu verlassen – allein damit ihr Sohn ohne Anfechtungen durch mich, den Vater, kerndeutsch erzogen werden könne. So wurde unsere Ehegemeinschaft im Frühjahr 1939 aufgehoben. Beim Gerichtstermin war die gesamte Kammer sichtlich ergriffen durch den schlichten und festen Vortrag ihrer lauteren Motive…«

Und Vater erzählte dem geduldig lesenden Reichsmarschall weiter: »Nachdem es ihr daraufhin mit viel Mühe gelungen war, sich eine Anstellung im Haus eines evangelischen Pfarrers in Belfast (Irland) zu besorgen, verhinderte der Kriegsausbruch die Ausreise und vernichtete ihre Pläne. Nun setzte die volle Tragik ein: Die pekuniären Mittel erschöpften sich. Um ihr Leben zu fristen, musste sie in Hamburg bei der ihr verhassten Rasse unter den beschämendsten und übelsten Verhältnissen schwere Dienste leisten – unter infamer Ausnutzung ihrer Lage. Unterdessen hat der Abtransport der Stettiner Nichtarier nach Lodz, die von dort zurück strahlenden Nachrichten und das Gerücht, dass es den Hamburger Juden ebenso ergehen könne, natürlich seine Wirkung auf ihren Nervenzustand nicht verfehlt…«

Zum Schluss seines Bittbriefes zog Vater noch einmal alle Register – in der trügerischen Erwartung, dass Göring oder seine Vorzimmer-Figuren an diesem jüdischen Einzelschicksal menschlichen Anteil nehmen könnten: »Die furchtbare Tragik liegt nun aber darin, dass diese deutsch fühlende Frau, die den Sieg unserer Fahnen mit heißem Herzen herbei wünscht, je näher wir dem glücklichen Ende kommen, desto mehr befürchten muss, in diesen Ausgang der deutschen Dinge in negativer Form hineingeworfen zu werden und darin unterzugehen! Dieser straffe, gestählte kleine Mensch, der bisher seine Nöte stets ohne jede Klage trug, hat sich mir letzthin in einer Weise offenbart, die mich das Schlimmste befürchten lässt…«

»Um dies zu verhindern, rufe ich Sie um Hilfe!«

»Diese Frau und Mutter eines deutschen Jungen mit blonden Haaren muss aus dem Milieu, zu dem sie niemals gehört hat, heraus genommen werden. Ich bitte darum, dass sie ein Arbeitsbuch als Möglichkeit bekommt, sich unter Fortfall aller für Nichtarier bestehenden beschämenden Bestimmungen und Beschränkungen in Ehrbarkeit unter Ariern zu bewegen und ihr Brot zu verdienen, da ich es nicht aufbringen kann. So würde einem wirklich wertvollen und tapferen Menschen Gerechtigkeit widerfahren...«

»Mit bestem Dank für jede Hilfestellung« grüßte Vater den Generalfeldmarschall dann mit »Heil Hitler«. In einer Karbon-Kopie für seine Handakte hat er die Passage mit der Bitte um ein Arbeitsbuch rot unterstrichen und am Rand vermerkt: »Willi müsste nun die Einzelheiten im Ministerium besprechen.« Am 25. Juni 1941, als die Judenvernichtung in ihre heiße Phase trat, schickte Vater seine Petition mit Kurierpost des Werkes nach Berlin und bat gleichzeitig seinen Bruder Willi, mit einer Kopie des Briefes vor den Schranken der Macht vorstellig zu werden. Er, der Rittmeister und Major d.R., der sein Rittergut Rohrbeck gerade verkauft und eine Stelle im Stab des Heeres angetreten hatte, sollte sich in die Höhle des Löwen begeben – was er Vater auch zusagte. Aber – wie mir seine Töchter später zuflüsterten – das hat er aus Selbstschutz oder aus Feigheit nie gewagt. Vater jedoch wiegte sich nun in der Gewissheit, seine Epistel würde die Bürokraten der Vernichtung menschlich anrühren.

Dabei gab es aus realistischer Sicht (von heute) drei Möglichkeiten: Der Brief kam nie in die richtigen, in helfende Hände. Der Brief endete ungelesen im Wäschekorb oder in der Massenablage ähnlicher Bittschriften. Drittens: Der Brief landete in Mutters Dossier bei der untersten Verfolgungsbehörde der Geheimen Staatspolizei (Gestapo) in Weimar. Die dritte Version war die wahrscheinlichste, denn Trude Bürkner hatte ja unseren Aufenthaltsort Meura bereits fürsorglich zu den Akten gereicht. Mit dem Mut des Verzweifelten ließ Vater jede politische Vorsicht außer Acht, legte den Häschern die Spur zu unserem Versteck und warf ihnen ihr Opfer damit geradewegs vor die Füße. Meine Mutter.

Ich war damals acht, malte weiterhin Schäfchen und Blümchen und hatte von den Vorgängen, die unaufhaltsam zu unserer familiären Endlösung beitrugen, keinen blassen Schimmer. Viel, viel später, als ich die Briefe fand und mit meinem Vater ins Reine kommen wollte, verwickelte ich Mutter in ein unerbittliches – wenn auch nur fiktives – Verhör:

»Hat Vater dir damals seinen Brief an Göring gezeigt?«

Mutter wand sich nicht: »Ja.«

»Hinterher oder vorher – ich meine, bevor er ihn an deine Häscher abgeschickt hat?«

»Nein, erst danach.«

»Hast du ihn damals immer noch so geliebt wie vorher?«

Mutter fing jämmerlich an zu weinen. »Junge, er ist doch unser Vati-Männ. Was sollte er denn machen. Er konnte doch nicht einfach tatenlos zusehen, wie wir vor die Hunde gehen!«

»Er hat ja nichts getan. Er hat nur einen Brief geschrieben.«

»Was hätte er denn tun können?«

»Er hätte sich nicht feige aus der Ehe davonschleichen sollen. Damit warst du vogelfrei und schutzlos. Und ich auch.«

»Nein, Ebel, das ist unfair von dir. Er konnte doch 1941 noch nicht wissen, wohin das alles führt!«

»Doch, konnte er. Das haben ja die Spatzen von den Dächern gepfiffen. Er erwähnt es sogar selbst in seinem Brief an Göring: erst Stettin, dann Hamburg…«

»Was willst du damit sagen?«

»Dass Vater feige war. Stimmt das wirklich, dass du es warst, die eure Ehe aufheben lassen wollte?«

Mutter druckste herum und wollte sich um die Antwort drücken.

»Antworte mir, Mutter: Stimmt das?«

»Nein, *er* wollte das. Er glaubte, das wäre besser so.«

»Was sei besser? Dass er seiner arischen Sippe nachgibt, dich verleugnet und deine menschliche Würde mit Füßen tritt?«

»Nein, nein, Ebel, das hat er doch nicht getan!« Mutter war von unserem Gespräch ziemlich verstört. Sie wimmerte nur noch vor sich hin. Wahrscheinlich habe ich ihr zu hart zugesetzt, aber einer musste ihr das ja mal sagen – wenn auch nur posthum. Und ich wollte es noch zu Ende bringen:

»Doch, Mutter, hast du ihm das etwa erlaubt zu sagen: Du hasstest deine Rasse und stündest treu zu Adolf Hitler? Dann wärst du ja eine Verräterin. Meine Mutter eine Verräterin!«

»Nein, das war doch alles seine Idee, seine Taktik, sein letzter Ausweg! Halte ihm das zugute. Bitte, bitte verdamme ihn nicht!«

»Und dann diese blöde Geschichte: als ob er allein mit mir dasteht und ihm die Mittel fehlen, für dich zu sorgen. Und nur wenige Tage später fährt er zu uns und hinterlässt auch noch die Adresse unseres Verstecks: ›Meura, postlagernd‹.« Ich ließ ihr eine Verschnaufpause.

»Ach, Ebelchen, das meiste von dem, was er gemacht hat, konnte ich auch nicht mehr verstehen«, gab Mutter zu.

»Und hast du ihm tatsächlich gesagt, dass du dir das Leben nehmen willst? Das meinte er doch, wenn du ihm ›das Schlimmste‹ offenbart hast. Würdest du das tun? Hast du das wirklich in Erwägung gezogen? Hättest du mich allein gelassen?«

»Nein«, sagt Mutter fest und charakterstark, wie Vater sie dem Reichsmarschall beschrieben hatte, »das hätte ich dir niemals angetan!«

»Und du glaubst doch wohl auch nicht, das würde irgend jemandem imponiert und von etwas abgeschreckt haben. Denn das ist es doch, was sie wollen: Wieder ein Jude weniger – egal, ob er sich selbst oder wer immer ihn umbringt…«

Mit einem Küsschen auf mein blondgescheiteltes Haar entzog sich Mutter dem fiktiven Gespräch, und ich kehrte wieder in die Realität von damals zurück. Sie hat immer geglaubt, dass noch ein Wunder geschehen könne, und jedes Anzeichen für die Wende zum Guten optimistisch kommentiert. Nach den Sommerferien 1941 schrieb sie an unseren Vati-Männ: »Denk' dir, Ilse Alexander ist hier zu Besuch. Er (Ilses Mann, der begehrte jüdische Schauspieler Georg Alexander) hat für seine Schwiegermutter die Zurückstellung vom Transport erreicht. Fabelhaft, was?«

VII

Die Tage mit Mutter in Meura wurden immer intensiver – so als gelte es, Versäumtes nachzuholen oder vor einer drohenden Veränderung noch möglichst viel zu erleben. Wir fuhren mit dem Arbeiterbus mit nach Schmiedefeld, machten eine lange Fußwanderung nach Hoheneiche, bestiegen Aussichtstürme und Hochsitze. Ein andermal radelten wir nach Obstfelderschmiede, fuhren mit den Bauern aufs Feld oder besorgten in Leibis Feuerholz für den Winter. Mutter entfaltete eine Art Endzeit-Hektik; sie stürzte sich in intensives Erleben, um sich von etwas anderem abzulenken, an das sie nicht gern dachte – und als wollte sie sich voll saugen mit schönen Erinnerungen an das Leben mit mir. Ich konnte mir damals keinen Reim darauf machen – heute weiß ich es. Ich glaube, es war auch die Trennung von Vater, denn sie sprach sehr viel und sehr lieb von ihm. Sie wollte nicht wahr haben, was sich immer eindringlicher zeigte: dass die räumliche Trennung und das karge postalische Gespräch die beiden auch seelisch entfremdete. Ihr ständiges vergebliches Betteln, er möge doch bitte öfter nach Meura kommen, war demütigend für sie. So wurde ihr wohl allmählich klar, dass er nicht wahr machen konnte, was er ihr versprochen hatte: Die rechtliche Trennung sollte nur eine reine Formsache sein, den Drangsalierungen seiner arischen Familie auszuweichen, der erbarmungslosen Volksgemeinschaft ein Schnippchen zu schlagen, unter dem Schein der Trennung viele heimliche Treffen zu arrangieren und damit die kleine Familie faktisch lebendig zu erhalten.

Dies alles wurde objektiv immer schwieriger, da der Krieg die Beweglichkeit der Volksgenossen immer mehr einschränkte. Nach dem Motto »Räder müssen rollen für den Sieg« hatte Vater zunächst seinen Wagen aufbocken müssen, denn die Räder und Reifen wurden konfisziert. Seit er unsere Adresse am Waldrand in Meura angegeben hatte, zermürbte ihn die Angst, seine Reisen zu Mutti und mir würden auch von den Hermann-Göring-Werken zunehmend kritisch und abschätzend beäugt. Und die ewigen Terrorangriffe aus der Luft, die sich nun auch gegen fahrende Züge richteten, machten das Reisen in der Heimat immer unsicherer und aufhaltsamer. Oder waren dies nur wenig plausible Vorwände eines Mannes, dessen Gewissheit wuchs, dass Mutti verloren war, die Liebe zu ihr Rassenschande und das Zusammensein ohne jede Zukunft?

Für mich war die Trennung von Vater noch erträglich, war er doch in meinen Gesprächen und Gebeten mit Mutter immer gegenwärtig. Ich führte mit ihm einen intensiven Schriftwechsel und durfte ihn in den Ferien nun schon ganz allein in Braunschweig besuchen. Mutter setzte mich in Sitzendorf auf die Bahn. Tante Heidi sorgte dafür, dass ich in Weimar richtig umstieg, und Vater holte mich in Braunschweig vom Zug ab: Dank seiner Statur plus seinem hohen Hut war er der Größte da ganz hinten auf dem Bahnsteig und darum unmöglich zu verpassen.

Für die Sommerferien 1942 hatte Vater meinen Besuch in Braunschweig abgeblasen – wegen der vielen Terrorangriffe. Der Feind wollte auch Ziele in Salzgitter treffen, denn die Stahlwerke produzierten kriegswichtige Güter, und Vati saß dort ganz nahe am Walzwerk in seinem Chefbüro wie auf einem Pulverfass. Dagegen war unser Thüringer Dorf sozusagen bombensicher. Andererseits gab uns die Eskalation der städtischen Luftangriffe eine glaubwürdige Erklärung gegenüber unseren Gastgebern, warum wir unsere Sommer- und Winterfrischen immer wieder verlängerten. Aber wir wiegten uns in einer Sicherheit, die trügerisch war. Bald traten andere Ereignisse ein, die Mutter ernstlich zweifeln ließen, ob wir noch länger in Meura durchhalten sollten.

»Mutti, in der Schule haben wir bei Herrn Hofmann heute die Judenfrage durchgenommen.« Erich Hofmann war mein Klassenlehrer, der eigene Gedichte schrieb und weinte, wenn er sie der Klasse vorsprach. »Herr Hofmann hat gesagt, die Juden sind unser Unglück, aber er konnte das nicht begründen. Mutti, kannst du mir das mal erklären?«

Mutter rang sichtlich damit, welche Auskunft sie mir geben sollte. Immerhin hätte sie jetzt endlich ein Bekenntnis für oder gegen ihre Rasse ablegen und mich einweihen können. Ich war doch schon neun. »Juden sind andere, die sie hier nicht kennen, die von woanders herkommen… und die sie für gefährlich halten, weil sie ihnen fremd sind… ähm, was hat Hofmann denn noch dazu gesagt?« Es wäre ja nicht richtig von ihr gewesen, mir jetzt etwas anderes zu sagen als mein Lehrer.

»Er hat gesagt, Juden hetzen die Leute gegen uns auf und deswegen dürfen sie nicht mit uns zusammen sein, sondern werden ins Arbeitslager gebracht, wo sie endlich mal richtig was leisten müssen…« – »Hat er denn erwähnt, ob wir hier auch solche Menschen haben und was die hier machen?«

»Nein, aber er hat gesagt, bald kommt die Endlösung der Judenfrage, und Meura würde auch noch damit beschäftigt – und dabei haben mich die anderen so komisch angesehen – und dann war die Stunde aus. Aber in der Pause hat mich dann einer angerempelt und gerufen ›Ich weiß, ich weiß, Deine Mutter geht mit dem Herrn Langenhagen!‹«

Es gab Situationen unseres Dorflebens, die in mir nur sehr trübe Denkspuren hinterlassen haben und von denen ich nur einen zufälligen Ausschnitt kenne – eine Momentaufnahme, an deren Akteure ich mich nicht genau erinnere. Vom nächsten Morgen aber ist ein ganz scharfes Bild in meinem Gedächtnis haften geblieben: Mutti kam vom Milchholen zurück und war außer sich. Von unserem Haus hatten sie bis zur Wohnung meines Lieblingslehrers Tannenreisig gestreut. »Jetzt wissen es alle«, hauchte sie und umarmte mich spontan – nein, sie klammerte sich an mich. Sie zitterte. »Du gehst heute nicht zur Schule«, beschloss sie spontan. Es war ohnehin der letzte Schultag vor den Ferien. Ich nahm mein Briefpapier hervor, um meinem Vater zu berichten.

»Das mit Langenhagen«, sagte Mutti, »brauchst du aber nicht zu erwähnen. Das ist allein meine Sache. Das schreibe ich ihm.« Ich gehorchte und berichtete etwas anderes: »Lieber Vati, Mutti hat eine Zeitungs-Annonce aufgegeben, ob sie in Weimar ein Zimmer bekommt… Ist bei euch viel Alarm? Die meisten sagen, jetzt kommt der Endkampf. Ich glaube es noch nicht.« Das hatte ich Naseweiß wohl irgendwo aufgeschnappt und altklug weitergegeben. Was ich nicht wissen konnte: dass meine glücklichen Tage in Meura gezählt waren.

VIII

Die Behörden zogen das Netz, mit dem sie die Freizügigkeit der Juden erdrosselten, immer enger. In Hamburg waren nicht-arische Frauen mit Kindern bis jetzt immer noch verschont geblieben. Jetzt aber, im Sommer 1942, wurden auch sie einbestellt und abtransportiert. Gleichwohl brauchte sich Mutter deswegen keinen Kopf zu machen. Das zumindest meinte ihre ältere Schwester, meine Tante Anni, die in einem erstaunlich – nein, leichtsinnig offenen Lagebericht aus Hamburg an meine Mutter schrieb: »Du brauchst nicht mehr besorgt zu sein. Wir haben eindeutig festgestellt, dass du und Ebel hier nicht mehr gemeldet seid, auf keiner Liste steht und du also auch nicht von hier aus aufgefordert werden wirst, dich zu stellen. Also, seid froh, solange ihr noch in Meura sein könnt.« Dummerweise legte Anni eine andere Spur zu uns, denn sie hatte ihren Brief an Vater nach Braunschweig geschickt, er solle ihn nach Meura mitnehmen – die am wenigsten geeignete Deckadresse überhaupt, denn Vati meldete sich bei seinen Werken in Salzgitter stets pflichtgetreu zu uns nach Meura Nr. 61 in den Urlaub ab. Die Petitionsstelle des Reichsministers hatte sich erwartungsgemäß nicht gemeldet, aber wenigstens die Nachricht aus Hamburg verhieß Mutter eine begrenzte Galgenfrist.

Vater war diesmal mit dem Morgenbus gekommen, denn es war zu Ferienbeginn recht schwierig, in unserem bombenreinen Luftkurort ein Nachtquartier zu ergattern, nach dem er nun den ganzen Tag würde suchen müssen. Bei uns im Haus Schwarz konnte er nicht bleiben, denn meine Eltern achteten streng darauf, Vaters Rassenschande nicht noch zu verlängern oder sie wenigstens nicht ruchbar werden zu lassen. War das einer der Gründe, warum Mutter sich in Weimar ein Zimmer suchte? Vermutete sie in der Anonymität der größeren Stadt mehr Sicherheit, sich mit dem, der sie offiziell verstoßen hatte, unbefangen und unbehelligt treffen zu können?

Für mich war es schön, wenn Mutter anderweitig keine männliche Zärtlichkeit fand. Vater blieb wieder nur wenige Tage, und Lehrer Langenhagen war diesmal am letzten Schultag plötzlich spurlos verschwunden, ohne sich noch einmal blicken zu lassen.

In diesen Ferien, so schien es mir, konzentrierte Mutti ihre ganze Hingabe auf mich, mehr als sonst. Vielleicht war dies aber auch nur ein Zeichen meines Erinnerungsvermögens, das mit dem neunten Lebensjahr verstärkt einsetzte. Ich schwebte förmlich auf einer Welle ihrer Zuneigung und war sehr angetan, von Muttis Alleinsein mit mir derart zu profitieren. Sie nahm mich oft ganz spontan in den Arm und kuschelte sich an mich, wenn wir in unserem sommerfrischen Doppelbett lagen. Wir überwanden die hölzerne Besuchsritze und krochen zueinander unter die dicken bäuerlichen Federbetten – oder lagen einfach nackt nebeneinander, wenn wir uns in heißen Sommernächten bloßgestrampelt hatten.

Mutter war keine Matrone, zwischen deren Brüsten ich hätte versinken oder in deren Schoß ich mich hätte vergraben können. Mit ihrer zierlichen Gestalt, den schlanken Schenkeln und knospenhaften Brustwarzen hätte sie eher meine große Schwester sein können. Es war nicht Nestwärme, die sie gluckengleich verströmte, sondern sie vergab mütterlich-fürsorgliche Nähe, begehrte aber zugleich selbst seelischen Halt, wenn sie mich ganz spontan fest an sich drückte. Solange wir uns in geschlossenen Räumen befanden, also hauptsächlich in unserer Primitiv-Herberge, und durch Stimmen von unten, Schritte auf der Treppe oder das Rufen vor unseren Fenstern eingeengt waren, ging meist ein unruhiges Zittern durch ihren Körper – oder sie hob den Kopf und lauschte wie ein fluchtbereites Reh. Überhaupt war sie nicht fähig, sich ausschließlich auf unsere Zweisamkeit zu konzentrieren; immer wieder schienen ängstliche Ahnungen sie aus unserer Umarmung herauszureißen. Für mich unvermittelt schreckte sie auf oder zuckte zusammen, so als sei sie gerade aufgerufen worden.

Viel schöner und schwereloser konnten wir zärtlich zusammen sein, wenn sich überblicken ließ, dass wir allein und unbeobachtet waren. Dann wanderten wir auf weiten Wiesenwegen jenseits fremder Dörfer oder tief in den Thüringer Wald hinein, holten unsere Wolldecke aus dem Rucksack und breiteten sie auf weichem Gras unter einem schattigen, schützenden Baum aus. Dort konnte ich stundenlang in ihrer Armbeuge liegen oder ihren kühlen Hals umschlingen, ihren Herzschlag spüren und dazu dem Wind in den Baumkronen oder den Vögeln lauschen und mich in eine ewige, aber falsche Geborgenheit hineinträumen. Mutter war sichtlich unbeschwerter, wo uns keiner kannte – und dann genossen wir die seltenen Momente überschwänglicher Lebensfreude, etwa wenn sie ein Wanderlied sang und dabei schnell im Takt vorausging: »Komm' Spatz, trödle nicht! Wir sind gleich da.« Immer wenn ein schöner Tag in der Natur zu Ende zu gehen drohte, suchte ich ihn in die Länge zu ziehen: noch einmal Rast zu machen, noch auf einer Waldbank sitzen zu bleiben, noch mehr Beeren zu pflücken, noch einmal einzukehren oder das Abendrot und die Dämmerung mit dem ersten kühlenden Lufthauch zu genießen.

Eines Abends zum Ausklang der Ferien endete unser Schmuseausflug ziemlich abrupt. Zuhause war ein Brief angekommen, der uns in die wahre Wirklichkeit zurückriss – von der Kommandantur der Gauhauptstadt Weimar. Mutter sollte sich übermorgen um eins am Kultusministerium, Eingang Fürstenplatz 2, in Weimar melden. Von mir war nicht die Rede. Als ich in der Nacht aufstand, um eine halbe Treppe tiefer pinkeln zu gehen, war Mutti immer noch auf. Aus schlaftrunkenen Augenwinkeln bemerkte ich, wie sie eine gelbe Brosche an ihre Reisejacke nähte…

IX

Es war ein warmer Spätsommertag, und ich freute mich über den Tapetenwechsel. Angeblich wollten wir ja nur ein paar Tage zu Tante Heidi nach Weimar fahren, aber Mutter packte warme Sachen ein, so als wollte sie gleich den Winter über bleiben. Ihre Jacke mit dem gelben Stern, den ich gestern für eine modische Extravaganz hielt, die nicht nach Meura passte – diese Jacke legte sie mit dem Futter nach außen auf ihre große Ledertasche – jederzeit greifbar, wenn ihr kalt werden sollte. Wir saßen schweigsam im Bus nach Sitzendorf. Mutters Fröhlichkeit von gestern war einer Strenge in ihrem schönen Gesicht und einer Starre ihres sonst so lebendigen Körpers gewichen, als müsse sie sich auf etwas gefasst machen, das ich nicht deuten konnte. Ich brach das Schweigen, um ihr die Stelle zu zeigen, bis zu der ich vor zwei Jahren dem Autobus gefolgt und auf dem Kindergeburtstag gestrandet war. »Guck mal, hier… nein hier… ja, hier war das. Weißt du noch, was dir der Polizist damals erzählt hat?« – »Ja, die Schwester Norah hat mir damals einen ganz großen Schrecken eingejagt, als sie anrief und sagte ›Ebel ist verschwunden und wir können ihn nirgends finden.‹ Tu so was bitte nie wieder, hörst du?«

Als wir in Weimar ausstiegen, stand Tante Heidi schon auf dem Bahnsteig. Heidi begrüßte Mutti mit »Tante Häs«, diese Verniedlichung hatte sie von Vati übernommen. Die beiden tuschelten wie zwei Verschworene. Ein Mann in Uniform nahm Mutti den Koffer ab und ging voran. Heidi erklärte: »Das ist Papis Fahrer, Papi braucht heute den Wagen nicht.« Ihr Papi war der Bruder meines Vaters, also mein Onkel – derselbe Onkel Willi, der für Vater hatte im Göring-Ministerium vorstellig werden sollen. Willi war Major, wohnte mit seinen drei Töchtern in Weimar und wurde regelmäßig zum Dienst nach Suhl gefahren. Suhl war die »deutsche Waffenschmiede«, und Onkel Willi hatte dort im Auftrag der Wehrmacht die produzierten Waffen zu kontrollieren und abzunehmen.

»Zieh deine Jacke jetzt nicht an«, raunte Heidi der Mutti zu, »der Fahrer braucht das nicht zu sehen.« Onkel Willi wäre fuchsteufelswild geworden – vor Ärger, wenn er gewusst hätte, dass sich Heidi den Wagen für die jüdische Verwandtschaft ausgeborgt hat. (Aber an diesem Tag wusste ich, der neunjährige Ebel, von alledem noch nichts, solche Überlegungen waren mir völlig fremd.)

Der Fahrer setzte uns vor dem Café Elephant ab, grüßte zackig mit »Heil Hitler« und führte die rechte Hand an die Mütze. Das waren männliche Eindrücke, die mir in Meura nicht zuteil geworden waren. »Lass deine Jacke nicht an der Garderobe«, ermahnte Heidi ihre Lieblingstante Häs. Ich war beeindruckt von den Marmortischchen und den Thonet-Stühlen in dem eleganten Kaffeehaus. Heidi und Mutti setzten sich an einen etwas abseits gelegenen Tisch und tratschten angeregt, und wie ich merkte, auch aufgeregt. Heidi, damals gerade erst 23, trug die traurige Gewissheit, dass ihr junger Offizier kürzlich an der Ostfront gefallen war, mit der Würde der deutschen Frau ganz in Schwarz vor sich her. »Nun sind wir Leidensgenossinnen«, sagte sie zu Häs, so dass ich es eigentlich nicht hören sollte. Was meinte sie bloß?

»Willst du nicht ein bisschen in den Kaffeegarten gehen«, fragte mich Mutter. »Ja, schau dich mal draußen um, aber geh nicht über die Straße.« Sie schickten mich weg, um ihre heimlichen Gespräche ungestört fortsetzen zu können. Heidi hatte das *Café Elephant* mit Bedacht gewählt, weil dort gleich um die Ecke das Amt am Fürstenplatz lag, wohin Mutter vorgeladen worden war. Erst viel später verstand ich, dass der Besuch dieses Cafés in mein Leben eine entscheidende Wende bringen sollte.

Ganz fasziniert war ich von den neuen O-Bussen, die vom Frauenplan kamen, am Café vorbeirauschten und in die Schillerstraße einbogen. Die hatten ganz dicke Reifen und hingen mit langen Metallbügeln an der elektrischen Oberleitung. Die silbrige und kraftstrotzende Karosserie beherrschte majestätisch die engen Straßen und weckte in mir das Begehren, möglichst heute noch darin mitzufahren. »Mami, hast du die tollen O-Busse gesehen?« Na klar, die beiden hatten das Faszinosum längst in ihren Frauen-Plan mit einbezogen: Ich sollte auf keinen Fall mit zu der langweiligen Behörde gehen, durfte mir sogleich meinen Jungenwunsch erfüllen und mit dem Bus ganz allein zum Bahnhof vorfahren. Mutter würde dann nach ihrem Termin dort wieder zu mir stoßen. »Setz dich auf die Bank mit dem Rücken zum Bahnhof – weißt du noch, gegenüber dem Hotel Kaiserin Augusta, wo wir neulich mal auf Vati gewartet haben«, so wies mich Mutter in mein kleines Abenteuer ein. »Aber bitte, bleib dort ganz bestimmt sitzen und lauf nicht weg, damit ich dich schnell finde, wenn ich komme, hörst du?«

Ja doch, Mami. Warum sollte ich nicht mal allein mit dem Bus fahren. Ich war doch schon groß und über neun. Heidi steckte mir noch ein paar Groschen zu. Damit sollte ich den Busfahrschein lösen und vom Rest durfte ich mir ein Eis kaufen; es war nämlich schon zwei Uhr mittags und ganz schön heiß. Lange hielt Mutter meinen Kopf zwischen ihren beiden Händen, küsste mich auf die Stirn, verlor dabei eine salzige Träne und drehte sich dann ganz schnell um und entschwand in die Café-Garderobe, wo sie ihre Jacke diesmal richtig herum anzog (was ich aber auf keinen Fall merken sollte). Das Tragen des Judensterns sichtbar an der Oberbekleidung war Pflicht, und wer das ignorierte, wurde belangt und zusätzlich bestraft. Der jüdische Gang zu einer deutschen Behörde ohne Davidsstern war so heikel wie die Vorlage einer Kennkarte ohne das eingestempelte große »J«. Als minderwertig abgestempelt und gebrandmarkt zu sein – diesen entwürdigenden Akt wollte Mutter meiner noch kindlichen Seele ersparen. Ich würde zu viele Fragen stellen, die sie nicht beantworten konnte. Später müsste dafür ja immer noch Zeit sein...

Eine halbe Stunde danach saß ein deutscher Junge auf einer Bank vor dem Weimarer Hauptbahnhof, schloss die Augen und fuhr noch eine Weile weiter mit dem leise dahin gleitenden, chrom-blitzenden Elektrokasten – auf einer phantastischen Reise weg von den Küken in Schwarzens Küche in die größere und buntere Welt der großen Stadt. Ich gab mich dem Zeitvertreib hin, drüben auf der anderen Seite des Bahnhofsplatzes, wo der jeweils nächste O-Bus hinter der Häuserzeile hervorspringen sollte, die Oberleitung zu beobachten. An der Intensität ihrer Schwingungen konnte ich abschätzen, wie weit der Bus noch entfernt war: Immer wenn die Drähte sich heftig bewegten, musste er jede Sekunde um die Ecke schießen. Als es dunkler wurde, waren die Drähte nicht mehr so gut zu erkennen und ich wandte meine Aufmerksamkeit deshalb dem Treiben an dem Kiosk neben meiner Bank zu. Es war nun schon fast zehn, und Mutti kam immer noch nicht. Vom langen Sitzen tat mir schon der Hintern weh und ich turnte deshalb auf der Lehne herum, zog mit einem Stöckchen Strichmännchen in den Sandweg und entfernte mich von der Bank, um mir ein Würstchen zu kaufen. Dann schloss der Kiosk, die Platzlaternen wurden auf die kriegs-bedingte, schummrige Beleuchtung heruntergefahren und es kam auch kein O-Bus mehr.

Mein Urvertrauen in die Zuverlässigkeit meiner Mutter war eigentlich unerschütterlich. Wenn sie versprochen hatte, mich hier abzuholen, dann würde sie das auch bestimmt tun. Aber sie wollte gegen sechs bei mir sein und jetzt war es schon nach zehn. Ob ihr etwas zugestoßen war? Oder ob sie noch den Umweg über Heidis Wohnung genommen hatte, um wieder den Chauffeur zu bekommen? Oder ob sie den letzten Bus verpasst hat und jetzt zu Fuß läuft? Oder saß ich etwa auf der falschen Bank? Wo wollten wir überhaupt hingehen oder -fahren, nachdem sie mich hier getroffen haben würde, wo über Nacht bleiben? Und wo war eigentlich mein Köfferchen geblieben: mit meinem Waschzeug, dem Schlafanzug und mit Brummi, der überall mit hinreiste? Es war mir alles undurchsichtig, und in meinem Bauch stieg eine panische Ohnmacht auf.

Drüben vor dem Bahnhof ging ein Polizist mit Pickelhaube auf und ab. Und ich glaubte, er würde ab und zu herüber gucken und gleich auf mich stürzen, um mich anzuschnauzen, was ich hier nach Einbruch der Dunkelheit noch zu suchen hätte. Sollte ich mich ihm anvertrauen? Den Gedanken verwarf ich gleich wieder, weil er mich vielleicht mit auf die Wache nehmen könnte – und dann würde Mutti eine leere Bank vorfinden. Als der Polizist einmal im Bahnhof verschwunden war, wagte ich aufzustehen und schnell hinter ein Gebüsch pinkeln zu gehen. Nur für einen Augenblick ließ ich meinen Warteplatz aus den Augen, und als ich wieder hinsah, saß dort plötzlich eine Gestalt. »Mutti«, jubelte es in mir erleichtert. Ich rannte zurück zur Bank. Aber nein, sie war es nicht; das waren nicht ihre Silhouette, nicht ihre Bewegungen. »Ja, sie hatte jemand nach mir geschickt«, schoss es mir durch den Kopf. Der Jemand sah mir entgegen, als habe er mich erwartet. »Ich habe dich hier sitzen sehen und wollte zu dir kommen, doch dann warst du plötzlich weg«, erklärte er. Ich zögerte, auf ihn zuzugehen, aber dann fiel mir auf, wie er mit seinem linken Ärmel einen gelben Fleck an seinem Trainingsanzug verdeckte. Und wieder schoss Erleichterung in meine angespannte Brust: Das war doch…, war das nicht genauso ein gelbes Emblem, das sich Mutter aufgenäht hatte? Ein Erkennungszeichen!

»Ich bin abgehau'n!«, presste der andere Junge atemlos hervor. Er war nur wenig älter als ich und wirkte gehetzt. »Bitte verrate mich nicht! Mein Vater hat gesagt, ich soll mir Gesellschaft suchen, soll nicht allein auffallen, sonst würd' ich als Streuner aufgegriffen.« Sie waren zusammengetrieben und zu einem Sammelplatz gebracht worden. Dann mussten sie in einer Kolonne laufen. Und als die Begleitmannschaft einem anderen Ausbrecher nachschrie und nachstellte, hatte er den Moment nachlässiger Aufsicht genutzt und war blitzschnell in einen Hauseingang entwischt. Und jetzt wisse er nicht, wohin er gehen solle.

Als ich darüber nachdenken wollte, wie ich das Gleichnis lösen helfen könne, das Mutter mir da geschickt hatte, legte sich mir von hinten eine Hand auf die Schulter. »Da bist du ja. Komm', wir geh'n jetzt nach Hause.« Es war die besorgte Stimme von Tante Heidi.

X

Erst nach mehreren Nachfragen über Bekannte bei der Polizei hatte Heidi verlässlich erfahren, dass »die Käthe Sasse, geborene Wolff« sich, nein, nicht gezwungenermaßen, sondern durchaus freiwillig dem Transport 608/42 J nach Auschwitz angeschlossen hatte. Etwa 400 nämliche Personen sollten sich aus der Innenstadt in Mannschaftswagen der Polizei und aus den Randgebieten der Stadt in Kolonnen zu Fuß an der Verladerampe 17 des Güterbahnhofs sammeln. Was zunächst wie eine routinemäßige Vernehmung ausgesehen hatte, brachte innerhalb weniger Stunden die unumstößliche Gewissheit: Tante Häs' konnte vor ihrer Deportation in ein Arbeitslager nicht mehr gerettet werden. Meine Cousine war fassungslos und zunächst ratlos, was nun zu tun sei und wie sie mir, der ich noch ahnungslos am Bahnhof saß, die Wahrheit oder eine plausible Notlüge schonend beibringen konnte.

In einer angstvoll-aufgeregten Familienberatung in der Schwabestraße 18 zu Weimar mussten sich Heidi und ihre Schwestern gegen die Haltung ihres Vaters, des Rittmeisters Willi v. Sasse, zur Wehr setzen, die strikt und unmissverständlich lautete: Der Judensohn kommt mir nicht ins Haus. »Wie kannst du, Papi, als hoher Offizier und selbstbewusster Familienvater nur solch ein Feigling sein?« so packten sie ihn bei seiner Ehre. »Du magst den Jungen doch auch. Er ist dein leiblicher Neffe. Und es ist unsere verdammte Pflicht und Schuldigkeit, ihn jetzt wenigstens vorübergehend bei uns aufzunehmen«, so redeten sie auf ihn ein. »Und außerdem: Niemand sieht dem blonden Bengel seine jüdische Abstammung an, und kein Mensch weiß hier, wer er ist. Er ist unser Besuch.« Die Frauen setzten sich durch, und man einigte sich so: Heidi holt Ebel ab. Er bleibt hier im Haus und darf nicht allein rausgehen, um nicht nach seiner Herkunft ausgefragt und schlimmstenfalls auch noch abgeholt zu werden. Wir beschwichtigen Ebel mit der Notlüge, seine

Mutter sei zu den – wie er ja wisse – kranken Großeltern eilig nach Hamburg gerufen worden. Ebel bekommt Dorles Zimmer. Und Heidi knuffte ihren Erzeuger liebevoll: »Und du, Papi, bist gefälligst nett zu ihm!« Alles weitere wollten sie meinem Vater überlassen, der telefonisch benachrichtigt wurde. Dann stillte Heidi ihr Baby und machte sich spät auf den Weg. Es war schließlich auch besser, wenn es dunkel ist. Dann würde die Erlösung des Jungen am Bahnhof jedenfalls kein Aufsehen erregen.

So folgte ich meiner attraktiven Base, die aussah wie die echte deutsche Frau von den Durchhalteplakaten der Nazis, artig in die großbürgerliche Acht-Zimmer-Wohnung am Ende der Schwabestraße. Obwohl ich die Erklärung, Mutti sei zu ihren Eltern gefahren, »sehr komisch« fand, verzichtete ich auf einen meiner berüchtigten, jähzornigen Ausfälle, denn es gab ja wirklich nichts, was ich damit hätte durchsetzen können. Jedenfalls hatte Mutter, wann immer sie vorher zu ihren Eltern gereist war, mir dies selbst gesagt und mich persönlich bei Freunden oder im Kinderheim untergebracht. Was mich an dem Abend viel mehr umtrieb: Was würde aus dem Jungen werden, den Heidi abgeschüttelt hatte, obwohl er uns noch eine Weile zögernd gefolgt war? War der nun ganz allein? Was war das für eine Kolonne gewesen, von der er ausgebüxt war? Die Frauen wussten darauf nur ausweichende Antworten.

Am Frühstückstisch sagte ich am nächsten Morgen artig, wie sehr mir Dorles schönes Jungmädchen-Zimmer gefalle. Dorle war die älteste der drei Schwestern und studierte gerade Musik an einer auswärtigen Hochschule. Adelheid und ihre jüngere Schwester Felicitas, genannt »Feechen«, steckten zuhause noch die Beine unter den Tisch. Feechen war erst 21, immer lustig und verbreitete eine familiäre Stimmung, die es mir erleichterte, mich einzugewöhnen. Aber hier in der Stadt hatten sie merkwürdige Angewohnheiten: Jeder hatte seine eigene Portion Butter – sie nannten es Ration und jeder kennzeichnete »seine« Butter mit einem farbigen Reiter. Ich bekam ein eigenes Schälchen und da meine Lebensmittelkarte wohl noch in Mutters Handtasche war, hatte ich noch keinen Anspruch auf Butter, aber jede der Cousinen zweigte mir ein Stück von ihrer ab. Mutti war immer schnell zu einem Bauern rüber gegangen und holte frische Milch, soviel sie wollte. Aber Tante Johanna musste für viel weniger Milch stundenlang Schlange stehen, und ich konnte die dann doch nicht trinken, weil sie schon sauer war. Dann gab es sie von tiefen Tellern mit eingebrockten Brotwürfeln und Zucker darüber ein paar Tage später als »dicke Milch«.

Je länger ich blieb, desto öfter stellte ich die Frage: Was wird aus meinen Sachen in Meura? Ich brauchte dringend meinen Trainingsanzug, um im Garten spielen zu können, und meine Buntstifte, damit ich für Vater Bilder malen konnte. Und was würden mein Lehrer und meine Schulkameraden dazu sagen, dass ich nach den großen Ferien nicht wieder in der Schule erschienen war?

»Darum muss sich Werner kümmern«, war des Onkels stets gleiche Antwort. »Dein Vater wird sicher bald kommen, sobald er sich frei nehmen kann, und mit dir nach Meura fahren.« Das Leben auf der Etage und im Garten wurde mir sehr bald langweilig. Auch war ich schließlich ein Einzelkind, und es fiel mir schwer, mich den albernen Mädchen-Einfällen meiner Basen unterzuordnen oder, hei-tei-tei, mit Heidis Baby zu plappern.

Nach ein paar Wochen wurde meine Ausgangssperre gnädig gelockert. Und dann fand ich es schick, wenn ich an Onkels Seite durch die Stadt gehen durfte – nein, wir gingen nicht, wir schritten. Er trug seine sehr schneidige Uniformjacke mit den Streifen und Rangabzeichen eines Majors und einen majestätisch wippenden Seitensäbel. Da es in Weimar von Militär nur so wimmelte, wurde ihm allenthalben von unteren Rängen ehrerbietig und zackig korrekt salutiert, und er grüßte huldvoll und lässig zurück. Da ich ihn begleitete, bezog ich die Grüße auch auf mich und war selbst als Halbjude jungenhaft stolz auf meinen Onkel und auf die willkommene Abwechslung in meinem ahnungslosen Dasein, dessen Widersprüchlichkeit mir in dieser Zeit noch lange nicht bewusst war.

Schon bald telegraphierte Vater, wann er in Weimar eintreffen werde und dass er im Hotel Kaiserin Augusta wohnen wolle. Onkel Willi ließ mich in seinen Wanderer einsteigen, und wir holten seinen älteren Bruder vom Bahnhof ab. Der schloss mich minutenlang in seine starken Arme und nahm mich an die Hand. Er trug eine tiefe Traurigkeit, und sein Einstecktuch hing welk herunter. Und dann saßen die beiden stundenlang zusammen, um meine kleine Judenfrage zu klären. Denn jetzt war wahr geworden, was Vater an Göring geschrieben hatte: »Ich stehe allein mit meinem kleinen Söhnchen Ebel.« Und ich durfte – wie jedes Mal, wenn's ernst wurde – draußen spielen.

XI

»Vatilein, wann kommt Mutti endlich wieder?«

»Sie hat mir gesagt, dass sie noch bleiben muss«, log Vater.

»Wo denn, wo muss sie denn bleiben?« Vater wich aus:

»Hat dir Heidi das denn nicht gesagt?«

»Heidi hat gesagt, sie musste nach Hamburg fahren, um Oma und Opa zu pflegen.«

»So, hat sie das gesagt?«

»Aber sie soll nun bald wiederkommen!«

»Ja, Ebelchen, das möchte ich doch auch.« Vater guckte starr und geistesabwesend aus dem Fenster.

»Warum schreibt sie mir denn nicht und warum kann ich ihr denn nicht schreiben – wir haben doch von Meura aus auch immer nach Hamburg geschrieben...«

»Sie wird dir sicher bald schreiben.«

Ich durchschaute dieses Erwachsenen-Theater nicht ganz, aber ich ahnte, dass mir etwas Wichtiges verschwiegen werden sollte – und das brachte mich in einen Aufruhr, den ich zunächst in mich hineinfraß, der sich aber bei nächster Gelegenheit in einem Tobsuchtsanfall entlud. Es war bequem und gedankenlos, einem fast Zehnjährigen die Wahrheit so lange vorzuenthalten, bis er an der Unwahrheit zerbrach. War es nicht tausendmal schlimmer, das Misstrauen eines Kindes zu nähren, statt ihm die tödliche Wahrheit zu sagen und mit ihm zu trauern? Oder wäre es zu riskant gewesen, diese Wahrheit auszusprechen und den Jungen damit allein zu lassen? Mich.

Ich fühlte mich sowieso von allen im Stich gelassen – nicht nur, weil sie mich mit unglaublichen Geschichten abspeisten, sondern vor allem, weil sie mich auch noch abschieben wollten.

»Wir zeigen dir mal eine hübsche Kinderpension, wo du mit anderen Kindern zusammen und in unserer Nähe bist.« Das war kurzfristig so verlockend wie jener Kindergeburtstag, sollte aber, wie ich herausgehört hatte, für länger sein. Warum denn, wenn Mutti doch bald wiederkommt? Vati nahm mich bei der Hand und Tante Johanna umfasste von der anderen Seite meine Schulter, und in dieser liebevollen Zwangsjacke führten sie mich ab in ein Haus auf der anderen Straßenseite. Ich riss mich los, lief zurück und schrie mir die Enttäuschung aus der Seele: »Ich komme nicht mit; ich will nicht zu fremden Leuten.« Vater stand dumm da, denn er hatte dieser Lösung zugestimmt und wusste keine andere. »Komm, sei lieb!« – »Nein, ich komme nicht. Ich will zu meiner Mutter!« Das Recht des Schwächeren ist es, gegen das Unrecht des Stärkeren wenigstens anzuschreien. Ich rannte ins Kirschbachtal und versteckte mich hinter einem Schuppen, der mir wohnlicher erschien als irgend eine »Pflegestelle«, so hätte Johanna sich ausgedrückt. Es folgte ein langes Locken, Zerren und Drohen. »Du benimmst dich ja unmöglich!« Na und? Es sollte nicht das letzte Mal sein, dass ich mich unmöglich benahm.

Frau Preuß kam nicht einmal an die Haustür, sondern rief mit bellender Stimme, wir sollten nach oben kommen. »Du bist also der Ebel.« Wer hätte ich denn sonst sein sollen? Lisbeth Preuß war kleiner als Mutti, sie hatte einen Buckel, und darauf saß ein viel zu großer, grauer Lockenwuschelkopf. Als Witwe ging sie ewig in Schwarz, bekam bei jeder Erregung nasse Stoff-Flecken in den Achselhöhlen und roch meist nach Schweiß. Sie war mit ihrem eigenen Dasein so unzufrieden, dass sie nicht viel Herzlichkeit dabei aufzubringen vermochte, fremde Zahlkinder glücklich zu machen. Peter, ihr eigener Sohn, war schon mit 15 aus dem Haus geflüchtet und kam nur gelegentlich um Wäsche. Doch dies alles merkte oder erfuhr ich erst nach und nach. Ich mochte sie von Anfang an nicht, obschon – nein, gerade weil sie sich sichtlich bemühte. Ich sagte nicht »Mami« zu ihr wie die anderen Pflegekinder, wenn sie dies auch gern gehört hätte. Ich hielt es einfach ein ganzes Kriegsjahr bei ihr aus. Dabei halte ich ihr zugute, dass die Kriegszeit schwer war und sie mit uns wirklich nicht viel zu lachen hatte. Da sie lange tot ist, darf ich das schreiben, ohne ihr wehzutun.

Vater hatte seiner Schwägerin nachgegeben, war wieder weggefahren – und zahlte. Dafür hatte ich nun die Gesellschaft zweier kleiner Pflegemädchen von sechs oder sieben Jahren und eines Babys, dessen Geschrei mich beim Nachdenken störte. Ich bekam Peters Zimmer, und wenn er kurzfristig nach Hause kam, musste ich mit ihm in einem Bett schlafen. Die Kleineren waren nicht immer anwesend, weil sie manchmal von ihren Rabenmüttern für ein paar Tage heimgeholt wurden. Schnell waren sie bereit, mich als Platzhirsch zu akzeptieren und lauerten stets darauf, ob mir als Neuem auch etwas Neues und Spielbares einfiel. Zum Haus zählte ein gekiester Hof und ein Obstgarten, dennoch fehlte mir der weite Auslauf auf die Wiesen und Waldwege von Meura. Als die Pflegeschwestern mich in ihr Spielrevier einführten, da wurde ein Junge etwa meines Alters von seiner Mutter um die Hausecke geschoben: »Das ist Martin. Er will mit euch spielen. Vertragt euch!«, befahl sie. Martin Gallesky war der Sohn des Bäckers, dem das Haus gehörte und der unten drin Backstube, Laden und Ladenstube eingerichtet hatte und oben unterm Dach die Schlafzimmer. Mir schien die Mahnung seiner Mutter verständlich, denn ich hatte schon vorher gehört, wie schwierig es war, sich mit Martin zu vertragen.

»Das ist *unser* Hof!« So begann er seine Marken zu setzen. »Mami hat aber gesagt, dass wir auch hier spielen dürfen«, konterte Annemarie, die kiebige Rothaarige.

»Aber nur, wenn ihr spielt, was ich will«, geiferte Martin.

»Wir mögen aber nicht mit dir spielen, wir spielen jetzt mit Ebel«, so kratzten sich die kleinen Biester bei mir ein.

Das war sozusagen der Anpfiff des ewigen Gerangels zwischen Martin und mir. Martin war für mich in gewisser Weise beneidenswert; er war ein behütetes Muttersöhnchen: Er trug eine Zahnspange. Seine Schularbeiten musste er in der Ladenstube machen, unter ständiger Aufsicht der weißgeschürzten Bäckersfrau, die ihm auf der Pelle saß, sobald im Laden nichts zu tun war. Abends scheitelte sie sein pomadig glänzendes Haar und stülpte ihm ein Haarnetz über, das sie am Hinterkopf festzurrte, damit ihr Martin morgens noch adrett aussähe. Als ich ihm zu verstehen gegeben hatte, dass ich dies affig fand, versuchte er, mich auf andere Weise zu hänseln und auszustechen: Er konnte Fahrrad fahren – ich aber nicht; und ich hatte auch keins. Er konnte so richtig jungenhaft durch die Finger pfeifen – ich nicht. Martin hatte sich mit sechs schon freigeschwommen – ich schwamm wie eine bleierne Ente.

Als Martin gemerkt hatte, dass ich Kabbeleien und Schlägereien lieber aus dem Weg ging und keine Mutter hatte, die mich in ihre Fluchtburg aufnahm, rempelte er mich an, stellte mir Beine oder brach Ringkämpfe vom Zaun. Wenn er zu unterliegen drohte, konnte er dabei sehr wütend werden, und wenn ich ihn niederrang, rief er nach seiner Mutter, die dann als Schiedsrichterin herbeieilte und uns trennte. Im Stillen musste ich mir eingestehen, dass ich auf Martin eifersüchtig war, weil er eine Mutter besaß, andererseits aber froh war, nicht eine solche Mutter zu haben. Mami Preuß setzte ich nicht gern als Schlichterin ein, weil ich sie nicht mochte, und ich mochte sie nicht, weil sie sich als meine Mutter aufspielte.

Tante Johanna kam manchmal herüber, um in Vatis Auftrag nach dem Rechten zu sehen. Sie befand immer alles ganz in Ordnung, weil dies so bequemer für sie war. Wenn ich kleine Beschwerden bei ihr anbringen wollte oder sie insistierend nach Mutters Verbleib ausfragte, dann wischte sie immer alles temperamentvoll und lautstark herrisch vom Tisch – und das auf Schwäbisch: »Ach Äbele, s'wird scho alles rächt wärde« oder »Waisch, do händ mer doch ganz and're Sorge.« Kein Wunder, wenn Onkel Willi deswegen ständig unter Depressionen litt. Vater verfügte durch sie, dass ich nicht in eine richtige Schule zu gehen brauchte, sondern einen Privatlehrer bekam. Sie ließ auch meinen Eintritt ins Jungvolk nicht zu. Und sie überwachte mein gesittetes Auftreten. Etwa musste ich unbequeme »kurze Hosen« tragen, die meine Knie bedeckten und in den Kniekehlen kratzten, während meine Altersgenossen kesse, knappe Shorts tragen durften, bei denen man das Fleisch der Oberschenkel sah. Ich wuchs in die Rolle eines Außenseiters hinein – eine Partie, in der ich mich gar nicht wohlfühlte.

Die Besuche meines Vaters in Weimar zählten zu den wenigen freudigen Momenten meines Lebens. An sie knüpfte sich immer meine Erwartung an eine Veränderung – und an plausiblere Erklärungen, warum meine Mutter mich allein gelassen hatte. Vor allem fand ich es eine Zumutung, unter so primitiven Verhältnissen aufwachsen zu müssen. »Das ist eben der Krieg«, entschuldigte sich Vater, »wir sind alle nicht auf Rosen gebettet.« Vater war soeben in sein fünftes möbliertes Zimmer umgezogen. Mit dem Krieg wurde neuerdings alles erklärt, verklärt und entschuldigt. Doch mit Vaters nächstem Weimar-Aufenthalt kündigte sich endlich ein Wandel an.

XII

Es war im Frühjahr 1943, der Endsieg schien in weite Ferne gerückt zu sein und bei den meisten Mitmenschen in der Stadt herrschte Bombenangst. Und Schmalhans Küchenmeister, weil die auf der Lebensmittelkarte versprochenen Rationen entweder überhaupt nicht oder zu spät im Handel waren – und schnell verfielen. Wenn mein großer, stets hungriger Vater mich besuchte, musste ich immer vorher versuchen, von überallher in der Nachbarschaft oder Verwandtschaft ein paar dieser bedruckten Papierschnitzel zu ergattern, weil wir sonst nicht gemeinsam hätten frühstücken können – und auf Hotel-Mahlzeiten mit Vater freute ich mich schon Wochen bevor er kam, waren sie doch fast die einzige Gelegenheit, der Enge meiner Pflegestelle zu entfliehen. Diesmal kam er abends mit der Bahn. Ich mogelte mit der Ankunftszeit und konnte Mami Preuß überreden, mich schon am Nachmittag fortzulassen.

Ich lief an der Katholischen Kirche vorbei die Steubenstraße entlang in Richtung Frauenplan und war erleichtert, heute einmal nicht in der langen Warteschlange vor dem Gemüsegeschäft am Wielandplatz stundenlang nach Blumenkohl, Spinat oder Kartoffeln anstehen zu müssen. Ich steuerte schnurstracks aufs *Café Elephant* zu, schaute durch die großen Glasscheiben ins Innere und bildete mir ein, im Spiegel der Fenster meine Mutter und Heidi zu erkennen – bei ihrem heimlichen Gespräch, als sie mich hinausgeschickt hatten. Vielleicht kam ich der Sache auf den Grund und konnte ihre Beweggründe nachvollziehen, indem ich alle Wege von damals nochmals abschritt und aufpasste, ob mir etwas auffiel. Ich kramte ein paar Pfennige meines kargen Taschengeldes zusammen und stieg wie damals in meinen Lieblingsbus zum Bahnhof. Der Bus war ziemlich voll, und ich stand hinten auf dem Perron. An der Hauptpost stiegen noch mehr Leute zu, ein alter Mann wollte in letzter Sekunde noch mit und drängelte von draußen nach. Da wurde er von einem herbei eilenden Polizisten unsanft zurückgerissen und getreten, so dass der Mann auf den Bürgersteig fiel. Ich sah den Stürzenden aus dem Augenwinkel durch das Rückfenster. Moment mal – trug der nicht so einen gelben Fetzen wie der Junge auf der Bank? Aufgewühlt stieg ich am Bahnhof aus. Es war noch eine Stunde Zeit. Ich schlenderte in die jetzt ziemlich vernachlässigte Grünanlage, um mich auf »meine« Bank zu setzen. Denn an dieser Stelle war ich der Verheißung, dass Mutter zu mir kam, am nächsten. Ich schloss die Augen und sah, wie Mutti mir zuwinkte, sah ihren langen Wanderrock, darin ihre weiße Bluse, die an ihrem samtweichen Mädchenhals etwas offen stand und ihre glatt zurück gekämmten und zu einem Dutt zusammengesteckten Haare. Sie kam auf mich zu und breitete ihre Arme aus – das war voriges Jahr am Abend einer unserer Wanderungen. Es war eines von wenigen schönen Erinnerungs-Bildern in meinem Kopf.

Die Bahnhofsuhr, deren Minutenzeiger meist stillstand, um dann plötzlich eine ganze Minute vorzurücken, mahnte mich, dass Vatis Zug gleich ankommen sollte. Ob er wirklich mitkam? Ob ich ihn in dem Gedrängel wirklich sah? Ob er vielleicht Mutti wieder mitbrachte? Ob ich ihn zuerst sehe oder er mich? Ob er mich hochhebt und mit seinem Schnurrbart kitzelt? Ja, dort hinten stieg er tatsächlich aus – mit seinen einssechsundneunzig immer der Größte. Aber warum winkte er nicht mir zu, sondern in eine andere Richtung? Ah, dem Mann mit der roten Mütze. »Ein Gepäckträger? Den gibt's nicht mehr, wo denken Sie hin. Die sind alle an der Front!« Mein armer Papa musste sich mit seinem großen Koffer selber abquälen und setzte ihn erst mal ab. Aber da stand ich schon neben ihm. »Steig' auf den Koffer, dann bist du so groß wie ich.« Er hatte immer einen lustigen Einfall. Aber er sah traurig aus. Und abgemagert. Und müde.

Ein junger Mann erbot sich, das Gepäck rüber ins Hotel zu tragen – und hinauf zum Zimmer. Vati legte nur seinen Mantel ab und ließ sich schwer aufs Bett fallen. »Zieh deine Schuhe aus, Ebelchen und leg' dich neben mich.« Ich freute mich darauf, mit ihm zu schmusen, aber er schlief sofort ein – und danach wurde es spät. Wir hatten eigentlich in die Schwabestraße gehen wollen, aber Vater wäre dies wahrscheinlich heute zuviel geworden. Offensichtlich hatte er keine Kraft mehr. Er erlaubte mir, bei ihm im Hotel zu bleiben, und schickte durch Boten eine Notiz an meine Pflegestelle. An der Rezeption buchte er eines jener neuartigen und preiswerten Minizimmer für mich, die das »Kaiserin Augusta« seinen Gästen für eine kurze Übernachtung anbot. Aus dem großen Koffer bekam ich eine von Vaters Unterjacken als Nachthemd. Warum ich nicht in seinem Zimmer schlafen sollte, das erschloss sich mir erst später: Vater war hochgradiger Diabetiker, und infolge der unzureichenden Kriegsernährung litt er zunehmend unter Furunkulose und musste Verbände wechseln. Dieser körperliche Verfall zählte zu den strengen Tabus des einst so strahlenden Frauenhelden. Ach, es gab damals so viele Mängel, so viele Ungereimtheiten, so viele Erniedrigungen und so viele Missverständnisse – denn die Erwachsenen hüteten ohnmächtig ihre Geheimnisse, leckten heimlich ihre Wunden und verdrängten die anstehenden Probleme, was offene Gespräche fast unmöglich machte.

Beim Hotelfrühstück studierten wir zunächst unsere Butter- und Brotmarken. Keiner speiste und trank nach Hunger und Durst, sondern jeder verwaltete den ihm staatlich verordneten Ernährungs-Mangel. Vater konnte mit zwei Marmeladenbrötchen weder satt werden noch seinen Zuckerhaushalt sinnvoll steuern. Hilfe suchend blickte er auf die Nachbartische; umgekehrt erspähten Tischnachbarn hilfsbereit, ob sie mit ihren Resten jemandem eine Freude machen konnten. Die Hilfsbereitschaft der Volksgenossen untereinander wuchs, wo immer der Kriegsalltag ihresgleichen ungerecht behandelte. »Darf ich Ihrem Kleinen noch ein Brötchen anbieten?« Die Offerte richtete sich an den hungernden Großen, war aber so weniger peinlich verpackt. »Nein, wirklich, Sie können es gern annehmen; wir hatten genug!« Und ein Mädchen von einem anderen Tisch verehrte mir unaufgefordert ein schönes Stück Thüringer Wurst. Als Herr der Alten Schule bedankte sich mein Erzeuger überkorrekt, indem er aufstand und sich vor dem Brötchengeber verbeugte. So kam man ins Gespräch, beklagte die widrigen Lebensumstände und vor allem, »dass mein Junge ohne Mutter aufwachsen muss« und leider in einer nicht standesgemäßen Pflegestelle untergebracht sei, wo er sich gar nicht wohl fühle.

Der Herr vom Nachbartisch stellte sich als Landgerichtsrat Dr. Nörenberg vor. Er habe in Weimar beruflich zu tun, werde morgen noch bleiben und, wenn Vater gütigst erlaube, dann einmal seine Tochter anrufen, so es ihm gelinge, eine telefonische Verbindung herzustellen. Die nämlich habe zwei Buben in meinem Alter, viel Platz in ihrem Haus, denn ihr Mann sei Offizier und an der Front. Sie lebten auf einem riesigen Grundstück mit Garten, wo der Junge – gemeint war ich – sich sicher wohl fühlen würde. Mit den anderen könnte ich auch endlich wieder zur Schule gehen. Ich saß still daneben und hatte Angst, vom Regen in die Traufe zu kommen und, vor allem, noch weiter weg von Heidi und von meinem Vater zu sein. Und wo, bitte, sollte meine Mutter mich finden, wenn sie unverhofft wiederkäme?

Es klappte. Vater schien selig zu sein und jubilierte: »Die sind aus unserer Kiste!« Einerseits hatte ich wohl gar keine Chance, mich zu wehren. Andererseits wurde ich in ein Abenteuer geschickt, dem ich Geschmack abgewinnen konnte.

Und Vater hatte noch einen Grund für meinen Umzug, den er unvorsichtiger Weise nicht vor mir verbarg: »Und außerdem weiß dort niemand etwas.« Schon an einem der nächsten Tage fuhr Vater nach Meiningen und traf sich dort mit der Tochter des Herrn Landgerichtsrats. Ob er dieses Etwas auch vor ihr verheimlichen wollte?

XIII

Nur wenige Tage später machten wir uns auf den Weg in meine neue Heimat. Während auf der neuen Reichsautobahn alle Räder für den Sieg rollen mussten, folgten wir dem Zug der Kriegszeit und verließen uns auf die Eisenbahn. Für Erwachsene wie meinen Vater, die schon in den Salonwagen des Orient-Express gereist waren, war Bahnfahren 1943 eine Zumutung – für mich war es ein Abenteuer. Wir suchten nicht die 1. oder 2. Klasse, denn bei der Reichsbahn gab es keine Klassen mehr, sondern nur noch Volksgenossen. Unser Zug kam in Weimar schon überfüllt und mit zwei Stunden Verspätung an. Für den Einstieg hatte Vater bereits einen riskanten Schlachtplan, den wir sogleich in die Tat umsetzten: Ich drängelte mich vor die Menschentraube, die fluchend und schubsend am Perron hing, stolperte als erster hinauf, arbeitete mich dann zwischen den Beinen der noch zum Ausgang schiebenden Menschen hindurch etwa in die Mitte des Waggons. Dann angelte ich mit den Händen nach zwei Fenstergriffen und hängte mich mit dem ganzen Gewicht meines Körpers hinein, bis sich die Scheibe senkte. Draußen stand schon der große Mann mit Hut und schob mir den ersten Koffer durch die Fensteröffnung. Der glitt, nur wenig von mir am Fallen gehindert, an meinem Körper entlang und plumpste mir vor die Füße. Das zweite Gepäckstück folgte und sackte auf den Koffer. Vaters Kopf war schon wieder verschwunden; genau nach Plan eilte er von Wagentür zu Wagentür, um sich noch irgendwo hineinzuschieben. Ich setzte mich auf den einzigen freien Platz, bevor die Lawine der Zusteigenden anrollte und alle letzten Nischen besetzte. Ich versuchte die Stellung zu halten; es war eine Angstpartie. Kam Vater noch mit? Und machte ein Erwachsener mir etwa gleich meinen Platz streitig oder zwängte sich noch neben mich?

Mit einem gewaltigen Ruck setzte die pfeifende Dampflok den überladenen Zug in Bewegung. Mutterseelenallein reiste ich ja sowieso, aber nun sah ich mich noch vaterlos in eine ungewisse Fremde fahren. Gott sei dank hatte ich meine Fahrkarte; sie hing mir in einem flachen Etui um den Hals und kitzelte mich auf der Brust. Vater hatte mir genau eingeschärft: Wenn er nicht käme, dann sollte ich in Hannover aussteigen, den Schaffner oder irgend einen kinderlieben Erwachsenen anflehen, die Koffer auf den Bahnsteig zu wuchten, und dort so lange warten, bis er nachkommt. Noch sah ich keinen netten Erwachsenen, dafür neidisch entrüstete Blicke, weil ich saß und viele standen. Allerdings war ich für die meisten kaum zu sehen, denn ich wurde durch die Leute verdeckt, die mitten im Fußraum des Abteils ihren wackligen Stehplatz behaupteten. »Der Platz ist für meinen kranken Vater, der gleich kommt«, sagte ich ständig still mit den Lippen. Sind die Koffer noch da? Ja, die gelben Streifen, mit denen Vater alle Gepäckstücke markiert hatte, leuchteten vom Gang her zu mir herüber.

Es gibt nicht viele Dinge von Vater oder nur wenige Momente mit ihm, die mir lebhaft in Erinnerung geblieben sind. Da ich immerhin schon zehn und nach meinen Zeugnissen auch ein ganz helles Bürschchen war, wundert es mich, wie viel Erinnernswertes ich mit der Zeit verdrängt oder vergessen haben muss. Aber die »Gelbstrich«-Hartfiberkoffer, von denen er mindestens fünf besaß, blieben mir durch das viele ruhelose Herumreisen fest im Gedächtnis. Auch sein blauer

Siegelring, mit dem er mir Katzenköpfe verpasste, wenn ich nicht Hochdeutsch sprach, sondern Thüringisch quatschte. Und seine silberne Schlipsnadel mit dem Fuchsköpfchen, die mir so oft in den Blick stach, wenn ich auf seinem Schenkel saß und mich an seine Brust lehnte. Gemerkt habe ich mir auch diese Reise-Erlebnisse: Die Einsteige-Szene von vorhin in Weimar. Oder eine Straßenbahn-Szene in Braunschweig: Vater und ich hatten einander gegenüber auf den sitzfreundlich geschwungenen Holzpritschen Platz gefunden, es wurde voller und eine ältere Dame begehrte fordernd meinen Platz. Da befand mein arischer Herrenmensch kategorisch: »Der Junge bleibt sitzen!« Es hätte mir nichts ausgemacht aufzustehen, denn meine Mutti hatte mich zu einem höflichen Menschen erzogen. Aber irgendwie gefiel mir die Bestimmtheit meines alten Herrn (die mich allerdings bei späterem Nachdenken eher peinlich berührte)…

Vater klopfte an die Scheibe meines Abteils und stieg zu seinem Platz durch, zwängte sich, wo ich Hänfling gesessen hatte, schiebend und verdrängend hinein und nahm mich auf den Schoß. Er war außer Atem und wirkte sichtlich abgekämpft. Bis Hannover hatte er ein paar Stunden Zeit sich auszuruhen. Dort stiegen wir unter ähnlichen Strapazen aus und in einen weniger überfüllten Zug wieder ein. Im Abteil stand niemand mehr in meinem Blickfeld, und dadurch konnte ich aus dem Fenster sehen. Im gleichmäßigen Takt der Schwellenstöße schwebten auch die Telegrafen-Drähte auf und nieder. Ich liebte die beruhigende Regelmäßigkeit dieser Reisemelodie. Auf Bahnhöfen hielten wir ruckartig an, um Militärzüge durchzulassen, die der Front entgegenrasten. An den Truppentransportern und auf den Stationen frohlockten überall Spruchbänder: »Räder müssen rollen für den Sieg!« oder »Für Führer und Volk zum Endsieg!«

»Vati, gegen wen müssen wir siegen?«

Vater schaute verstohlen nach rechts und links, während er sich eine Antwort überlegte, die allen Abteil-Insassen gefallen konnte: »Gegen alle Feinde des deutschen Volkes.«

»Wer sind die Feinde des Volkes?«

»Die Bolschewisten und die amerikanischen Terrorflieger!« Es fehlten nur noch die Polacken und die Juden, die ja bekanntermaßen unser aller Unglück waren und jetzt alle in Lager geschickt wurden, um für den Endsieg zu arbeiten. Ich hatte eine verständliche Scheu, nach denen zu fragen, und Vater vermied es geflissentlich, mir darüber reinen Wein einzuschänken.

»Und wer sind die Freunde des Volkes?«

»Das sind unser Führer und unsere tapferen Soldaten.«

»Und wann kommt der Endsieg? Ist dann der Krieg für immer zu Ende und kommen dann alle Soldaten wieder heim?«

»Der Endsieg wird schon bald sein. Dann wird es keinen Fliegeralarm mehr geben und keine Lebensmittelkarten und alle Soldaten werden wieder heimkehren«, log mein alter Herr. Dabei kullerte ihm eine Träne über die Backe, denn mein infantiles Fragen hatte in ihm die eigenen schmerzlichen Wunden dieses Krieges wieder aufbrechen lassen. Er mochte an seinen gefallenen Sohn Roland aus voriger Ehe gedacht haben, von dem er mir nie erzählt hatte, oder an Heidis Mann, die beide bestimmt nicht wiederkommen konnten.

Zehn Jahre später oder wenn ich damals zehn Jahre älter gewesen wäre, wäre unser Dialog anders ausgefallen:

»Vater, gegen wen wolltet Ihr eigentlich siegen?«

»Was heißt denn ›Ihr‹? Wir, dein Vater und deine Familie wollten keinen Krieg und deswegen auch niemanden besiegen.«

»Ihr hättet zuerst mal eure Feigheit und eure Angst vor dem Hitler-Regime besiegen müssen, meinst du nicht?«

»Ebel, du hast doch keine Ahnung, unter welch existentiellem Druck jeder von uns stand.«

»Und wer sind die Feinde des Volkes? Ich werde diese Frage an deiner Stelle gleich selbst beantworten: Das sind die Großgrundbesitzer, die alle die Weimarer Republik nicht wollten und deshalb den Nazis in die Arme gelaufen sind…«

»Junge, das kann man so nicht sagen.«

»Doch, Vater, so muss man es sagen. Und Feinde des Volkes sind auch die Industriellen, die Hitlers Krieg materiell ermöglichten und die von der Zwangsarbeit der Polen profitiert haben.«

»Nun hör' aber auf!«

»Nein, Vater, dies weißt du doch sehr genau – als Disponent der Reichswerke in Salzgitter, die Stahl und Kriegsgüter für den Endsieg herstellen…« Der »Endsieg«, so hätte jedes ehrliche Gespräch ergeben müssen, das war die propagandistische Durchhalte-Vokabel, die dem geschundenen Volk vorgaukelte, mit Kriegsende seien alle Probleme endgültig besiegt, habe alles Leid ein Ende. Für mich als Pimpf, der demnächst zum Jungvolk angemeldet werden sollte, war der Endsieg eine romantisch verklärte und anspornende Verheißung. Damals im Zug ahnte ich noch nicht, was schon feststand: Ich würde bestimmt nicht zu den Siegern gehören.

»Minden – Minden in Westfalen!« Wir mussten aussteigen.

XIV

Minden war bestimmt nicht so schön wie Weimar. Aber Minden war ja besser für mich, weil die Familie Geske aus Vaters arischer »Kiste« stammte, wie er sich ausgedrückt hatte. Die Kiste war ein riesiger Gebäudekomplex – vorn an der Straße ein mehrstöckiges, kastenförmiges Wohnhaus, dahinter ein großer gepflasterter Hof mit Lieferwagen, mit großen Stapeln von Bierkisten und Fässern, Pferdegespannen und im hinteren Fabrikgebäude, hinter großen Scheiben sichtbar: ein Kupferkessel. Die neue Kiste war durchgehend mit »Feldschlößchen Brauerei« beschriftet – das Unternehmen, in das Frau Geske eingeheiratet hatte. Ihr Mann, der

Brauherr, war einer unserer tapferen Soldaten und als Hauptmann auf dem Siegeszug im Osten – oder vielmehr auf dem verlustreichen Rückzug, denn die verlorene Schlacht von Stalingrad hatte die Wende des Krieges bereits eingeläutet (aber darüber war ich wiederum nicht informiert).

Tante Geske war stattlich, natürlich und blond, eben eine richtige deutsche Frau, und ihre Söhne Manfred und Peter waren zehn und acht und der Grund, weswegen ich angeblich gut hierher passte. Manfred gab sich freundlich, aber großmäulig, Peterchen schüchtern und nörgelig. Zwischen uns war keine Sympathie auf den ersten Blick, und das Zusammenleben mit Kindern etwa gleichen Alters war für mich gewöhnungsbedürftig. Ich bewohnte ein freundliches Zimmer, in das ich mich zurückzog, wenn ich mich einsam fühlte und Briefe an meine Mutter schrieb, die nie beantwortet wurden. Überall standen silberne Bilderrahmen mit Vater Geske in Uniform, der auf die Briefe seiner Söhne auch nicht antwortete.

Ganz schön und unterhaltsam fand ich das Leben in der großen, weiß gekachelten Küche, in der meine Pflegemutter herumwirbelte und Hof hielt. Von der Küche aus hatten wir einen weiten Blick auf eine riesige Wiese, und vor der Küche führte eine steile Außentreppe zum Hof, der zur Wiese hin offen war. Über die Treppe kamen viele Male am Tag Besucher zu uns: Bierkutscher holten sich belegte Brote und Soldaten brachten große Eimer zu uns herauf, die Mutter Geske mit Wasser oder mit Milch füllte. Manchmal machten Schaffnerinnen bei uns Pause, denn vor dem Haus befand sich die Endhaltestelle der Mindener Straßenbahn. Mutter Geske entpuppte sich in meinen Augen als Marketenderin all der Leute, die irgendwie für die Gemeinschaft der Endsieger arbeiteten.

Besonders der Soldaten. Eines Tages durfte ich mit auf die Wiese, wo etwa zehn Soldaten mit einem Unteroffizier in einer Baracke lebten. Sie bildeten das Bodenkommando für einen überlebensgroßen Luftballon, der mit einer Winde an einem armdicken Stahlseil in die Luft befördert und wieder eingezogen werden konnte. Das Seil wickelte sich von einer haushohen Kabeltrommel ab, die im Schatten von Bäumen getarnt am Wiesenrand stand. Einer der Landser forderte mich auf, mal in die Luft zu gucken. Da sah ich ganz oben und ganz klein viele Hunderte Luftballons über der ganzen Stadt Minden schweben. Manfred wusste das natürlich schon alles, denn die Ballonkulisse war bereits vor vielen Monaten in den Luftraum gelassen worden. Im Vollgefühl seines Wissens-Vorsprungs erklärte er mir sinngemäß: Das sind Fesselballons oder Sperrballons. Sie sperren die Luft mit ihren Stahlseilen, die den Tommys die Tragflächen ihrer Bomber durchtrennen oder die feindlichen Flugzeuge fesseln, sie manövrierunfähig machen und möglichst abstürzen lassen. Ich verstand: Die Bomber, die unsere Wiesenbewohner zum Absturz bringen sollten, fielen dann genau auf ihren Campus oder auf unsere Brauerei – oder? Nein, nein, nein, so wurde ich beschwichtigt, das sei unwahrscheinlich, denn die Bomberpiloten erspähten ja rechtzeitig die Fesselballons und könnten dann, so gewarnt, schon vor Minden beidrehen.

Oft spielten wir östlich der Brauerei. Wir kletterten eine nicht allzu steile Böschung hinunter und standen am Ufer eines breiten, schnell dahin ziehenden Flusses: der Weser. Wasser hatte auf mich schon immer eine unheimliche Anziehungskraft. Wir durften dort zwar nicht hinein gehen und besaßen auch kein Boot – dafür war die Strömung viel zu stark, aber wir beobachteten die gleitenden und glitzernden Wellen, ließen an seichten Stellen Steine übers Wasser springen und setzten uns neben die Angler, die hinter den Buhnen im Trüben fischten. Sooft ich allein dorthin kam, legte ich mich ins hohe Schilfgras und träumte mich an den Waldrand nach Meura. Wenn ich dann die Augen schloss, war Mutter ganz nah, und ich hatte keine Zweifel mehr: Sie würde bald wiederkommen.

Nicht weit von dieser Stelle führte eine riesige Brücke über die Weser. Die Eisenbahn? Die neue Autobahn? Nein, es war der Mittellandkanal. Also hier überquerte die künstliche Wasserstraße des Kanals im rechten Winkel den natürlichen Wasserlauf des Flusses. Der Mittellandkanal, so lernte ich von den Soldaten bei ihren Besuchen in unserer Küche, war die wichtigste Nachschub-Straße zwischen den Kriegsfronten und den Industriegebieten im Innern des Landes. Darauf wurden unaufhörlich Militärfahrzeuge, Waffen und Munition preiswert zum Endsieg befördert. Und die angloamerikanischen Bomberverbände waren ganz erpicht darauf, den Kanal an dieser seiner empfindlichsten und schlecht reparierbaren Stelle zu treffen, mit Bomben zu durchlöchern, das Wasser in die Weser auslaufen zu lassen und das Ganze unbrauchbar zu machen. Dieses Szenario beeinträchtigte meine anfängliche Weser-Romantik beträchtlich. Und spätestens jetzt verstand ich auch den Sinn der vielen Ballons gerade hier am Stadtrand. Wir waren hier an einer innerdeutschen Kriegsfront.

Ein Jahr nachdem ich mit Mutter Meura verlassen hatte, war ich nun nicht mehr in eine reguläre Schule gegangen, und da ich zehn war, kam ich zusammen mit Manfred gleich in die unterste Klasse der Oberschule – frei nach Vaters Worten, hier wisse ja niemand »etwas«. In Meura und Weimar, wo man mittlerweile über meine jüdische Herkunft Bescheid wusste, wäre mir wahrscheinlich oder sogar ganz sicher verwehrt worden, auf eine anständige höhere Schule zu gehen. Ich kann mich an die Mindener Schule kaum noch erinnern; sie war wohl weit weniger faszinierend als das Kriegsgeschehen, das immer näher rückte und das den Unterricht häufig ausfallen ließ, weil wir bei Fliegeralarm entweder erst gar nicht hingingen oder im Luftschutzbunker der Penne festsaßen. Nach der Schule schlug ich den Heimweg quer durch eine Vorstadtkolonie oft allein ein, weil Manfred auf seinen Bruder wartete oder auf eine Horde Mindener Mitschüler lostobte, die ich nicht mochte.

Eines Tages schlenderte ich mit meinem Schulranzen auf dem Rücken durch eine Siedlungsstraße in Richtung

Feldschlößchen, als die Sirenen gerade Fliegeralarm gegeben hatten. Wir waren schon gewohnt, darauf gar nicht mehr zu reagieren, weil dann doch bald wieder Entwarnung kam, und so lief ich weiter. Diesmal heulten die Sirenen dreimal kurz hintereinander auf. Das war »akute Luftgefahr«. Aber alles blieb still. Also lief ich jetzt so schnell ich konnte, um noch nach Hause zu kommen. Denn die Brauerei-Keller waren tief und gewölbt und boten nach Ansicht der Erwachsenen eine große Sicherheit gegen Bomben. Aber diesmal sollte ich sie nicht mehr erreichen. Die Luft bebte. Ein dumpfes, bedrohlich anschwellendes Geräusch wälzte sich näher — wie eine mächtige Flutwelle, die gleich alles überrollen würde. Aufgeregt bellten die Sirenen nochmals eine letzte Warnung...

»Komm schnell rein, Kleiner, los, beeil' dich!« Ich raste in den nächsten Vorgarten eines Einfamilienhauses, fiel ein paar Treppenstufen hinauf. Die ältere Frau, die gerufen hatte, packte mich an den Schultern und schob mich die Kellertreppen hinunter in den Luftschutzraum – durch eine dicke Eisentür, die sie hastig öffnete und sofort wieder zuschlug. Die Decken des Schutzraums waren mit massiven Holzstempeln abgestützt, weiße Pfeile wiesen zu einem Notausstieg. Etwa zehn Menschen, darunter einige kleine Kinder, kauerten, in Decken gehüllt und verängstigt, auf Gartenstühlen. Ein Mann verteilte nasse Tücher, die wir uns vor Mund und Nase pressen sollten. Keiner sprach. Alle lauerten zitternd. Das Höllengeräusch schwoll an, unterbrochen durch explosionsartige Einschläge...

Und dann krachte es furchtbar. Ein schneidender Luftdruck fuhr schmerzhaft in mein Trommelfell – mein Gott, es muss ganz nah eingeschlagen haben! Die Kellerdecke senkte sich, die Holzstützen knickten ein. Der ganze Raum füllte sich mit Staub. »Hierher!« schrie jemand, und wir stürzten in die Kellerecke, wo die Pfeiler gehalten hatten. Es war auf einmal wieder gespenstisch still. Nur die Kinder wimmerten leise. Ich versuchte zu atmen. Der Staub stach in meine Lungen… Auf ein fieberhaftes Klopfen und Schreien von draußen reagierten die Erwachsenen. Dann hörten wir emsiges Schaufeln, Hacken und Rufen. Und kurz darauf sahen wir erleichtert, wie sich am Notausstieg ein Mauerspalt öffnete. Mit schlotternden Gliedern tappten wir dem Lichtspalt entgegen und wurden unsanft nach oben gezogen: »Kommt schnell raus, bevor die Decke noch ganz einstürzt!«

Das ganze Haus über uns, das ich vor zehn Minuten über die Eingangstreppe betreten hatte, war nur noch ein Schutthaufen. Draußen am Notausstieg stand eine Betonstütze mit großen weißen Lettern: LSR für Luftschutzraum. Dadurch wussten unsere Retter, wo sie noch Leben finden konnten. »Es war eine Luftmine«, erklärte der Luftschutzwart. »Ihr Luftzug mäht alles oberhalb der Erdoberfläche nieder.« Deshalb haben wir im Keller Glück gehabt. In etwa 50 Metern Entfernung sah ich einen tiefen Krater, und in weitem Umkreis waren alle Häuser in sich zusammen gefallen. Als ich wieder richtig durchatmen konnte, überließ ich die weinend und schreiend herumstehenden Hausbewohner ihrem Schock und drückte meiner verwirrten Retterin still die Hand. Dann setzte ich meinen Schulweg hastig fort.

Erst raste, stolperte und keuchte ich voran, als liefe ich vor dem Unheil davon. Aber dann hielt ich inne, eine furchtbare Vorahnung befiel mich. Ich tastete mich Block um Block, Haus um Haus vorwärts und hielt vorsichtig Ausschau, als könnte die größte Verheerung nur vor mir liegen… Ja, dort gegenüber – hurra! Die Brauerei stand – nein doch nicht: Aus der Hauswand im ersten Stock, auf der Seite gegenüber der Wiese, dort, wo unsere Kinderzimmer lagen, war ein riesiges Stück heraus gerissen. Die Trümmer türmten sich vor dem Haus und hüllten sich in eine Staubwolke. Meine Buntstifte lagen auf der Straße. Mama Geske stand da und warf die Hände in die Luft, ihre beiden Kinder klammerten sich an ihre Rockschöße und starrten fassungslos umher. Als Manfred mich kommen sah, rannte er auf mich zu und wiederholte, was er eben aufgeschnappt haben musste: »Ebel, Ebel! Es war eine Luftmine. Sie rasiert alles über dem Boden weg.«– »Ich weiß.« – »Sie ist genau neben der Baracke eingeschlagen!« Und Baracken hatten bekanntlich keinen Keller. Schon trugen Sanitäter blutige Körperteile, abgerissene Köpfe und Arme unserer tapferen Soldaten an uns vorbei. Sie waren einmal unsere Freunde, und sie sollten uns beschützen, aber dafür waren sie hier offensichtlich falsch eingesetzt.

Geskes haben an diesem Tag ihr Heim verloren. Ich ließ sie allein mit Ihrer Trauer und lief noch ein letztes Mal hinunter zu meinem Fleckchen an der Weser, wo mir Mutter so nah gewesen war. Dann rafften wir ein paar heil gebliebene Sachen zusammen und zogen in ein Hotel. Zwei Tage später bestiegen wir den Rück-Zug nach Thüringen. Geskes nahmen mich zunächst mit nach Meiningen zu dem alten Herrn Nörenberg, unserem netten Frühstücks-Nachbarn. Und nach kurzer familiärer Beratung sagte meine bisherige Aushilfsmutter: »Du kannst jetzt nicht mehr bei uns bleiben, Ebel.« Die anglo-amerikanischen Terroristen hatten meine Aussicht auf ein kleines neues Leben zerstört. Vielleicht war das gut so. Frau Geske war immer sehr aufmerksam gewesen, aber ich hätte sie nie als meine Mutter anerkennen mögen. Ich wollte ganz einfach meine Mutter nur für mich allein haben.

XV

Vater holte mich ins ruhige und kriegsferne Weimar, wo er sich inzwischen wieder im Hotel einquartiert hatte. Er war mittlerweile 62 und in die Endzeit seines von Enttäuschungen reichen Lebens eingetreten. Als ältester Sohn äußerst betuchter Großgrundbesitzer in der fruchtbaren Magdeburger Börde hatte er in den Goldenen Zwanziger Jahren die Anteile der Familie an der Zuckerfabrik Jacob Hennige & Co in Magdeburg-Neustadt geerbt und war mit einer Million Goldmark abgefunden worden. Aber die Rolle eines erfolgreichen Unternehmers fand schon bald ihr ruinöses Ende in der großen Weltwirtschaftskrise. Das schöne Herrenhaus in der Neustadt musste verkauft werden – gegen eine Menge Inflationsgeld, das schon bald gar nichts mehr wert war. Dass er sich damals in die rassige Tochter eines wohlhabenden jüdischen Rechtsanwalts verliebte und sie 1932 heiratete, führte ihn in die nächste Krise. Er konnte ihr zunächst nur die höchst zweifelhafte Existenz eines Weinvertreters und danach – als die Ehe schon wieder aufgehoben worden war – die befristete Position bei den Reichswerken bieten. Aber die Stahlwerke in Salzgitter wollten ihn über Mitte 1944 hinaus nicht halten. War das nicht der Mann, der ausgerechnet in einer Zeit des Aufbruchs der reinen Rasse seine moralische Integrität an das verhasste Judentum verraten hatte? War das nicht der Jammerlappen, der um das minderwertige Leben einer kleinen Jüdin feilschen wollte und sich erdreistete, an den Generalfeldmarschall diese selbsterniedrigende und verlogene Eingabe zu machen? In der Zeit des Endkampfes wurden in der Führung der Reichswerke kompromisslos führertreue und knallharte Charaktere gebraucht. Er nicht.

Das war das schmähliche Ende von Vaters Arbeitsleben – ohne Abfindung, ohne Rente, ohne Sicherheiten und mit ständig schrumpfenden Ersparnissen. Der Sippschaft gegenüber stellte er seinen plötzlichen Umzug nach Weimar selbstgerecht dar. Die zunehmenden Bombenangriffe seien für ihn eine zu große psychische Belastung – wer wollte schon das Gegenteil von sich behaupten! Überdies gestalteten sich die Zugfahrten zu mir nach Weimar immer unzuverlässiger und gefährlicher. Und es sei schließlich seine Pflicht, am Leben zu bleiben, um für mich zu sorgen. In Wahrheit war mein armer Vater aber auch mit seinen körperlichen Kräften am

Ende. Der hochgradige Diabetiker fand nicht mehr die richtige Nahrung, um seinen Zuckerspiegel auszubalancieren, einschlägige Medikamente waren – bei sechs Millionen Zukkerkranken im Reich! – längst Mangelware, und das Heilmittel Insulin war damals leider noch nicht erfunden. Er vegetierte immer am Rand von Schwächeanfällen und war gelegentlich plötzlich bewusstlos. Kein Wunder, dass der große, einst so lebenslustige Mann immer häufiger in tiefe Depressionen fiel, dann oft im Bett seines möblierten Zimmers blieb und nicht gern Menschen an sich heranließ.

Ich glaube, unter diesen Umständen war es ein Segen, dass mir die alltägliche Anschauung von Pleite, Verfall und Depressionen erspart blieb, weil ich nicht bei ihm lebte. Vieles konnte ich mir selbst zusammen reimen, aber von den bedrohlichen Ausmaßen seines Zustands bin ich erst nach dem Krieg informiert worden. Vater war immer ein interessanter Erzähler, ein lieber Spielgefährte und ein stolzer Beschützer seines wohl geratenen Jüngsten, aber für die Führung eines gemeinsamen Haushaltes wäre er wohl allzu unbeholfen und ungeeignet gewesen. Das kam davon, wenn man ein halbes Leben lang mit Gouvernanten, Kindermädchen und Hausgehilfen aufgewachsen war und keinen Handschlag je hatte selber machen müssen. Vater war das mustergültige Opfer einer zusammenbrechenden Herrschaftsklasse, und da half es ihm auch nicht, als Arier einer privilegierten Herrenrasse anzugehören.

In seiner Hilflosigkeit fiel ihm nichts anderes ein, als wiederum Schwägerin Johanna, die Frau des schneidigen Majors, zu befragen, was mit mir geschehen solle. Die hatte ja an Mami Preuß einen Narren gefressen und mich am liebsten wieder in meine frühere Pflegestelle zurückbringen wollen – so als habe es nicht schwerwiegende Gründe gegeben, mich von dort wegzunehmen. Für sie war es pure Bequemlichkeit, denn die bucklige Alte war als Nachbarin leicht zu beobachten und fraß ihr aus der Hand. Ich muss wohl einen eindrucksvollen Aufstand dagegen vollführt haben: Ich schrie mir meine Ohnmacht aus dem Hals, trommelte mit den Fäusten gegen die Brust meines Vaters und stampfte vor Tante Johanna jähzornig mit den Füßen auf, was sich einer Dame gegenüber eigentlich nicht ziemte. Auf jeden Fall verschaffte mir dies Aufschub. Die Erwachsenen schienen sich verabredet zu haben, in den kommenden Tagen besonders verständnisvoll mit mir umzugehen und mir eine familiäre Idylle vorzuspiegeln, um mich für meine Rückkehr in die alte Pflegestelle weich zu kochen.

Vater ließ sich nur widerwillig in die elegante Wohnetage seines Bruders einladen, weil ihm dort wie zum Hohn der großzügige Lebensstil vorgeführt wurde – oder das, was davon im Krieg noch übrig geblieben war – den er schon vor fünf Jahren mit der Ehe hatte aufgeben müssen. Hier war er oft aus- und eingegangen und hatte die vier Damen mit seinem Klavierspiel umgarnt. Die Frauen waren hingerissen, weil bei ihnen ausnahmslos klassische Klänge aus Opern und Kammerkonzerten etwas zum Klingen brachten. Vater galt als hochmusikalisch, denn er kannte keine Noten und spielte dennoch Partituren ganzer Opern oder Symphonien auswendig. Noch in den Dreißiger Jahren war er von den Bayreuther Sommerfestspielen zurückgekommen, hatte sich an seinen Flügel gesetzt und spielend rekapituliert, was er nur wenige Tage zuvor hörend aufgenommen hatte. »Onkel Werner, bitte, bitte!« Meine Cousinen bedrängten und erweichten ihn. Die traurige Kriegsgesellschaft versammelte sich im Musikzimmer und durfte für eine Weile die Strapazen des totalen Krieges und den Ärger mit mir verdrängen. Vater entlockte dem »Blüthner« virtuos Stücke von Mozart und Wagner, als habe er nie etwas anderes im Sinn.

Es war das erste und letzte Mal für mich, ihn so hingebungsvoll an den Tasten zu erleben. Ich war stolz auf ihn, weil ich diese ganz neue Seite an ihm sah: Er spielte nicht nur traumhaft schön, sondern auch eine positive Rolle in dieser kleinen Gesellschaft von Verwandten, mit denen ich noch öfter zu tun haben sollte. Nach dem Applaus tätschelte

Onkel Willi ihm brüderlich die Schulter: »Schön, dich bei uns zu haben. Heut' war es so wie früher...« Davon, dass ich diese Musikalität geerbt hatte und es Zeit wurde, mich auch ans Klavier zu setzen, sprach keiner. Die Zeiten waren eben dafür höchst unpassend.

Am nächsten Tag wollte Vater mit mir verreisen, so wie er viele Jahre mit Mutter und mir in die Sommerfrische gefahren war. Auch auf diese Weise ließ sich mein Einzug in die alte Pflegestelle noch einmal hinauszögern. Heidi, Muttis Lieblingsnichte, würde uns auf unserem Fußmarsch in Vaters Stammhotel am Bahnhof noch begleiten. Einem allgemeinen Kriegsritual folgend, schaltete sie zuerst den Volksempfänger ein und lauschte dann zum Fenster hinaus in den Abend. Offenbar war die Luft rein und kein Alarm zu erwarten. Wir überquerten die Erfurter Straße, kamen am Schwanseebad vorbei und folgten dem Ring. Es war mittlerweile stockfinster, denn der Luftschutz schrieb vor, dass die Straßenlaternen auszuschalten und alle Fenster strikt zu verdunkeln waren. So kamen wir an die westliche Bahnunterführung (zur heutigen Thälmannstraße), als wir plötzlich ein sich näherndes Trappeln vernahmen, und blieben vorsichtshalber stehen. Eine Kolonne düsterer Gestalten, die aus dem Gleichschritt gekommen waren, bewegte sich im Schutz der Dunkelheit nordwärts in Richtung auf den Ettersberg – stillschweigend, nur unterbrochen durch verhaltenes Husten und leise Befehle der Wachmannschaft. Vater zog uns in einen Hauseingang, hielt einen Finger vor die Lippen und hinderte uns am Weitergehen. »Wartet, bis sie vorbei sind«, flüsterte er uns zu. »Wir müssen uns das nicht antun«, so murrte Heidi. Ich hatte gute Augen und nahm wahr, wie einige der Gefangenen ihre offenen Jacken flattern ließen. Sie trugen einen gelben Stern. »Wo gehen die hin, Papa?« – »Zur Zwangsarbeit nach Buchenwald«, das wusste Vater.

In derselben Sekunde erstarb der wundervolle Nachhall der Klaviermelodien, die ich während des ganzen Weges im Kopf bei mir getragen hatte.

Das Trappeln entfernte sich. Weimar war wieder ruhig. Ich aber konnte nur noch an meine Mutter und an einen kleinen Jungen denken.

XVI

Mit meinem großen, starken Vater in der Natur unterwegs zu sein, das war immer einer der Höhepunkte in meinem vergangenen Kinderleben gewesen, worauf ich mich immer am meisten freute und woran ich jetzt mit tiefer Wehmut zurückdachte. Als ich noch klein war und leichter, musste ich mich mit dem Rücken vor ihn stellen, er packte mich bei den Hüften, hob mich hoch über seinen Kopf hinaus und setzte mich auf seine Schultern. Dann setzte er sich in Bewegung, schnaubte, trottete, trabte und galoppierte wie ein Pferd und ich musste mich mit den Händen an seiner Stirn festhalten und stieß ihn mit den Füßen zum Ansporn in die Weichen. Und wenn er ganz außer Atem kam und ich mich vor Lachen nicht mehr halten konnte, dann hieß er mich auf den Sprossen eines Hochsitzes abzusteigen oder ließ sich der Länge nach auf eine Wiese fallen, und ich plumpste glücklich neben ihm ins Gras.

Überhaupt war Vaters Größe ziemlich vorteilhaft für uns beide. Auf seinen Armen fühlte ich mich stark und geborgen. Auf seinen Schultern sah ich viel mehr als unten und auch viel mehr als er. Ich konnte über eine Menschenmenge hinwegschauen und ihm sagen, wer da ganz hinten kam. Wir wussten eher als andere, was hinter einer hohen Mauer oder Hecke zu sehen war. Wir erspähten das Wild hinter mannshohen Bäumen einer Schonung. Und oft schlüpfte ich mit seinen Händen als Steigbügeln als erster durchs Fenster in einen Zug. Es war mein Urerlebnis, von ihm sicher durch die Welt getragen, ohne die Angst zu fallen oder weggestoßen zu werden. Seit Mutter nicht mehr da war, hatte sich meine emotionale Bindung an ihn verstärkt, auch wenn er nicht mehr so stark und wendig war. Wenn ich mich an ihn lehnte oder wenn ich unter den wehenden Schößen seines Mantels ging und mit seinen großen Schritten den Gleichschritt übte, ließ sich die alte Harmonie wieder herstellen.

Von all dem war ich in meinen Pflegestellen abgeschnitten. Deshalb sollten die Schulferien 1944 mein Verlangen nach dieser starken Bindung wieder erfüllen – dachte ich. Aber Vater erschien mir diesmal seltsam klapprig, traurig und einsam. Es war, als ob unsere Harmonie nicht nur durch die Mängel des Krieges beeinträchtigt wurde, sondern dass die alte Lebensfreude der Ferien zu dritt nicht mehr aufkommen wollte. Überhaupt hing eine schreckliche Offenbarung in der Luft, die sich in Vaters Gemütszustand zugleich spiegelte und ankündigte.

Wir fuhren nach Jachenau – das war der oberbayerische Gebirgsort am Walchensee südlich von Bad Tölz, wo wir mit Muttern immer wieder glückliche Sommerwochen verbracht hatten. Vater zog es wieder dorthin, weil er in Gedanken sein Familienglück mit uns wieder aufleben lassen wollte und weil er mit mir diesmal angeblich etwas Besonderes vorhatte. Von Weimar aus ging es zunächst nach Saalfeld, wo wir einen D-Zug nach München bestiegen. Wie wir schon ahnten, konnte die schwer angeschlagene Reichsbahn ihr fahrplangemäßes Versprechen, uns zügig in sechs Stunden dorthin zu bringen, nicht einhalten. Der Kampf um die letzten Plätze und die verzweifelten Versuche von Trittbrettfahrern, überhaupt noch mitgenommen zu werden, verzögerte jeden Abpfiff. Da über Nürnberg gerade ein Bombenangriff tobte, blieb unser Zug weit nördlich auf einer waldigen Strecke stehen. Doch die vom Zugführer bereits angekündigte Evakuierung aller Insassen in einem fränkischen Forst wich dann doch der unverhofft raschen Entwarnung.

Unsere Plätze waren alles andere als komfortabel. Ich hockte krumm im Gepäcknetz Erster Klasse und legte meine Wolldecke unter, die ich als Rolle mit Lederriemen bei mir trug. Mein alter Herr hatte das Vergnügen, notdürftig auf dem Abort zu sitzen und immer wieder aufstehen zu müssen, wenn sich jemand bis dahin durchgequält hatte. In München verpassten wir den letzten Anschlusszug, und mein unterzuckerter Papa musste Erste Hilfe von der Bahnhofsmission erbitten, die uns eine Pritsche anbot, auf der wir die Nacht über kampierten. Am nächsten Morgen, im Bummelzug nach Bad Tölz, saß ich abwechselnd auf den Schenkeln einiger Landser mit Heimaturlaub, die sich mit galgenhumorigen Sprüchen grölend zu übertreffen suchten.

In Jachenau fielen wir wie erschossen in Onkel Hubers Liegestühle – das war unser Gastwirt, der schon manchen Jahrgang unserer Fotoalben bevölkerte und der uns mit bayerischem Schmäh auch diesmal sein »bestes Zimmer« reserviert hatte. Ich bekam mit, wie Vater ihm steckte, er und seine Bediensteten sollten mir die Frage ersparen, wo denn diesmal meine reizende Mutter geblieben sei. Sie fehle mir sehr, und das sei traurig genug. Ich genoss sofort die alte Zuneigung der Haushündin, die ein feineres Gespür für menschlichen Kummer aufzubringen schien als ihre Herrschaft. Bessie stupste mich mit der Schnauze an und lief voran in den Wald, wo wir vor vier Jahren spielend Freundschaft geschlossen hatten. Vater brauchte sich damit um meinen Gemütszustand keine Sorge zu machen.

Diese Ferien waren für ihn womöglich die letzte Gelegenheit, das längst überfällige Gespräch mit mir zu führen – vor dem drohenden Zusammenbruch des Dritten Reiches, den gequälte Volksgenossen mit ironischem Unterton noch immer »den Endsieg« nannten. Wie viele Chancen blieben ihm noch, das rücksichtsvolle Herumdrucksen zu beenden, das alte Vertrauensverhältnis zwischen uns wieder herzustellen, meine Tapferkeit auf die Probe zu stellen und mir das Schicksal meiner Mutter zu offenbaren? Es blieb mir nicht verborgen, wenn Vater nach einer Mahlzeit, bei gemütlichem Zusammensitzen in der Zirbenstube oder abends im Bett vor dem Einschlafen einen rhetorischen Anlauf startete, dann aber stets im Erklärungs-Notstand auf ein anderes Thema auswich – aus Angst, mich zu kränken und die richtige seelische Konstellation bei mir noch nicht getroffen zu haben. Eines Morgens ergab sich der richtige Zeitpunkt unvorbereitet. Ich hatte von der düsteren Kolonne auf unserem Weg zum Hotel in Weimar geträumt und sagte schlaftrunken: »Mutti ist auch in einem Arbeitslager!«

»Ja, Ebel, wahrscheinlich.«

»Ich weiß das schon lange.«

»Woher kannst du das denn wissen?«

»Ganz einfach: weil ihr es mir nicht erzählt und immer darum herum geredet habt…«

»Wir wollten nicht, dass du traurig bist.«

»Aber Ihr habt mich belogen oder Ausflüchte gebraucht: ›Mutti ist zu den kranken Großeltern gefahren.‹ Das habt ihr doch selbst nicht geglaubt.«

»Doch, das hat sie zu Heidi gesagt.«

»Mutti fuhr immer mit dem Zug zu den Großeltern nach Hamburg. Dann hätte sie ja am Bahnhof vorbei kommen müssen und sich von mir verabschieden können. Sie hat sich immer von mir verabschiedet – nur dieses Mal nicht. Es musste ihr also etwas zugestoßen sein.«

Vater war auf dieses Gespräch nicht gefasst – vor allem nicht, dass es einen solchen Verlauf nehmen würde. »Nun steh' erst mal auf und wasch' dich. Wir gehen nachher zu Muttis Lieblingsplätzchen am See und reden weiter.« Es war wohl sein Fehler gewesen, in den letzten Jahren viel zu wenig bei mir gewesen zu sein und unterschätzt zu haben, dass ich selbst beobachtete und meine eigenen Schlüsse zog. Ich war nicht mehr der kleine Junge in Meura, den man von allem Unangenehmen fernhalten konnte. Ich hörte Radio, las Propagandasprüche, las Gesprächsfetzen von der Straße auf, hatte meinen Pflegemüttern aufs Maul geschaut… Vor allem spukten mir immer wieder diese Schlüsselerlebnisse im Kopf herum: Als Mutter in der Nacht heimlich diesen gelben Lappen annähte. Der alte Mann, den der Polizist am Einsteigen in den O-Bus hinderte und stürzen ließ. An den Jungen, der sich von der Kolonne abgesetzt hatte. Und erst vor wenigen Tagen diese gespenstisch trappelnde Kolonne, die aus der Dunkelheit kam. Das alles zusammen hatte sich zu einem Albtraum verdichtet, aus dem ich heute früh unsanft aufgewacht war.

Ich konnte beobachten, dass es Menschen gab, die anders waren. Ich konnte nachvollziehen, wenn Menschen Menschen nicht mochten. Auch ich hatte schon Leute kennen gelernt, die ich keineswegs zu meinen Freunden küren würde: Die Bauernrüpel in Meura, die hinter uns unflätige Flüche ausstießen. Mami Preuß, die ihren verkrüppelten Körper nicht liebte und ihn auch deshalb nicht pflegte. Die polnischen Fremdarbeiter, die auf dem Brauereihof in Minden eingesetzt waren. Mussten wir sie verachten, weil sie nicht so gut erzogen waren? Weil sie arm und zerlumpt waren? Weil sie aus Verzweiflung etwas Ungeschicktes gesagt oder getan hatten? Oder weil sie schwach waren und Befehle ausführten, die sie selbst hassten? Was in mein unausgereiftes Weltbild nicht passte: wenn wir sie allein deshalb verfolgten und schlecht behandelten. Und was ich auf gar keinen Fall verstehen konnte: dass Mutter anders sein sollte als Vati und ich oder Heidi oder Onkel Willi.

Sind wir auch Juden, Papa? Es half nicht, dass wir an diesem traumhaften Seestück lagen, wo wir mit Mutter geschmust und gelacht hatten – das Wort »Jude« schob sich zwischen sie und uns wie ein Fluch. Es war überhaupt das allererste Mal, dass dieser Begriff in unser Gespräch eindrang. Ich kannte ihn nicht anders als ein Schimpfwort, das natürlich nur für ganz andere Menschen galt, die von durchaus ernst zu nehmenden Bekannten als »Untermenschen« beschimpft wurden. Also fragte ich jetzt laut:

»Sind wir auch Juden, Papa?«

»Nein, wie kommst du denn darauf? Sind wir nicht!«
»Was haben Juden denn Schlimmes gemacht?«
»Nichts, Ebelchen, nichts.«
»Was hat Mutti denn Böses angestellt? Sie kann doch gar nichts Schlimmes getan haben; sie war doch immer bei uns!«
»Nichts, Ebel, andere sind nur neidisch, dass viele Juden reich und faul sind, nicht schwer gearbeitet haben und trotzdem einflussreich sind. Deswegen sind sie jetzt die Sündenböcke und müssen ins Lager…« Vater verniedlichte die Judenfrage, spielte sie auf meine infantile Ebene des Verständnisses herunter und folgte damit, ohne es zu beabsichtigen, genau dem Rezept, das dem Judenhass Breitenwirkung verschafft hatte.

Er räumte mir durchaus ein, dass Mutter mir schreiben würde, so wie ja auch die Soldaten von der Front an ihre Verwandten schreiben durften. Sicher komme sie in absehbarer Zeit aus dem Lager zurück. Vater mogelte sich um die volle, schreckliche Wahrheit herum, die er selbst schon kannte. War denn die schrittweise Bewältigung des Schreckens leichter zu ertragen?

XVII

Zu unseren schönsten Ferien-Erlebnissen hat es immer gehört, mit dem Hund am Jachen über die Wiesen zu laufen. Wenn wir ein gut geschütztes und trockenes Plätzchen gefunden hatten, hauten wir uns ins Gras und lauschten dem immer gleichen Rauschen des Gebirgsflusses, der die Zeit still stehen ließ und so die Tage verlängerte. Der Jachen war an manchen Stellen sicher fünfzehn oder zwanzig Meter breit und das Wasser tobte lautstark gegen große Felsbrocken an – und gegen das kleine Geröll, wo es das Flussbett versperrte. Hin und wieder stießen wir auf einen Holzsteg, der sich durch vereintes Wippen leicht in Bewegung setzen ließ und von dem aus wir die Wassermassen unter uns durchziehen sahen, so als wären wir schwimmend mittendrin.

Diesmal fanden Vater, Bessie und ich keinen Steg, sondern suchten nach einer Furt – einer flachen Stelle mit glatten, nicht zu kantigen Steinen, auf denen wir in unseren Wanderschuhen mit großen Schritten oder Sprüngen ans andere Ufer gelangen konnten. Dort nämlich hatten wir einen stabilen Hochsitz gesichtet, den wir besteigen und wo wir unser Picknick – Hasenbrote, Äpfel und hartgekochte Eier – in zünftiger Pose verzehren konnten. In dieser gehobenen Position wären wir allen irdischen Gefahren entrückt. Unser Vierbeiner war schon im Wasser, vollführte mehrfach hintereinander einige spritzende Sprünge voran und kam jedes Mal wieder zu uns ans Ufer zurück, als ob er uns animieren wollte, die Überquerung zu wagen. Ich fing an, von Stein zu Stein zu balancieren, mied kleinere feuchte Stellen, um nicht abzurutschen und war schon fast drüben.

Mein langer, unsportlicher Papa wollte sich nicht lumpen lassen und hielt sich einige Mannslängen hinter mir. Auf einmal vernahm ich ein bedrohliches Platschen, einen kurzen Schmerzschrei – und dann gar nichts mehr. Mein alter Herr war ausgerutscht und der Länge nach in den flachen Fluss geschlagen. Oh, nein, Muttilein, die du mir immer wie eine Gemse leichtfüßig und sicher gefolgt warst, lass mich jetzt nicht allein! Vater versuchte gar nicht, sich aufzurappeln und wieder auf die Füße zu kommen; er lag im flachen Wasser. Ich schrie aus vollem Halse und balancierte zurück. Vater war offenbar mit dem Kopf gegen einen Felsbrocken geschlagen, denn er blutete an der Stirn. Bessie stand sofort und unaufgefordert bei Fuß. Vater gab keinen Ton von sich. Bessie winselte, wedelte und schaute mich fragend an. Mit Haustieren hatte ich keine Erfahrung, aber die Not machte erfinderisch. Ich flehte den Hund an: Lauf zu Paul, zu Paauuuull! (das war sein Herrchen), lauf, laaaauuuff! Und zeigte dabei vehement in die Richtung des Dorfes, aus der wir gekommen waren. Und Bessie sprang in großen Sätzen und mit jaulendem Gebell davon. Ich hoffte, sie würde sich daheim verständlich machen und entschied mich, bei Vater zu warten. Nicht nur unser Picknick war buchstäblich ins Wasser gefallen, sondern auch die Papiere, die mein alter preußischer Pedant immer bei sich trug. Die aber blieben in ihrer ledernen Schutzhülle offenbar so gut wie trocken; ich nahm sie an mich.

Vater war sehr schwer und bewegte sich immer noch nicht. Er lag da wie ein nasser Sack, und ich konnte ihm nicht helfen. Mehrere Male rief ich eindringlich nach ihm, ruckelte an seiner Schulter, fühlte seinen Puls und tätschelte seine Wangen. Ich legte ein sauberes Taschentuch auf seine blutende Wunde. Er atmete nur schwach. Mich ergriff Panik und ich lief in Richtung der nächsten Straße – rufend und wild gestikulierend, damit ich gehört und gesehen werden konnte. Ich schaute zurück, aber die Stelle, an der Vater lag, konnte ich nicht mehr sehen. Es mochte wohl eine halbe Stunde vergangen sein, da stürzte Bessie in einem Affenzahn aus dem nächsten Waldstück hervor und hinter ihr ein Reiter, in dem ich den Sohn des Nachbarbauern erkannte. Die beiden waren zuerst an der Unglücksstelle; dann kam noch ein Reiter. Es war der Dorfpolizist, der sich Vater ansah und mit dem Burschen aufgeregt redete. Dann hob er mich vor sich in den Sattel und nahm mich mit. »Wir holen die Rettung!« Was er mir noch sagte, war tiefbayerisch, aber es klang beruhigend. Ich sollte im Gasthof bleiben und mich für Fragen bereit halten.

Allein auf unsrem Zimmer, überfiel mich das Gefühl lähmender Einsamkeit: Erstmals war ich ganz verlassen und wusste nicht, was ich tun konnte. War also auf Vater auch kein Verlass mehr? In den Jahren zuvor war er mit mir noch auf Berge geklettert, über Gräben gehüpft, mitten auf dem See vom Boot ins Wasser gesprungen – und überall hatte er mich geleitet, festgehalten, aufgefangen. Und jetzt wusste ich nicht einmal, wohin sie ihn bringen und was sie mit ihm machen würden. Lieber Gott, lass ihn bald wieder gesund werden und zu mir zurückkehren. Jetzt gab es wirklich niemand anderen als Gott im Himmel. Solange Mutter ein inniges Verhältnis zu Gott zu haben schien, brauchte ich nur auf sie zu vertrauen. Nun aber versuchte ich erstmals, eine eigene Beziehung zu ihm aufzubauen. Ich warf mich aufs Bett und wartete auf eine Erlösung oder Erleuchtung.

Tatsächlich brauchte ich gar nicht lange zu warten, da klopfte es an der Tür. Draußen ließ sich die vertraute Stimme von Onkel Paul Huber vernehmen: »Mia miasn amal naikummat«. Kaum hatte er die Klinke herunter gedrückt, da drängte sich Bessie an ihm vorbei, stürmte als erste ins Zimmer, sprang an mir hoch und leckte meine Hände. Wollte sie zeigen, dass uns eine alte Freundschaft verband oder brauchte sie Anerkennung für ihre Glanzleistung von vorhin? »Ja, Bessie, du bist eine kluge Hündin, ja, schon gut, das hast du ganz toll gemacht«, und ich klopfte ihr aufs Fell. »Ebel, mein Freund, wir wollten dir nur sagen kommen«, so tastete sich der Gastwirt ganz rührend auch im Namen seiner Hündin durch meinen Schock hindurch an mich heran. »Du darfst bei uns bleiben, bis dein Papa wieder gesund ist.« Sie hätten ihn ins Krankenhaus nach Lenggries gebracht. Er sei aus der Bewusstlosigkeit schon wieder aufgewacht, habe eine leichte Gehirnerschütterung und müsse noch eine Weile versorgt werden. »Wenn der Doktor das erlaubt, fahren wir morgen mit der Kutsche, ihn besuchen.« Bessie folgte unserer Unterhaltung aufmerksam, schaute uns abwechselnd aus klugen Hundeaugen an und schien alles zu verstehen, was ihr Herrchen sagte. Bei dem Stichwort »Kutsche« begann sie temperamentvoll zu wedeln und ein freudiges Jaulen anzustimmen, und Onkel Paul bestätigte ihr: »Ja, freilich, Bessie kommt mit!«

Nein, Bessie war keine rassereine Schäferhündin, von ihrer Großmutter her war auch ein bisschen Berner Sennhund mit drin. Ja, Bessie war ein Mischling. Nein, wie ich denn darauf komme. Mischlinge seien ganz und gar nicht minderwertig – auf keinen Fall! Mischlinge seien sogar meistens besonders intelligent und gesund und werden älter. In ihrem Charakter mischen sich die guten Eigenschaften beider Elternteile – bei Bessie die Intelligenz und der Spürsinn des Schäferhundes mit der sozialen Intuition und der Gutmütigkeit der Sennhündin. Ob das bei Menschen auch so war, darauf mochte sich der gastliche Onkel offenbar nur ungern einlassen. »Also, bis zum Nachtessen«, so verabschiedete er sich. »Du brauchst nicht allein an eurem Stammplatz zu sitzen, kannst zu unseren Kindern an den Tisch kommen, wenn du willst.« Und noch etwas: »Das Hospital braucht Kennkarte und Versicherungsschein vom Vater. Kannst' das bis morgen heraussuchen, bitte?«

XVIII

Solange ich bei den anderen im Gastgarten war und noch die Aufmerksamkeit von ein paar Spielgefährten genoss, konnte ich mich über Vaters Fehlen emotional hinwegtäuschen. Sobald die anderen Kinder von ihren Eltern hereingerufen worden waren und Bessie von meinem zärtlichen Freundschaftsbeweisen offenbar genug hatte, brach mit der Dunkelheit plötzlich die volle Wahrheit über mich herein: Ich begab mich auf unser Zimmer, und mich beschlichen Gewissensbisse: Sollte ich nicht besser die Papiere wieder zusammenpacken und Vaters intimes Wissen, das ich auf den Fensterbänken zum Trocknen ausgebreitet hatte, irgendwohin verstauen, wo es außer mir niemand finden konnte? Sollte ich es Onkel Huber übergeben? Oder gab es im Schrank ein Geheimfach, in dem man Wertsachen verstecken konnte?

Die sicherste Lösung war mir noch unklar, da begann ich schon, die mittlerweile getrockneten Dokumente wieder zusammenzuraffen. Mein Blick fiel auf ein noch gefaltetes Formular, das Vater mit einer Heftklammer offenbar vor neugierigen Blicken zusätzlich hatte verschließen wollen. Sollte ich etwas tun, das mir vorher noch nie in den Sinn gekommen war? Sollte ich mich auf das Abenteuer einlassen, mal den Inhalt von Vaters Brieftasche anzusehen? Durfte ich einem ehernen Grundsatz meiner bisherigen Erziehung, dass die persönlichen Habseligkeiten anderer Menschen wie meine eigenen unantastbar waren, einfach vergessen und verletzen? Rechtfertigte meine besondere Situation, von allen meinen Lieben und damit von lieb gewordenen Regeln verlassen zu sein, den Bruch von Geheimnissen? Versteckten sich die Erwachsenen nicht auch oft hinter Tabus, um unbequeme Wahrheiten zurückzuhalten?

Ich entfernte die Büroklammer, entfaltete den Bogen und las: »Sterbeurkunde. Standesamt II Auschwitz. Die Käthe Tana Sarah Sasse geborene Wolff, mosaisch…« Es durchflutete mich ganz heiß, die Gegenstände im Zimmer begannen sich zu drehen. Eine unsichtbare Hand griff nach meiner Kehle. Ich musste mich aufs Bett setzen… Und las weiter: »Wohnhaft Meura Nr. 61, Kreis Rudolstadt, ist am 3. Februar 1943, um 8 Uhr 30 Minuten in Auschwitz, Kasernenstraße, … verstorben…« Ich las zweimal, dreimal – ja, es gab keinen Zweifel: Hier stand ohne jegliche Umschweife klipp und klar »verstorben«… Und »Die Verstorbene war geschieden. Auschwitz, den 3. März 1943.«

Ein Standesbeamter in Vertretung hatte unleserlich unterschrieben. Daneben prangte das Amtssiegel des Standesamts in Auschwitz, Kreis Bjelitze, mit dem Reichsadler, der ein Hakenkreuz in seinen Klauen hielt, und klebte eine Gebührenmarke von 0,30 Reichsmark.

Ich saß starr. Meine Brust schnürte sich mir zusammen. Mir blieb der Speichel weg. Ich konnte nicht reden. Nicht weinen. Nicht fluchen. Nichts fragen. Nicht meine ganze

Enttäuschung von dieser Welt herausschreien... All mein Zutrauen in die Welt der Erwachsenen war plötzlich erloschen. Mein Herz schlug mir bis zum Hals, und ich war unfähig, meine Gedanken zu fassen oder einen Schritt in irgend eine Richtung zu gehen. Immer und immer wieder las ich das Papier. Das war meine Mutti. War das meine Mutti? Käthe, ja. Aber Tana, Sarah? Und geschieden? Sie war doch nicht geschieden. Und Auschwitz – was und wo um Himmels willen war denn das? War sie wirklich dorthin gefahren – und warum? Das war doch alles gefälscht. Ein Irrtum. Eine ganz andere Käthe...?

»Die Verstorbene war geboren«, stand da noch, »am 9. Juni 1909 in Parchim.« Ja, das war sie, das stimmte wohl. Aber alles andere passte nicht zusammen. Wieso »verstorben«? Sie war doch gar nicht krank. Es überstieg meinen Verstand; es ließ meinen Kopf platzen. Warum hat Vater das zugelassen? Oder hat er es mir nicht gesagt, weil er es auch nicht glaubte? Er hielt es auch für eine Fälschung, für eine ganz gemeine Fälschung. Und dann das Datum: 3. Februar 1943. Das war schon über ein Jahr her. Da war Mutter doch bei den Großeltern in Hamburg... Warum hat Vater das so lange vor mir verborgen? Nein, das hätte er nie getan. Er wusste es auch nicht gleich. Er hat dieses Blatt Papier auch jetzt erst bekommen und wollte es mir sicher bald zeigen. Ich habe ihm vorgegriffen. Das hätte ich vielleicht nicht tun sollen...

Mein Kopf brummte. Mir war speiübel. Ich saß auf dem Fußboden vor meinem Bett, faltete die Todesbotschaft wieder zusammen, heftete die Büroklammer wieder daran, steckte sie mit den anderen Dokumenten in die Lederhülle zurück und verbarg alles unter der Matratze. Ich rang nach Luft und riss die Fenster auf. Draußen war es ganz still. Die Kirchturmuhr von Jachenau schlug Mitternacht. Ein leichter Wind rüttelte an einem Fensterladen. Irgendwo im Haus bewegte sich jemand. Da knarrte eine Tür – nein, es waren die Dielen vor meinem Zimmer. »Bub, Ebel! Host no Licht.

Konnst net schloffe? 's war scho arg haiß heut'. Jetz' leg' di nieder. Morgen um neine fohr'n mer uf Lenggries. Pfiet' di.« Onkel Huber zog sich wieder zurück. Wie versöhnlich. Da war doch noch ein Mensch, der für mich da war. Blitzschnell durchzuckte mich die Idee, nach ihm zu rufen und ihm alles anzuvertrauen... Aber nein, der würde mich doch nicht richtig verstehen – und was hätte er auch tun sollen? Ich zog mich aus, kühlte mein Gesicht und meine Brust, und legte mich aufs Bett. Dann stand ich wieder auf, holte die Dokumentenmappe wieder hervor, entfaltete die Urkunde und starrte stundenlang auf die unglaubliche Nachricht, die soeben meine kindliche Zuversicht hatte zusammenbrechen lassen.

XIX

Am nächsten Tag nahmen wir einen sichtlich angeschlagenen Vater mit in unsere Ferienbehausung. Ein großes Pflaster klebte ihm quer über der Stirn. Ja, wir wollten die gebuchte Zeit noch bleiben, die schöne Kulisse des Zusammenbruchs unserer kleinen Familie noch so lange wie möglich aufrecht erhalten. Vater lag in seinem Hotelbett, und ich streifte mit Bessie durch die Wiesen und Wälder und kehrte abends zu ihm zurück, bis er wieder mit mir an unserem Stammtisch sitzen konnte. Unsere Lebensmittel-Rationen waren längst erschöpft, aber der Wirt hatte Erbarmen, als Vater ihm eines Tages unsere Tragödie eröffnete. Für Vater war alles, was er tat, ein Wettlauf mit der Zeit, die ihm noch verblieb. Sein Glaube an den Endsieg und damit an eine heilsame Diät war dem aussichtslosen Ringen im Kampf gegen seine Diabetes gewichen. Ich mochte ihn nicht zusätzlich noch mit Fragen quälen und wartete geduldig, bis er mich eines Tages in Weimar beiseite nahm und mir alles erzählte, was er von Muttis Schicksal wusste oder was er mir zumuten mochte.

Ja, Mutter war tot. Sie war denselben Weg gegangen wie die anderen, deren Kolonnen wir gesehen hatten, war in das polnische Arbeitslager deportiert worden, nach Auschwitz, und hatte dort den Tod gefunden. Vater war zunächst viele Monate lang ohne Nachricht über ihren Verbleib geblieben und hatte alle Hebel in Bewegung gesetzt, ihr Schicksal aufzuklären. Bis ihm Kollegen aus der Umgebung von Göring zu dieser Todesurkunde verholfen hatten. »Heb' sie gut auf«, hatte er gesagt, »es wird der einzige Beweis bleiben, wie wir sie verloren haben.« Dieses Stück Papier ist das bürokratische Zeugnis einer eiskalten Tötungs-Kameraderie, die mit der so gerühmten deutschen Gründlichkeit minutiös und gewissenlos registrierte, wen sie wann ums Leben gebracht hatte. So genannte Volksgenossen schämten sich nicht, auch noch standesamtlich zu bescheinigen, was sie angerichtet hatten, und brachten es fertig, dem Grauen auf diese Weise das Siegel der totalen Normalität aufzudrücken. Die konkreten Umstände des Todes blieben mir damals freilich noch verborgen.

Als wir wieder nach Weimar zurückkamen, konnte ich mich durchsetzen und brauchte nicht wieder in meine alte, ungeliebte Pflegestelle. Vater fand für mich die nunmehr sechste Heimat bei einer Familie Semmler in Ehringsdorf bei Weimar. Sie wohnten an dem Feldweg nach Belvedere in einem schlichten Einsiedlerhaus, hatten nur ein Plumpsklo draußen auf dem Hof, aber für mich eine Dachkammer. Semmlers wollten nicht viel Geld; es war so wenig, wie Vater von seinem Ersparten noch erübrigen konnte. Die Wahl war auch deswegen auf Ehringsdorf gefallen, weil ein Pfarrer im nahen Oberweimar sich bereit erklärt hatte, mir Privatstunden zu geben. Und weil das Kaff vor den Bomben sicherer sein würde als die Innenstadt von Weimar, die mehr und mehr unter Luftangriffen zu leiden hatte. Ansonsten habe ich Semmlers aus dem Gedächtnis verloren. Die letzten Kriegsmonate, -wochen und -tage trugen für mich kein menschliches Antlitz mehr; es gab keine zukunftsfrohe Bezugsperson. Die Tage versanken in den sich überschreienden Durchhalte-Parolen der Nazis, den Brandbomben-Teppichen, die über der Stadt vom Himmel fielen, und meinen ängstlich-verzagten Versuchen, zu Fuß in die brennende Stadt zu gelangen.

Mehrfach rang ich mich dazu durch, meinen schwerkranken Vater im Krankenhaus zu besuchen. Die bettlägerig Kranken waren längst aus ihren regulären Stationen in einen riesigen Luftschutz-Bunker ausgelagert worden. Dort vegetierten sie in Etagen-Betten übereinander, und Vater lag wohl als akuter Fall unten, weil er in seinem labilen Zustand regelmäßig kontrolliert und versorgt werden musste. Wenn ich mich zu ihm ans Bett setzte, stieß ich mit dem Kopf an die Eisenkufen des Bettgestells darüber. Ich erlebte Vati völlig lethargisch und hielt stundenlang seine Hand, ohne dass er ein Wort sprach. Ich machte ihm Mut für unsere nächsten Sommerferien, indem ich von unseren letzten lustigen Waldspaziergängen erzählte und von Bessie, deren Umsicht ihm das Leben gerettet hatte. Die Schwester wechselte seine Verbände, aus denen dicker Eiter sickerte. Als der nächste Fliegeralarm kam, musste ich raus in einen anderen Bunker, der für die Weimarer Bevölkerung vorgesehen war.

Wenige Tage später brach ich wieder zu Vater in den Krankenbunker auf. Von Semmlers aus ging ich das kurze Stück hinauf bis zur Belvederer Allee und wollte dann der schnurgeraden Straße hinunter zum Goethepark folgen. Es war Mitte April, und die Knospen der Allee-Kastanien waren schon aufgebrochen. Ich lief ziemlich rasch, denn mich überkam das dumpfe Gefühl, keine Zeit verlieren zu dürfen. Da heulten auch schon die Sirenen um die Wette mit dem grollenden Geräusch der feindlichen Terrorbomber, das die Luft bedrohlich erzittern ließ und immer näher kam. Unter den Baumkronen der uralten Kastanien glaubte ich mich sicher. Wieder, wie damals in Minden, war ich der einzige Mensch auf der Straße. Aber nein – da ganz unten, da wo die Chaussee von Oberweimar einmündete, stand an der Ecke im Schatten des letzten Baumriesen eine andere Figur, die fortgesetzt die Allee hinauf blickte und sich so verhielt, als wenn sie auf jemand wartete. Als ich näher kam, winkte sie mir zu – nein, sie winkte mich zu sich heran. Kein Zweifel, das war ja Tante Johanna. »Äbel, moin Äbel«, so begrüßte mich Vaters Schwägerin in ihrem unverkennbaren Schwäbisch. Und die sonst so Unnahbare tat, was sie vorher nie getan hatte: Sie nahm mich in ihre Arme. Da wusste ich gleich, warum sie mir entgegen gekommen war: Vater war heute Nacht im Koma eingeschlafen. Sie brauchte gar nichts weiter zu sagen. »Komm mit zu uns«, sagte die Tante erregt, »Onkel Willi, Heidi und Feechen sind auch da.« Es war der 25. April 1945. Die Sirenen gaben Entwarnung.

Nun hatte Vater mir nicht mehr erzählen können, was aus meinen armen Großeltern geworden war. Entweder wusste er es selbst auch nicht genau oder er wollte mir nicht zu viele Hiobsbotschaften auf einmal zumuten. Jedenfalls blieb ihnen das grausame Schicksal ihrer Tochter erspart. Wie schon berichtet, waren sie mit einer viel zu hohen Wartenummer der Britischen Botschaft, die immer nur wenige deutsche Juden auf einmal nach England hinein lassen durfte, bei Kriegsausbruch in Hamburg hocken geblieben. In ihrer schäbigen »Judenwohnung« in dem Teil der Isestraße, die in der Bevölkerung Fiese-Miese-Straße hieß und wo die polternde und quietschende Hochbahn genau durchs Wohnzimmer fuhr, lebten die zwei alten Herrschaften in ständiger Angst vor ihrer Deportation. Schließlich fanden sie den Gestellungsbefehl der Gestapo im Briefkasten.

Nach langen, quälenden Gesprächen haben sie sich in ihrer letzten Nacht aufgemacht, waren draußen vor Blankenese an der Elbe auf und ab gegangen und hatten beobachtet, wie sich der Wasserspiegel zwischen Ebbe und Flut senkte und hob. Dann nahmen sie eine tödliche Dosis Schlaftabletten, legten sich bei Niedrigwasser unmittelbar oberhalb des Wasserspiegels an den Fluss und schliefen ein. Und als die Flut kam, nahm sie die bereits reglosen Körper mit sich fort und stellte sicher, dass – wären sie nicht bereits dem Gift erlegen – der Tod durch Ertrinken ihnen das sichere Ende gebracht hätte. Die Hamburger Polizei fand Großmutter, als ihre sterbliche Hülle einige Tage später etwas oberhalb des Willkomm'-Höfts an der Elbe angeschwemmt worden war. Ihre Obduktion bestätigte den Verlauf der traurigen Geschichte. So hatte es eines Tages im Jahr 1942 für Mutter auch überhaupt keinen vernünftigen Grund mehr gegeben, zu den kranken Großeltern nach Hamburg zu fahren.

Der berühmte Friedhof von Weimar, auf dem Schiller und Goethe und viele andere deutsche Dichter und Denker und Komponisten ihre letzte Ruhe gefunden hatten, war in Unruhe geraten: Die Toten fanden darin kein Dach, die Überlebenden keine Andachtsstätte mehr unter den schützenden Kronen Jahrhunderte alter Bäume. Der Gottesacker musste aufs freie Feld hinaus hinter den Silberblick um viele Hektar erweitert, frisch umgegraben und eilig parzelliert und bepflanzt werden. Zu viele waren an der Front, im Bombenhagel oder – wie Vater – auf dem Krankenbett dem Krieg zum Opfer gefallen, so dass ihre Urnengräber ohne Unterschied gleich und mit 50 Zentimetern Breite winzig ausfielen.

Winzig und wenig repräsentativ war auch die Trauergemeinde für Herrn Kommerzienrat Bernhard Paul Werner Sasse, der dem Anspruch gelebt hatte, in der Familiengruft der zwei Rittergüter Rohrbeck und Iden beigesetzt zu werden. Dort hätten wir einen nach Hunderten zählenden Familien- und Freundeskreis trauern, feiern, sich das Maul verreißen und seine Leiche verfressen sehen.

»So lass't uns unter die Bäume treten«, singsang der uns fremde Pfarrer zu mir, Tante Johanna, Heidi – und Semmlers, die sich dort völlig überflüssig vorkamen. Und darum ließen wir meines Vaters Asche gleich wieder im Stich, um nicht Zielscheibe für die amerikanischen Bordschützen zu sein, die im Tiefflug niedermähten, was immer ihnen vors Zielfernrohr kam – auch auf dem Friedhof.

XX

An den letzten Apriltagen 1945 standen die Amerikaner nur wenige Kilometer vor Weimar und setzten an, es vollends zu erobern. Da entdeckte der regionale Oberbefehlshaber, Thüringens Gauleiter Fritz Sauckel, einen letzten Rest von Verantwortung, Ehrgefühl oder Angst bei sich und ließ überall weiße Flaggen hissen. Er übergab Weimar kampflos. Onkel Willi versteckte seine Uniform und ich durfte selbstverständlich ab sofort ohne Heimlichtuerei in der Schwabestraße 18 verkehren. Da Vater ja nun nichts mehr dazu sagen konnte und Tante Johanna nach wie vor einen Narren an ihrer buckligen Nachbarin gefressen hatte, musste ich doch wieder bei Mami Preuß und ihren kleinen Pflegemädchen einziehen.

Schnell hatte sich herumgesprochen, dass ich nun Waise war. Ich traf überall auf eine merkwürdige Mischung aus Mitleid, Bedauern, Freundlichkeit und Respekt. Ja, wer von meiner jüdischen Abstammung und vom Tod meiner jüdischen Mutter wusste, suchte bei mir Gesellschaft, Sympathie oder gar Zuneigung. Weil ich ja jetzt wahrscheinlich zu den Lieblingen der neuen Zeit zählen und über Vorteile verfügen würde. Es begann die Zeit der Legendenbildung, weil niemand etwas Schreckliches gewusst, und der vorsorglichen Reinwaschung, da niemand etwas Böses getan haben wollte. Mit zwölf war ich aber noch viel zu kindlich und meine Grundstimmung war viel zu traurig, als dass ich bei solchen Überlegungen eine aktive Rolle hätte spielen können. Auch hatte ich ja schließlich mitnichten den Krieg gewonnen, sondern mit ihm mein Heil verloren. Immerhin hatte ich ein

Dach überm Kopf, konnte meine Füße unter den Tisch stellen, abends nach Hause kommen und in ein sauberes Bett schlüpfen – wenn auch bei fremden Leuten, ohne Streicheleinheiten und ohne Nestwärme. Aber ich kam überhaupt nicht dazu, mich selbst zu bedauern oder bedauern zu lassen, denn der Nachkrieg erforderte meine ganze kindliche Aufmerksamkeit.

Obwohl die Westalliierten noch vor wenigen Tagen unsere Städte bombardiert, Jena und Dresden in Schutt und Asche gelegt und die Zivilbevölkerung terrorisiert hatten, schienen alle erwachsenen Thüringer heilfroh zu sein, dass bei uns die Amerikaner einmarschiert waren – und nicht die Sowjets, die Amis und nicht die Russkis. Zu tief nistete noch das Propagandabild des primitiven bolschewistischen Untermenschen in unserem Bewusstsein, der verdreckt und verlaust ist, weil er kein fließendes Wasser kennt und der unsere deutschen Mütter und Schwestern vergewaltigt. Die Amerikaner hingegen, vielfach deutscher Abstammung und dem deutschen Wesen wesentlich näher, waren Gerüchten zufolge auch nur hier, um die Russen wieder zu vertreiben. Zu den GI's konnten wir auf Tuchfühlung gehen; sie kampierten nämlich gleich um die Ecke im Kirschbachtal. Sie ließen uns vorne im Jeep sitzen, lehrten uns, Kaugummi zu kauen und zu Bubbles aufzublasen. Sie spendeten uns Dosen mit Coca-Cola, Corned Beef und verteilten angebrochene Zigarettenschachteln der Marke Lucky Strike oder Players Virginia.

Unsere Befreier gaben sich kameradschaftlich, ließen sich mit kleinen Kindern für den Feldpostbrief fotografieren, aber sie hatten partout keine Friedensbotschaft. Wir konnten nicht mit ihnen diskutieren – nicht in unserem infantilen Schulenglisch und nicht in ihrem gebrochenen Emigrantendeutsch. Sie bleckten die Zähne, waren gelangweilt und trugen schon früh dazu bei, in Deutschland das Image des oberflächlichen Amerikaners zu prägen. Nein, sie hatten Produkte, aber keine Botschaft. Ich gehörte zu denen, die das schamlos ausnutzten. Immerhin bekam ich morgens in der Schule im

Tausch gegen eine halbvolle Schachtel Lucky Strike ein dikkes Wurstbrot, an das ich sonst nie gekommen wäre – von einem Fahrschüler aus Buttstädt, der seine Eltern belieferte.

Wir Kinder wurden jeden Tag erneut eingespannt, das physische Überleben im Nachkrieg sichern zu helfen. Ich erinnere mich an viele Beispiele, wie wir diese Aufgabe spielerisch und unverkrampft, eben kindgerecht, bewältigten. Die Kinder meiner Pflegemuhme fanden beim Entrümpeln des Dachbodens das Metallgestell eines alten Kinderwagens mit vier intakten Rädern. Immer zwei von uns konnten sich hineinsetzen und die Karre durch Demmeln und Abstoßen mit den Füßen vor- und rückwärts bewegen. Unsere »Karrete« besaß den Vorteil, dass wir uns damit auf dem Bürgersteig oder auf wenig befahrenen glatten Asphaltstraßen ziemlich schnell bewegen konnten, nämlich dorthin, wo es gerade irgend eine Sonderzuteilung gab. Zweitens hatte sie eine große Ladefläche und konnte wie ein Handwagen gezogen werden. Oft stand Pflegeschwester Mieze beim Gemüsehändler in der Warteschlange, während ich Martin mit der Karrete beim Milchmann vorbei brachte und selbst weiter zum Markt düste, um rechtzeitig Kartoffeln zu ergattern. »Die Karrete« war stadtbekannt und verbrämte unsere oft enttäuschenden Einkaufs-Ergebnisse mit spielerischer Leichtigkeit.

Da Mamis Hausbesitzer Gallesky auch nach dem Krieg noch buk, hatten wir zumindest immer frisches Brot. Wenn ihm auch oft der Sauerteig ausging und seine Laiber schliff gebacken oder sonst wie verunglückt waren, so wurden sie gleich durchs Hintertürchen der Backstube in unsere Küche geschmuggelt, und wir brauchten dafür keine Brotmarken abzugeben. Dann musste es nur noch gelingen, Zucker und Milch zu ergattern und wir konnten unser Lieblingsgericht zaubern: Du schneidest Brot in kleine Würfel, wirfst diese in einen Becher, weichst sie in Ersatzkaffee – so genannten »Muckefuck« – ein, streust Zucker drüber und rührst das Ganze gut durch – und fertig ist die »Munke«, wie wir unsere Brotsuppe nannten. Mit einem Schuss Milch, den Mami

Preuß ihrem Leihbaby von seiner Ration abknapste, war Munke geradezu eine Delikatesse. Nach mehreren Monaten täglicher Munke fanden wir Munke zwar scheußlich, rissen uns aber darum, wenn es wieder einmal nichts Besseres gab.

Es ließen sich noch manche solcher Episoden erzählen, die unser Nachkriegsleben prägten und die wir nie vergessen können, weil sie manchmal einfach zu komisch waren. »Ebel, erzähl' doch mal die mit dem Klopapier-Haken«, so wurde ich später noch manchmal gefordert – na, also dann: 1946 war die klassische Rolle WC-Papier absolut Mangelware. Ob im Haushalt oder auf dem öffentlichen Lokus oder im Hotel hing neben dem Klo an der Wand ein Metallgestell, auf dem zurechtgeschnittenes oder -gerissenes Zeitungspapier aufgespießt war, das wir mit einem Ruck nach unten abrissen, um uns damit abzuwischen. Weil das Frischgedruckte an unseren zarten Kinderpopos Spuren schädlicher Druckerschwärze hinterließ, mussten wir uns abends vor der Mami ganz tief bücken, um vorzuzeigen, ob wir unsere Po-Ritze wirklich gewaschen hatten.

Eines Tages saß ich auf der To, bückte mich nach einem Stück Papier, sah nicht, dass der leere Haken offen stand – und da schob er sich mir vier bis fünf Zentimeter tief direkt unter meine Stirnhaut. Der ganze Papierhalter löste sich aus seiner Verankerung und hing mir mit vollem Gewicht an der Stirn. Das tat aasig weh, weil der Haken sich unter der Haut verkantete, aber es blutete nicht. Während ich mit der einen Hand den Hintern abwischte, hielt ich mit der anderen das Gestell gerade. Ich versuchte vorsichtig, den Haken herauszuziehen, aber er bewegte sich nicht. In Todesangst lief ich schreiend mit dem Gestell vor dem Gesicht durchs Haus und auf die Straße. Da ich bekannt dafür war, dass ich die Leute verulkte, wollten sich die Nachbarn zunächst über den Scherz totlachen, begriffen dann aber den Ernst der Sache und geleiteten mich zu einem Arzt. Der hielt die eine Hand vor meine Stirn und zog mit der anderen in einem Ruck den Haken mühelos heraus, so wie er das in der

Anatomie gelernt hatte. Aber mich zierte zunächst ein großes Pflaster, und als ich mal darunter guckte, noch lange ein großes Loch zwischen den Augenbrauen, das meiner Eitelkeit sehr zusetzte. Kürzer lässt sich die Geschichte bedauerlicher Weise nicht verständlich erzählen, aber immer wenn ich sie wiederhole, geht sie mir unter die Haut.

XXI

Im Unterschied zu vielen anderen Lebenslagen kann ich mich an meine Volksschule kaum mehr erinnern. Weder der Schulweg noch das Schulgebäude noch das Klassenzimmer noch die Gesichter meiner Lehrer tauchen in meiner Erinnerung auf – auch nicht nach anstrengender Denkleistung. Ich schließe daraus, dass das schulische Geschehen im Weimar von 1945/46 für das Leben eines wissbegierigen, aufnahmefähigen Zwölf- und Dreizehnjährigen so uninteressant und langweilig gewesen sein muss, dass es sich mir nicht eingeprägt hat. Zweifellos musste ich damals das Kleine und das Große Einmaleins gelernt und mich notgedrungen von der Sütterlin- auf die lateinische Schrift umgewöhnt haben. Aber wir lernten nicht, was mich dringend interessiert hätte: warum ich noch bis vor kurzem als Mischling beschimpft oder gemieden wurde, jetzt aber keine Rede mehr davon war. Keiner lehrte mich, warum wir den Krieg geführt und schließlich auf den Endsieg verzichtet hatten, der doch verbal so zum Greifen nahe gewesen war. Statt dessen lernten wir die Piepvögelchen des deutschen Waldes, den Unterschied zwischen den Kastanien in der Belvederer Allee und den Linden in der Steubenstraße oder den zwischen einem Buchenwald und einem Eichenwald, nicht aber den zwischen Buchenwald und Auschwitz.

Die Begründung dafür suchte ich mir darin, dass immer die ältere Generation die jüngere unterrichtet. Die besten oder die meisten Lehrer meiner Eltern-Generation aber waren an der Front verheizt worden und schieden damit automatisch als Zeugen der Geschichte aus. Andere leisteten Sühne, indem sie die Vergangenheit von den Trümmersteinen abklopften, die ihnen aber noch lange Zeit die Sicht verschütteten. Oder sie waren sprachlos vor Scham und Trauer. Die Kollektivschuld lastete zu schwer auf ihnen, als dass sie ehrlich berichten – und unterrichten – konnten. Deswegen konnte Schule damals nicht funktionieren. Und deswegen ist es mir auch gleichgültig, ob ich mich an sie erinnere.

Die Erziehung zu kritischen Staatsbürgern oder – wie unsere Besatzer das ausdrückten – die *Reeducation* hatte bei den Erwachsenen einzusetzen. Als ich zum ersten Mal über diesen Begriff nachdachte, stellte er sich mir als dubios dar, zumindest als missverständlich. Beruhte er nicht auf einem Denkfehler? War diese Umerziehung überhaupt möglich ohne die Rückbesinnung auf ein vorbildlich funktionierendes Gemeinwesen, das es vorher nie gab? War Reeducation ohne die unmittelbare, intensive eigene Erfahrung mit einer neuen, lebendigen Demokratie und einem menschenwürdigen Zusammenleben machbar? Beides war nicht existent – das eine vorher nicht, das andere jetzt noch nicht, also war der Begriff untauglich. Und unglaubwürdig erschien er mir auch, wenn ich an die Umerzieher dachte. Empfahlen sich dafür ausgerechnet die Westalliierten, die für ihren »Endsieg« keine mustergültig demokratische Lösung vorzuweisen hatten und Zivilbevölkerung und Flüchtlinge auch dann noch ermordeten, als der Krieg schon längst entschieden war? Waren nicht solche Erzieher von vornherein höchst untauglich? Mussten unsere »Erziehungsberechtigten« nicht astreine Beweise eigenen demokratischen Verhaltens vorweisen können, um ihren Lehrstoff überzeugend zu gestalten? Als ich dreizehn war, geisterten solche Gedanken noch als unartikulierte Fragen quälend in meinem Kopf herum. Erst Jahre später konnte ich sie so wie heute formulieren, aber noch vor Ende dieses Buches war allgemein bekannt, dass meine Skepsis berechtigt war: die *Reeducation* war weitgehend fehlgeschlagen.

Ein Ansatz der Umerziehung hat sich in meinem Gedächtnis tief eingeprägt: Als die Amerikaner das Konzentrationslager Buchenwald befreit hatten, fielen ihnen Tausende frischer Leichen buchstäblich vor die Füße. Schnell befahlen sie unsere Weimarer Eltern, Großeltern, Onkels und Tanten auf den Ettersberg, um ihnen das Grauen vor Augen zu führen, das mit ihrer Duldung und ohne ihren Widerspruch jahrelang an unschuldigen Opfern verübt worden war. Der Nachweis musste unverzüglich erfolgen, bevor die Opfer aus hygienischen Gründen verscharrt waren. Diese Schocktherapie wurde jedoch nur einem winzigen Prozentsatz willkürlich ausgewählter Weimarer zuteil. Ihr Schock saß tief, so tief, dass er offensichtlich eine Jahrzehnte lange Sprachlosigkeit zur Folge hatte. Die Augenzeugen schwiegen. Ihr Trauma blockierte sowohl die Weitergabe der schrecklichen Tatsachen als auch die kritische Auseinandersetzung mit ihnen. Sollte die Übung also nachhaltige Wirkung erzielen, musste sie wiederholt werden.

Monate nach Kriegsende hing ein Plakat des Alliierten Kontrollrats unübersehbar an vielen Mauern und Bäumen der Stadt. Es enthielt eine Aufforderung – nein, einen Befehl: Alle Erwachsenen über 18 sollten an bestimmten Tagen antreten und in Kolonnen den Ettersberg hinauf marschieren – ins KZ Buchenwald. Falls sie es nicht schon früher mit eigenen Augen gesehen hatten, sollten sie sich erinnern oder lernen, wie in den letzten Kriegsjahren stolpernde Kolonnen ihrer jüdischen, antifaschistischen oder sonst wie aussätzigen Mitbürger dieselbe Wegstrecke bergauf ins Lager getrieben oder geprügelt wurden. Sie sollten wissen, wovon sie angeblich nichts gewusst hatten. Ich erlebte die Bestürzung der mir nahe stehenden Erwachsenen, als sie von amerikanischen Soldaten aus ihren häuslichen Verstecken herausgeholt werden mussten, um sich dem Sühnezug anzuschließen.

Ich lief ein Stück nebenher, und in meinen Gedanken lief das Bild eines namenlosen Jungen mit, der sich vor drei oder vier Jahren zu mir auf meine Bahnhofsbank geflüchtet hatte und dem wir seinerzeit nicht helfen konnten oder wollten. Ich erinnerte mich auch an die düsteren Gestalten, denen wir noch vergangenes Jahr auf unserem Weg ins Hotel im Dunkeln begegnet waren. Menschen mit dem Fememal des gelben Flickens, von denen ich erst zu spät lernte, dass dies Juden waren und dass sie das Schicksal meiner eigenen Mutter verkörperten. Wäre ich ein Jude, wäre ich zwei oder drei Jahre früher den Berg hinauf in ein ungewisses Schicksal gelaufen. Wäre ich als der jüdische Sohn meiner jüdischen Mutter erkannt worden – ich hätte mit ihr zusammen den schweren Weg ins Arbeitslager antreten müssen. Hatte ich nur Glück gehabt, war ich der Begünstigte einer bürokratischen Schlamperei oder hatte es eine göttliche Fügung so gewollt, dass ich, vom Schicksal begünstigt, jetzt den Zug der Entsetzten und schuldlosen Schuldigen lebend begleiten durfte? Oder gehörte ich in Wirklichkeit ins Lager jener Arier, die noch einmal davon gekommen waren und jetzt bei ihren Besatzern in die Schule der Demokratie gehen sollten? War es Glück oder Makel, ein Mischling zu sein? So bewusst wie nie zuvor sah ich mich jetzt zwischen den Fronten.

Noch in demselben Jahr lernte ich eine ganz andere Seite meines Lebens kennen: Ich reifte langsam zu einem pubertären Jüngling heran. Ich interessierte mich nämlich für die Leiblichkeit meiner jüngeren Pflegeschwestern, und ich fand diese Neugier sogar erwidert. Unsere kindlichen Spiele verlagerten sich aus der offenen Szene des Bäckerhofs in die hinteren Regionen des Obstgartens, wo die Mädchen im Gartenhäuschen unbeobachtet mit mir »Onkel Doktor« oder »Vater und Kind« spielen wollten, wozu es natürlich gehörte, dass man sich auszog, ins Bett gebracht wurde oder den Oberkörper frei machen musste. Es dauerte nicht lange, da mischte sich Peter Preuß in die Spiele ein, der 17jährige Sohn meiner Pflegemutter, der weit weg in die Lehre ging und nur für ein paar Wochen wieder gekommen war, um mir die Stellung des Ältesten streitig zu machen und in seinem angestammten Zimmer zu schlafen, das eigentlich jetzt meines war. Einerseits wies ich das Ansinnen, mit ihm mein Bett zu teilen, als Zumutung von mir, andererseits reizte mich die Aura seiner fortgeschrittenen Männlichkeit.

Peter näherte sich mir so unverhohlen, dass er sich eines Tages nackt vor mich hinstellte und mich aufforderte, sein erregtes Glied anzufassen. Ein dunkelhäutiges, animalisches Etwas, so groß und steif, wie ich es noch nie gesehen hatte, ragte aus einem Wald schwarzer, gekräuselter Haare. »Komm, Ebel, guck ihn dir an … Fass ihn mal an…. So siehst du auch bald aus.« Freiwillig mochte ich seiner Aufforderung nicht folgen, stand aber plötzlich so in seinem Bann und merkte, wie sich auch mein Pimmel reckte. Ich konnte mich nicht dagegen wehren, als mir der reifere Pflegebruder meine Schlafanzughose herunterzog. Beim Anblick meiner pubertären Geilheit rief er erstaunt aus: »Mensch, Ebel, du bist ja beschnitten!« Ich wusste nicht, wie er das meinte, und ehe ich noch mein Unwissen hinter meiner Scheu verbergen konnte, nahm er meinen Kopf in seine Hände, zog ihn zu sich heran und zwang mich, seine Mannheit in den Mund zu nehmen und daran zu lecken. Ich ekelte mich vor dem Geruch seines Ego, fühlte mich vergewaltigt und floh erregt ins Bad. Dort spülte ich mir wohl zehnmal den Mund aus und überlegte lange, ob ich den Rückweg in mein Zimmer antreten sollte. Als ich mich zaghaft zurück wagte, lag Peter auf dem Sofa und überließ mir mein Bett. Ich musste mir überlegen, wie ihm am besten zu entkommen war. Ich hatte ja niemanden, den ich fragen konnte.

XXII

Noch mit 13 wurde ich aufs Jugendamt bestellt. Da Tante Johanna den Namen Sasse trug und als Dame der Gesellschaft ein besseres Auftreten versprach als etwa meine impulsive Pflegemutter Preuß, war es mir recht, dass sie mich begleitete und schützte. Wenig später hat sich mir ihre Rolle ganz anders dargestellt: als Strippenzieherin. Da ich immer kritischer, aufsässiger und – wie Erwachsene zu formulieren pflegen – eben »ungehorsam« war, wurde den beiden Nichtmüttern langsam die Verantwortung für mich zu unbequem. Sie hatten das Jugendamt eingeschaltet, um eine langfristige Lösung zu finden. Diese Jugendpfleger verhielten sich so, wie ich es als Heranwachsender in den Jahren danach noch viele Male erleben sollte: Sie handelten ohne Ansehen der Person oder der spezifischen pädagogischen Probleme nach den Formalien eines beliebigen Gesetzes und diktierten mir den Bürovorsteher eines Rechtsanwalts als Vormund zu, ohne ihn mir vorher vorzustellen.

Karl Dennert war ein vierschrötiger, drahtiger, äußerlich korrekter Mensch mit Militärhaarschnitt und rechthaberisch vorgezogenem Kinn. Im Alltag habe ich ihn fast nie ohne Schlips und Kragen gesehen, die er sich aber nicht selbst anlegen konnte, weil er auf seinem Armstummel links eine starre Prothese trug, die aus- und eingehängt werden musste. Dafür hatte er Frau Martha geheiratet, die abgerichtet war, zu bestimmten Tageszeiten die Versatzstücke bereit zu halten, damit der Bürokrat tadellos und korrekt aus dem Haus gehen konnte. Mein Vormund war ein fleißiger und strebsamer Halbjurist, der bis tief in die Nacht hinein mit zwei Fingern auf seiner mechanischen Schreibmaschine bedeutsame Schriftsätze anfertigte, die er mit seiner sorgsam abgezirkelten, sehr zeitaufwändigen Unterschrift versah.

Dieser Bürokrat sammelte Mündel und Vormundschafts-Honorare. Ich war der Vierzehnte, genoss aber das seltene

Privileg, in seine Familie aufgenommen zu werden – und nur durch diesen Vorzug kann ich Dennert so genau schildern. Ich erhielt weder die Chance, vor dem Umzug zu Dennerts selbst zu entscheiden, ob mir diese neuen Menschen gefielen, noch wurde eine Probezeit vereinbart, nach der beide Seiten sagen konnten, ob sie sich miteinander wohl fühlten. Auf Gedeih und Verderb zog ich in eine Familie, zu der mich nichts hinzog. War meine Bleibe bei Mami Preuß aus den Nöten des Kriegsendes geboren gewesen, so empfand ich meine Einquartierung bei der Familie meines Vormunds von vornherein als Zumutung. Denn wieder sah ich mich als das älteste von fünf Kindern. Neben ihren eigenen drei Töchtern von damals zwei, sieben und zwölf Jahren hatten sie lange vor mir schon den zehnjährigen Gerhard aufgenommen – einen in seiner Einfalt sehr liebenswerten Bruder, der mir schnell ans Herz wuchs. Gegen die Übermacht der Dennert-eigenen Mädchen bedurfte es unserer jungenhaft-verläßlichen Verschwörung.

Mir gegenüber strahlten Dennerts und ihre Kinder zu keiner Zeit so etwas wie Zuneigung oder auch nur Zuwendung, geschweige denn Sympathie aus und unternahmen auch nichts, eine Atmosphäre der Zusammengehörigkeit wachsen zu lassen. Durch geringschätzige Gesten, abwertende Blicke und oft ganz unverhohlen abfällige Bemerkungen ließen sie mich stichelnd spüren, dass ich eigentlich nicht zu ihnen gehörte. Dies war für mich nicht so schmerzhaft, denn eines war mir auch sowieso klar: Herr Karl war zwar mein Vormund, aber kein Vorbild. Gesellschaftlich und intellektuell sah ich ihn als das Zerrbild eines für mich akzeptablen Vater-Ersatzes. Und sie, die dralle, über einem hübschen Haaransatz hochgesteckte Brünette, besaß weder die Zärtlichkeit noch die Feinsinnigkeit meiner Mutter. Als Sklavin ihres autoritären Bürokraten, Getriebene ihrer Mädchenbrut und Geplagte ihres Nachkriegs-Haushalts, in der Schmalhans regierte, verdiente sie all mein Mitleid. Ich fragte mich jeden geschlagenen Tag, warum sie mich und Gerhard eigentlich aufgenommen hatten. Schon bald sollte sich herausstellen, welche handfesten Gründe es hierfür gab.

Dennoch trog der äußere Schein, so dass mich Tante Johanna bei ihrem Einlieferungs-Besuch mit den Worten allein ließ: »Na fabelhaft, Äbele, sei froh un dankbar, däß du jetsch hier sein darfsch!« Dieses oberflächliche Gerede der Erwachsenen ging mir sowieso schon auf den Geist. Ich, die Waise und der Mischling zweier abwesender Eltern, sollte für alles dankbar sein, was die unglücklich verlaufene deutsche Geschichte mir eingebrockt hatte. Oberflächlich betrachtet gehörte dazu nun ein schönes Zimmer mit einer Loggia davor, die uns über eine Freitreppe in einen großen, wilden Garten führte. Die großzügige Vier-Zimmer-Wohnung, die Dennerts gemietet hatten, lag am Ende der Carl-Alexander-Allee (der heutigen Freiherr-vom-Stein-Straße) – eine Wohngegend mit eleganten Villen, in die sich Dennerts nur aus einem fehlgeleiteten Sozialprestige verirrt haben konnten. Unser Zimmer hatte einen einzigen Makel: Im vorderen Teil residierte Leseratte Helga – und wir beiden Jungen bezogen unsere Betten hinter einem riesigen Schrank auf nicht mehr als fünf oder sechs Quadratmetern. Akustisch wurde unser Lebensgefühl von dem diktiert, was sich hinter zwei schlecht isolierten Schiebetüren in den Nachbarzimmern abspielte: auf der einen Seite das Bettenknarren, Fluchen, Pfurzen und das Babygeschrei, auf der anderen Seite nächtelanges Hacken des rechten Dennertschen Zeigefingers auf den Tasten seines Schreibgeräts.

Unser tägliches Leben, besonders im kalten Winter, spielte sich in der ziemlich kleinen Küche ab. Dort steckten sieben Personen ihre Füße unter den Esstisch. Gekocht wurde auf den Metallringen über dem Feuerloch eines Holzherdes. Im seitlichen Wasserbad war nie ausreichend warmes Wasser für jeden. Alle Kinder wuschen sich über einer einzigen Schüssel in der Küche; das Bad war den Eltern vorbehalten. Ich schämte mich, vor all den anderen meine Unterwäsche auszuziehen, und so lauerte ich jeden Morgen, bis die

Küche frei war. Wenn die anderen zu lange mährten, ging ich einfach ungewaschen in die Schule. Einmal in der Woche wurde gebadet. Dann musste ich als der Älteste unterm Badeofen Holz feuern, doch der Inhalt des Wasserboilers reichte gerade für eine Wannenfüllung. Zuerst badeten Vater und Mutter, dann die Mädels, und zuletzt durften Gerhard und ich in dasselbe Wasser steigen, das inzwischen nicht nur schmutzig, sondern nur noch lauwarm war. Ich verweigerte mich und zog es vor, mein Taschengeld ins Schwanseebad zu tragen, damit ich dort wenigstens kalt duschen konnte.

Für ausreichend Feuerholz hatte ich zu sorgen. Da es so gut wie keine Holzzuteilung gab, bedeutete dies: Ich musste Gerhard und Christa, die Älteste, überreden, Holz zu organisieren – richtiger gesagt: zu stehlen. In der Dämmerung zogen wir mit Handwagen und Bandsäge die Berkaer Straße hinaus zum nächsten Wald und fällten riesige Kiefern, deren hohe, glatte Stämme sich nur in den Baumkronen nadelreich verzweigten. Wie geübte Holzfäller sägten wir den Stamm schräg an, zogen ihn zu Boden, zerteilten ihn in glatte Meterstücke, ließen den Wipfel liegen und luden unsere Beute auf den Wagen. Einer von uns stand Schmiere; oft mussten wir unterbrechen, weil jemand kam. Zuhause wuchteten wir die Stämme in den Keller, wo ich sie auf einem Bock zersägte und auf einem Hackeklotz herdgerecht spaltete. Das war harte Kinderarbeit, die ich oft verfluchte. Aber ich war wiederum auch stolz, denn wir verfügten meist über einen riesigen Vorrat getrockneter Holzscheite. Anerkennung gab es dafür nicht.

Vater Dennert pflegte ein Hobby: Er war Schiedsrichter, wenn Fußball-Ortsvereine in Großkromsdorf, Buttelstedt oder Magdala gegeneinander antraten. Er hielt sich dafür fit, indem er wöchentlich ins nächste Hallenbad nach Jena (!) schwimmen ging. Wenn ich wollte, durfte ich mitfahren – mit dem Bus oder mit der Bahn, aber meinem treu sorgenden Vormund wäre es nicht im Traum eingefallen, etwa für meinen Schwimmunterricht Geld auszugeben. Zu den Fußballspielen liefen wir oft zehn bis 20 Kilometer landeinwärts zu Fuß und nahmen – je nach Wetter – Rucksäcke oder unseren Handwagen mit. Nach dem Spiel machten wir jedes Mal reichliche Beute: Bepackt mit Schinken, Eiern, Kohlköpfen und Gurken zogen wir heimwärts, nachdem wir uns tüchtig vollgefressen hatten. Meist gab es Grüne Klöße, Braten, Rotkohl und hinterher Rote Grütze. Mir kam der leise Verdacht, der vermeintlich Unparteiische ließ gern die Gastgeber-Mannschaften gewinnen, damit wir am Ort kräftig absahnen konnten. Wenn wir auf dem Rückweg über Land an unbewachten Feldern vorbei kamen, hieß uns unser vorbildlicher Erzieher noch Ähren, Gemüse und Kartoffeln mitgehen. Als Anwaltsgehilfe bewertete er dies als erlaubten Mundraub, das wohl am meisten verbreitete Delikt der Nachkriegszeit. Das war meine Erziehung, zu der ich mehr und mehr eine kritische Distanz aufgebaut habe.

XXIII

Mehrere Monate nach Kriegsende verbreitete sich große Unruhe bei den Menschen in der Stadt. Es hieß: Die Russen kommen. Denn die alliierten Besatzer hatten vereinbart: Thüringen und Sachsen-Anhalt werden gegen Westberlin getauscht. Die siegreiche Rote Armee hatte ganz Berlin eingenommen; die Amis aber waren als erste nach Thüringen und Sachsen-Anhalt vorgedrungen und hatten ihre Verbündeten in Torgau an der Elbe getroffen. Nun aber wollten die Westmächte auch in Berlin präsent sein und dafür Weimar verlassen.

Und die Russen kamen, nachdem Jeeps und GI's ohne jegliches Aufsehen aus dem Stadtbild verschwunden waren.

Sie kamen hoch auf ihren Panzern und Mannschaftswagen mit aufgepflanzten Bajonetten und Kalaschnikows im Anschlag, so als ob der Krieg gerade erst zu Ende gegangen wäre und als gelte es, Thüringen militärisch zu sichern. Sie verstreuten sich über die ganze Stadt und enterten nicht nur die Kasernen, sondern schlugen für ihre Offiziere und Kommissare die schönsten Quartiere auf. Deutsche Frauen versteckten sich vorsichtshalber hinter den Gardinen. Wir Kinder standen an den Straßenrändern Spalier und liefen mit, wenn die Russkis winkten. Wir zogen mit bis ins Kirschbachtal, wo die Kolonnen Aufstellung nahmen. Nun erlebten wir, wie Quartiermacher ausschwärmten und die besseren Viertel unsicher machten.

Bei der Gelegenheit schaute ich bei Tante Johanna und Base Heidi hinein. Die aber waren bereits in heller Aufregung: Alle eleganten Wohnungen Ecke Kranach- und Schwabestraße wurden gerade konfisziert, das ganze Viertel war schon abgesperrt. Die temperamentvolle Johanna gestikulierte wild und rief immer: »Das könnt Ihr doch mit uns nicht machen! Das könnt Ihr doch nicht machen!« Meine hübsche Cousine trug ein dunkles Kopftuch, zog es tief ins Gesicht und stahl sich aus dem Blickfeld der Rotarmisten.

»Komm, Ebel, sei nett und fass mit an!« Wir schleppten, was wir tragen konnten, und stellten es erst einmal in den Vorgarten. Das Tafelsilber war schon im dichten Gebüsch gelandet, aber die beiden Konzertflügel blieben in der Belle-Etage. Denn alle Bewohner hatten Befehl, innerhalb von drei Stunden ihre Häuser zu verlassen. Keiner konnte dem Nachbarn helfen, denn alle hatte dasselbe Los getroffen: die einen mussten verschwinden, die anderen zusammenrücken. Nur wenige Stunden später zogen Onkel Willi und Tante Johanna mit ihren Siebensachen in zwei winzige Kammern in die Fünf-Zimmer-Wohnung einer allein stehenden Nachbarin ein.

Die Sowjets zeigten sich nicht nur in Eroberer-Pose, sondern auch in Siegerlaune. Ich Mischling verfolgte den Umschwung in Weimar mit gemischten Gefühlen: Der Judenlümmel in mir neigte der Bewertung zu: Geschieht euch ganz recht! Der Ariersohn war aufrichtig empört, wie seinem Fleisch und Blut nun der Grund und Boden unter den Füßen weggezogen wurde. Denn in Iden und Rohrbeck belegten sie nicht nur Wohnhäuser, sondern enteigneten meine arische Sippe und jagten sie davon. Ich war lange Zeit unfähig, in dieser Sache mit mir ins Reine zu kommen. Erst viele Jahre danach, als auch zu mir authentisch durchsickerte, welch unbeschreibliche Greuel meine Landsleute, die Landser, auf sowjetischem Boden verübt hatten, unterschrieb ich auch für mich die These der Kollektivschuld und musste folglich auch härteste Maßnahmen der Sühne akzeptieren, selbst für meine Verwandten.

In unserer Carl-Alexander-Allee verlief der Russen-Einzug glimpflicher. Nur einige besonders schöne Villen wurden für die Einquartierung freigegeben. In das edle alte Gründer-Cottage uns gegenüber, das ohnehin gerade von einem Nazibonzen verlassen worden war und leer stand, zog die vierköpfige Familie von Major Jawlenko ein. Woher ich das wusste? Na, an einem der ersten Tage, als der Major zum Dienst abgeholt wurde, stand ich mit meinem Schulranzen an der Pforte und verfolgte neugierig, was da ablief: Da kam ein khaki-braun uniformierter Mensch in Schaftstiefeln und mit dieser komischen breiten Tellermütze aus dem Haus, stutzte vor dem Einsteigen und winkte mich zu sich heran. »Du chier wonnen?« zeigte er fragend auf unser Haus. Der folgende Dialog ist mir entfallen. Nur soviel wurde mir klar: Ich sollte am Abend, wenn er wieder zurück sein würde, mal zu ihm rüberkommen.

Diese neuen Nachbarn entpuppten sich als (mir) sympathische Familie mit einer wunderhübsch aussehenden und sich lasziv bewegenden Frau und zwei mit großen braunen Augen scheu um sich blickenden Kindern. Als Pfand für ihre Sicherheit hielten sie sich zwei große Hunde, die streitbar bellten und gefährlich die Zähne fletschten, sobald sich jemand der Freitreppe näherte. Der Offizier bedeutete mir, hinaufzukommen und zeigte mir das Haus. Die Hunde »wohnten« im Parterre und schissen aufs Parkett; entsprechend stank es. Die Familie hatte sich im ersten Stock niedergelassen, war erst notdürftig möbliert und noch ohne Hilfe, weil deutsche Frauen sich sträubten, bei Russen zu arbeiten. Also, ich sollte die Hundesalons säubern und Kohlen raufholen und bekam dafür nur ein Trinkgeld, durfte mir dafür aber von allem mitnehmen, was Jawlenkos im Überfluss hatten: Briketts, Kartoffeln, Seife und richtiges Klopapier. Ich versprach, »meinen Vater« Dennert zu fragen und durfte schon am nächsten Tag meinen Hilfsdienst antreten. Der gestaltete sich gar nicht so einfach, denn ich musste immer ausbaldowern, wo die Hunde gerade waren. Doch eines Tages waren sie ganz fort und es zog eine ständige Wache vor dem Haus auf. Ich befreundete mich mit Grigorij, machte dann noch ein paar Monate weiter, bis eine uniformierte Putzkolonne das Haus pflegte.

An einem Oktober-Sonntag kamen wir mit mehreren Spankörben voll Waldpilzen von einem Ausflug nach Kranichfeld zurück. Der Offizier fuhr gerade vor und wollte wissen, was wir da hätten. Pilze, ja, gribij, gruibij! Ob wir die auch verkauften? Diese hier nein, aber nächste Woche. Ja, charascho, abgemacht. Wir erfuhren, wie gern Jawlenko und Grigorij Pilze aßen und wie lange sie schon keine mehr genossen hatten. Also, nächste Woche brachten wir wieder Pilze. Der Bursche hieß uns aufsitzen und nahm uns mit zum Hotel Elephant, wo die sowjetische Kommandantur ihr Hauptquartier aufgeschlagen hatte und wo offensichtlich auch Jawlenkos Dienstsitz war. Es erschien eine Ordonnanz, nahm uns die Körbe ab, ging mit uns um die Ecke zur Apotheke, ließ den Apotheker die Pilze unter seine fachliche Lupe nehmen, erbat eine Genießbarkeits-Bescheinigung und nahm die Pilze mit. Wir sollten warten. Als er dann nach einer endlosen halben Stunde mit den Körben wieder erschien, lagen einige Geldscheine darin – ich weiß nicht mehr, wie viel, aber die Summe war nicht kleinlich bemessen. Dieses Ritual spielte sich noch viele Male ab, bis der Herbst verging. Im nächsten Jahr versuchten wir es wieder.

Die Präsenz der Russen wirkte sich auf mein Leben noch auf andere Weise vorteilhaft aus: Die gesellschaftlichen Verhältnisse in der sowjetisch besetzten Zone konsolidierten sich allmählich. Es bildeten sich antifaschistische und prokommunistische Vereinigungen, die das Unrecht der Nationalsozialisten dokumentierten und für die Opfer Rechte einforderten. Ich war nur ein minderjähriger Kostgänger, aber immerhin: sie hatten mich nicht vergessen. Ende 1946 wurde mir von meinem Vormund eröffnet: »Du bist jetzt offiziell ein Opfer des Faschismus.« Wenig später gab er mir ein unscheinbares graues Ausweispapier, das besagte, ich sei Mitglied der VVN, der Vereinigung der Verfolgten des Naziregimes, und brauchte nur noch zu unterschreiben. VVN-Mitglieder erhielten fortan eine bessere Lebensmittelkarte, die für Schwerstarbeiter. Wenn andere Margarine essen mussten, bekam ich jetzt »gute Butter«; wenn andere in die Röhre guckten, stand mir eine Ration Salami zu. Außerdem wurde für mich die Waisenrente erhöht.

Für die Eröffnung dieser Neuigkeiten bat Dennert mich eines Abends an seinen Schreibtisch. Dort hatte er mir vorher schon so manche Standpauke gehalten: »Du sollst nicht zu freundlich mit den Russen verkehren.« – »Du sollst nicht deine schmutzigen Schuhe auf die Kellertreppe stellen.« – »Du sollst nicht immer den Religions-Unterricht schwänzen.« – »Du sollst abends um zehn das Licht im Kinderzimmer ausmachen.« – Himmelherrgott noch mal, wie viele Male sollte er mir das alles noch sagen? Es war ihm nie darauf angekommen, irgend ein vernünftiges Gespräch mit mir zu führen. Er war nicht der Vater. Er war der Oberaufseher. Heute hatte er seine starre Armprothese schon neben sich gelegt. Der Armstummel hing hässlich aus dem Hemdsärmel heraus. Sein steifer Hemdskragen war aufgeknöpft, hatte aber eine tiefe, blutunterlaufene Delle an seinem weißen

Hals hinterlassen. Karl Dennert wollte offensichtlich locker wirken, mich mit seiner väterlichen Fürsorge umgarnen, wirkte aber nur abstoßend. »Dies alles habe ich für dich getan«, behauptete er. Hatte er das? Hatte er nicht! Aber solange ich in seiner Familie lebte, war mein Vorteil ja auch sein Vorteil.

XXIV

Eines musste ich dem einarmigen Banditen lassen: Frau Martha und er haben mir zu Palmarum 1947 eine sehr schöne Konfirmation ausgerichtet. Es war das erste und einzige Mal, dass ich und ein Eckpfeiler meiner wackligen Existenz in den Mittelpunkt gerückt wurden – wenn auch nur für ein kleines Publikum. Dabei war der allfällige Umstand, dass ich meinen Konfirmations-Unterricht abschloss, konfirmiert und als vollwertiges Glied in den Schoß der Evangelischen Kirche aufgenommen wurde, beileibe nicht der Kern, sondern nur der willkommene Anlass des Ereignisses – nein, dessen Vorwand. Einmal schließlich musste Dennert demonstrieren, wie gut er für mich sorgte. Und da war ein christliches Fest der beste Beweis, weil sich damit sein Tun auch gleich ethisch-moralisch ausmünzen ließ.

»Der Junge ist zutiefst christlich, eben evangelisch erzogen worden«, so las es sich in dem verzweifelt-verlogenen Brief meines Vaters an Hermann Göring, nämlich von seiner jüdischen Mutter. Diese wiederum sei niemals jüdisch, weder rassisch noch religiös, beeinflusst gewesen. »In einem christlich geführten Elternhaus ist sie evangelisch getauft, konfirmiert und getraut worden.« Es blieb der Sterbeurkunde des Standesamts Auschwitz vorbehalten, die Wahrheit auf einen richtigeren Nenner zu bringen: »Käthe Sarah Sasse war evangelisch, (aber) früher mosaisch«. Ich als ihr Sohn war niemals mit ihr in der Kirche gewesen, auch mit meinem Vater nicht – und wenn, dann war der evangelische Pfarrer nur der Zeremonienmeister für ein feierliches Weihnachtsfest oder eine zünftige Kirchweih. Niemals habe ich aus einer konfessionellen Grundhaltung heraus für die Verschonung der Juden gebetet. Ich glaube zwar im Sinne des Evangeliums, aber nicht dezidiert evangelisch unterrichtet worden zu sein. Nun hatte ich zur Befriedigung meiner Mitmenschen lediglich ein Ritual an mir vollziehen lassen, und zwar allein aus dem Grund, weil das allgemein üblich war und sich so schickte. Ich habe nicht selbst konfirmiert, sondern bin, wie der Sprachgebrauch ganz richtig ausdrückt, »konfirmiert worden« – fremdbestimmt, von jemand anderem.

Das Evangelische war in meinem Leben keine Glaubenssache, sondern hat immer nur herhalten müssen als politische Ausflucht gegenüber dem zutreffenden Verdacht, wir seien jüdisch, wobei Rasse und Religion fälschlicherweise immer gleichgesetzt oder vermischt wurden. Mutter ist als Jüdin ermordet worden, und deshalb war es, streng genommen, Verrat, wenn ich mich als evangelisch von ihr absetzte. Das aber wollte ich nie und nimmer.

Meine Konfirmation war, so würde man heute sagen, eine Public-Relations-Veranstaltung zur Dokumentation meines weltlichen Wohlergehens. Dafür zogen Dennerts auch alle Register, die damals überzeugten – vor allem die materiellen. Ich sollte meinen ersten dunklen Anzug mit einer langen Hose bekommen. Dazu wurde der Restposten eines schwarzen »Panzerstoffes« organisiert, wie er für die schweren strapazierfähigen Uniformen der Panzertruppe verwendet worden war. Der Stoff war mir zu schwer und kratzte, deshalb lag er am Festtag immer noch zusammengefaltet auf dem Gabentisch, und ich trug einen Leihanzug aus dem Fundus des Theaters. Ähnlich die Kalamität mit der Uhr. Ich hatte mir sehnlichst die erste wertvolle Armbanduhr gewünscht, eine goldene. Da ich mich nicht rechtzeitig mit

Dennerts auf die Preisvorgabe einigen konnte, lag neben dem Anzugstoff der Gutschein (für eine Uhr, die ich nie bekommen habe). Aber Martha Dennert buk nach Thüringer Art acht bis zehn Blechkuchen mit dem Radius eines Wagenrades und riss damit alles wieder heraus. Ich habe nie so viele Streusel-, Käse-, Mohn-, Kirsch-, Him- und Heidelbeerkuchen nebeneinander gesehen – und alle ganz nach meinem Geschmack und zu meinen Ehren. Martha hatte Mühe, so viele Bleche und Formen auszuborgen und die fertigen Backwerke in der Wohnung zu verteilen: unter den Ehebetten, auf den Schränken, unterm Sofa, auf der Badewanne und im Keller, der dazu extra abgeschlossen wurde.

Nach der Kirche nahmen alle an der festlich gedeckten Tafel Platz, an der mein Lieblingsgericht aufgetischt wurde: Rohe Klöße mit Kalbsnierenbraten und hinterher Bratäpfel mit Vanillensoße. »Alle«, das waren nicht viele: die vollzählige Familie meines Vormunds, mein Pflegebruder Gerhard, der Pastor, eine ferne Cousine meines Vaters, ein paar Nachbarsöhne, Base Heidi – und Tante Johanna. Die hatte Onkel Willi nicht überreden können mitzukommen, denn der fand Dennert zu primitiv, als dass er sich mit ihm an einen Tisch gesetzt hätte. Und ich, Ebel. Zwar war ich angeblich die Hauptperson, aber ich musste für Mutter Martha Kartoffeln schälen, Speisen auftragen und die Krümel wegfegen. Während dessen nestelte der Hausherr an seinem Grammophon herum, um ihm ein paar festliche Töne zu entlocken. Er fand nichts Passendes, und so dröhnte die Akademische Festouvertüre von Johannes Brahms durch den Saal, die keinen berührte. Die Orgelpfeifen Christa, Helga und Rita brachten mir ein Ständchen, Helga hatte aber den Text vergessen und vollendete ihren Part nur summend, aber immerhin geistesgegenwärtig zu Ende. Ich stand im Mittelpunkt, fühlte mich aber in der Runde um mich äußerst unbehaglich. Alles war gespielt, schlecht gespielt.

Am Abend ihres großen Koch- und Backtages, als die Gäste längst fortgegangen waren, wollte Martha Dennert ihren

Sympathie-Bekundungen die Krone aufsetzen und schlug mir unvermittelt vor: »Sag' doch Mutter zu mir!« Bisher hatte ich sie zwar geduzt, sie aber nie direkt angeredet und auch nie genau bezeichnet. Das hörte sich dann so an: »Eure Mutter meint...«, »Du, kannst du mir bitte mal das Hemd waschen?« Oder ich kleidete, auch wenn ich bestimmt nur sie meinte, meine Aussagen in die Mehrzahl »Ihr wolltet doch...« Weil die Wörter fehlten, ergab sich auch keine eindeutige Beziehung. Und nun sollte ich aus heiterem Himmel »Mutter« zu ihr sagen? Ich sagte nicht Nein, aber ich wusste: das würde ich niemals über meine Lippen bringen. Also tat ich, als hörte ich nicht recht. Ich ließ sie stehen, war im Moment leider gerade mit etwas anderem beschäftigt. Das war ziemlich gemein von mir, und mir wurde auch ganz fad, dass der Tag so ausklingen sollte. Aber sie war mir keine Mutter. Nie hatte sie mich nach Mutti gefragt, mich nie von Meura oder Jachenau erzählen lassen. Kein einziges Mal hatte sie auch nur den leisesten Versuch unternommen, mir durch eine mütterliche Geste, eine Berührung oder ein Lob ihre Nähe zu zeigen. Nein, Ebel, sie war einer vorübergehenden Gemütsaufwallung erlegen. Nein, das war kein seriöses Angebot!

XXV

Wenn ich nur wenig von etwas besaß, dann wusste ich immer ganz genau, wie viel. Das war mit dem Taschengeld so. Mit den paar Büchern von Karl May. Auch mit den Freundschaften. Und es war auch mit dem restlichen Konfirmations-Kuchen so. Nachdem meine Möchtegern-Mutter netterweise jedem Gast ein großes Kuchenpaket mitgegeben hatte, war nur noch wenig auf jedem Blech. Und die Menge schrumpfte von Tag zu Tag, ohne dass wir gemeinsam nochmals Kuchen gegessen oder welchen mit zur Schule bekommen hätten. Mit verstohlenen Blicken unter die Ehebetten oder mit dem Vorwand, etwas anderes aus dem Vorratskeller heraufholen zu müssen, beobachtete ich den Schwund. Diese Mangelerscheinung war eine unserer typischen Nachkriegs-Unarten. Besonders bei dem restlichen Mohnkuchen lief mir das Wasser im Mund zusammen. Der stand auf einem kleineren Blech abgedeckt auf Christas Kleiderschrank und man musste auf einen Stuhl steigen und sich recken, um herauszufinden, ob sich davon vielleicht noch heimlich ein Eckchen abzweigen ließ. Ein Messer lag meist noch vorn auf dem Blech bereit.

Offenbar war ich nicht der einzige, den solche heimlichen süßen Gelüste quälten, aber bisher hatte das jedenfalls jeder vor jedem geheim halten können. Als ich glaubte, die anderen seien nicht da, fasste ich den Entschluss, zu dem Mohnkuchen vorzudringen. Ich öffnete ganz leise die Schiebetür, knipste keine Lampe an, denn der Lichtschein der Straßenlaterne erleuchtete Christas Schlafzimmer zur Genüge. Ich erschrak, denn ich sah, was ich niemals vorher zu sehen bekommen hatte: ein weibliches Wesen, dessen fleischliche Konturen im fahlen Licht aufreizend gegen den Schrank abstachen. Christas offene dunkle Haare bedeckten ihre prallen Brüste nur halb und ließen die Brustwarzen lauernd daraus hervortreten. Christa sprang mit einem Aufschrei der Ertappten von dem Stuhl, ihre Beute fiel zu Boden und die Streusel rollten in alle Richtungen davon. Sie hielt sich ihre Scham mit den Händen und schrie »Geh weg!« Ich schob die Tür schnell wieder zu und sprang in mein Bett. Der Kuchen war auf einmal Nebensache geworden.

Nun hatten Christa und ich ein Geheimnis und hüteten es. In mir regte sich der Wunsch, die Dreizehnjährige bald noch einmal genauer anschauen zu können. Monatelang sah sie mich unter ihren breiten Augenwimpern verstohlen an. Jetzt verwandelte sie sich von meiner dümmlichen Pflegeschwester in ein Subjekt meiner wachsenden Gelüste. Wir vermieden es, uns im Haus und im Garten zu zweit sehen zu lassen, um zu verhindern, dass sich durch Blicke oder Bewegungen unser pubertäres Geheimnis von selbst verriet. Das legte sich erst in der Vorweihnachtszeit, als sich die unverfängliche Gelegenheit ergab, gemeinsam mit dem Handwagen in den Wald zu gehen. Ich weiß nicht mehr, ob Christbäume damals nicht zu kaufen, zu teuer oder nicht gut genug gewachsen waren, jedenfalls beschloss die Familie, sich einen »zu holen«. Nur Vater Dennert wollte von dem Vorhaben nichts wissen – oder tat jedenfalls so. Wir mochten Kohlköpfe, Brennholz oder Briketts klauen, aber einen Tannenbaum – nein, dies widersprach jeder christlichen Moral und seinem Berufsethos als Rechtspfleger.

Also, wir beiden Ältesten sollten es machen, und Gerhard sollte nicht auch noch mitkommen, das würde zuviel Aufsehen erregen. Säge und Axt schepperten unsichtbar in einem Kartoffelsack. Wenn der Weg eben oder abschüssig verlief, setzte sich Christa auf den Sack und ich zog sie. Da ja Winter und sie entsprechend dick angezogen war, gab es nichts an ihr zu entdecken. Aber wenn wir bergauf und beide vor der Deichsel gingen, berührten wir uns seitlich, und der Tannenbaum schien minutenlang nicht mehr so wichtig. Im Wald hinter Schloß Belvedere hatten wir uns letzten Sommer eine Schonung mit gutgewachsenen jungen Fichten gemerkt, und dort wurden wir fündig: »Den!« – »Nein, der ist doch ganz krumm.« – »Aber den da!« – »Ach der hat doch obenrum viel zu wenig Zweige.« Einer war zu groß, ein anderer zu staksig, der dritte war unten viel zu dicht und da war gar kein freier Stamm zum Sägen. Schließlich legten wir die Axt an einen Kompromiss-Kandidaten, schnürten ihn mit einer Wäscheleine schlanker und banden ihn auf den Handwagen. Mein Schwesterchen war ganz fertig, sie lehnte sich schwer atmend gegen mich, ich tätschelte brüderlich ihre Hand, und wir machten uns auf den Heimweg.

Eine Räuberstimme hinter uns rief »Halt, stehen bleiben!« Wir blieben wie angewurzelt stehen. »Wo habt Ihr denn den

Baum her? Gestohlen – gebt's zu.« Der Mann trug eine grüne Joppe und einen grünen Hut mit Pinsel, sah aus wie der Förster und sagte, er sei der Förster. »Da nehmt den Baum nur mit, ihr könnt ihn ja nicht einfach hier liegen lassen... Aber das gibt eine dicke Strafe. Da kann euch auch niemand mehr helfen!« Wir spielten die lieben, armen Kinder, die ja den anderen zuhaus' nur eine Freude machen wollten und baten um Milde. Der Grüne bestimmte, wir hätten bis drei Tage nach Weihnachten dreißig Mark (Ost) zu bezahlen, gab uns seine Adresse und notierte sich unsere.

Wir brachten den schönsten Baum nachhause, aber um welchen Preis! Woher sollten wir so schnell so viel Geld nehmen? Die Eltern bitten? Kam gar nicht in Frage! Wir beschlossen, einen Teil unserer Bücher zu verkaufen – auf dem Flohmarkt, an Freunde, vielleicht im Antiquariat. Nesthäkchen, das Doppelte Lottchen und meine Winnetou-Schwarten würden schon ein paar Mark bringen. Darin war Christa ein echter Kumpel; sie brachte mir gleich am nächsten Tag einen Stoß ihrer Jungmädchen-Bücher und hatte ihrer jüngeren Schwester auch welche abgeluchst. Die Geschwister wunderten sich, dass in den Tagen danach unsere Schultaschen immer so dick waren und wir jetzt nachmittags öfter so lange in der Stadt blieben. Aber wir hielten dicht. Jetzt hatten wir schon zwei Geheimnisse, und das verband.

Irgendwann zwischen Weihnachten und Neujahr standen wir mit dem Geld vor dem Haus des Försters und baten ihn, uns nicht den ganzen Betrag abzunehmen. Der erkannte uns erfreut wieder, stellte sich stur und bestand auf dreißig Mark. »Lasst euch das eine Lehre sein, ich will euch dort nie wieder sehen!« Er warf die Tür zu und ließ uns stehen. Schon auf dem Heimweg nagten große Zweifel an unserem Gewissen: Das war gar kein richtiges Forsthaus, ohne Geweihe und Türschild der Forstverwaltung. Der hatte auch gar kein grünes Forstauto. Komisch, dass der in Tiefurt wohnte – so weit vom Belvederer Wald entfernt. Und als Amtsperson hätte er uns auch eigentlich eine Quittung geben müssen. Angesichts so vieler Indizien brachen wir in ein großes Gelächter aus. Offensichtlich hatten wir uns ganz schön ins Bockshorn jagen lassen.

Am Abend nach unserer Niederlage betrachteten wir traurig unsere geschrumpften Buchbestände. Das Bücherregal stand neben meinem Bett, und wir waren schon im Schlafanzug. Dennerts waren ausgegangen und die Kleinen schliefen schon. Wir beiden wurden für alt und verständig genug eingeschätzt; niemand fand etwas dabei, wenn wir die Kinder hüteten. Und so geschah, was bei realistischer Einschätzung unseres Reifegrades eines Tages geschehen musste. Der dralle Teenager lag mit mir in meinem Bett. Ich betrachtete meine Pflegeschwester neugierig und verstohlen zwischen den Schenkeln, berührte ihre Brüste und legte mich ganz nah neben sie, so dass mein Geschlecht ihre Haut berührte. Sie lag erst ganz still und schien mit erwachender Lust zu lauern, was ich noch alles mit ihr vorhatte. Mir fiel aber nichts ein und meine Neugier war gebremst von der Angst, die Geschwister könnten aufwachen und uns verraten oder die Eltern der Argwohn eher nach Hause treiben.

Christa begann vor Wonne zu zittern, und mir war gar nicht klar, wie ich ihrer jungfräulichen Erregung begegnen sollte. War es nicht wirklich besser, sie jetzt in ihr eigenes Bett zu schicken? Aber schon war ich nicht mehr Herr meines Tuns. Christa erzitterte am ganzen Leib. Ihre Glieder verkrampften sich, sie schlug willkürlich um sich, fiel aus dem Bett auf den Boden. Ihr Hinterkopf schlug auf die Dielen, Schaum trat ihr vor die Lippen, ihre Wangen färbten sich blau und sie schrie »Mutti, Mutti, hilf mir doch. Mutti, Mutti, komm zu mir!« Ihre Schreie klangen bedrohlich. Sie war entblößt; in ihrer Todesangst war jeglicher Scham von ihr gewichen. Sie blutete aus dem Mund, denn sie hatte sich wohl auf die Zunge gebissen. Nun sah sie ziemlich hässlich und abstoßend aus – ein aufgedunsener Engel. Die Kinder standen neben uns, ich aber gewann hilflos und beschämt immer größeren Abstand. »Ebel, schnell, schnell, leg ihr dieses

Kissen unter den Kopf und deck sie wieder zu!« Christa war Epileptikerin. Warum hatte ich das nicht gewusst? Warum musste ausgerechnet mir dies passieren? Aber keiner fragte mich danach. Christas tückische Krankheit war für alle schon schlimm genug.

XXVI

Ich ging pünktlich aus dem Haus, die ganze Alexander-Allee hinunter, bog erst in die Berkaer und dann in die Breitscheidstraße ein, lief weiter über die Amalienstraße zum Wielandplatz, folgte dann der Steubenstraße, ließ die Katholische Kirche links liegen und überquerte rasch die verkehrsreiche Erfurter Straße. Nach etwa 400 Metern Washingtonstraße hielt ich mich wieder links – und dort stand mein Onkel Willi, der mir bedeutete, ich solle mal einen Schritt zulegen. Er wartete vor der Schiller-Oberschule, denn er hatte es übernommen, an meinem ersten Schultag bei mir die Elternstelle zu vertreten und mich zu begleiten.

»Jetzt wird's aber Zeit, mein Lieber, die anderen sind schon alle drin.« Freundschaftlich-versöhnlich berührte er meine Schulter. »Guten Morgen erst mal, Ebel.« Mein Onkel war ein vollendeter Herr; er verlor nie die Haltung, auch wenn er sich maßlos ärgerte.

»'n Morgen, Onkel Willi.«

»Wieso kommst du so spät?«

»Ist es denn schon so spät?«

»Es ist fünf nach acht.«

»Ich hab doch immer noch keine Uhr, aber ich bin um halb losgegangen.«

»Warum bist du nicht mit dem O-Bus gefahren? Bis zum Goetheplatz und dann ein Stück Schwanseestraße zu Fuß.«

»Dennert hat mir keine Monatskarte gekauft. Er sagt, laufen ist gesund.«

»Darfst eben nicht an jeder Straßenecke stehen bleiben.«

Inzwischen waren wir in das weiße, mit roten Klinkern verzierte Gebäude mit dem Uhrenturm eingetreten und folgten dem Schülerstrom in die Aula. Ein ordnender Lehrertyp hielt uns an und fragte mich »Zu welcher Klasse gehörst du?«

»Neun.«

»Ja, aber welche neun?«

»Weiß ich nicht.«

»Dann such erst deine Klasse und komm mit den anderen zusammen wieder her.« Onkel Willi wurde ungeduldig, enthielt sich aber seines Kommentars zur Organisation. Als wir meine neue Klasse 9B^2 gefunden hatten, war der Klassenraum leer. Überall lagen die Schultaschen auf den Bänken. Ich legte meinen alten Ranzen dazu und folgte Onkel Willi in die Aula. Als wir eintraten, wurden wir von einem Ordner mit »Sch-sch-scht!« empfangen, denn die Musik hatte schon begonnen. Die älteren Schüler brachten den neuen ein Ständchen. Dann wurden wir eilig auf schurrende Stühle eingewiesen; die übrige 9B^2 saß mit ihren Eltern ganz woanders. Ich warf meinem Onkel einen reumütigen Blick zu.

Wenn auch die Premiere etwas unglücklich verlief – ich war jetzt Oberschüler, was mir vor vier Jahren noch verwehrt worden war. Damit gehörte ich nicht nur zu dem Zwangsverband der Familie Dennert, sondern zu einer großen Klassenfamilie. Die meisten der zwanzig Mädchen und Jungen meiner Klasse mochte ich nach kurzer Zeit ausgesprochen gern. Sie waren eine kunterbunte Mischung charaktervoller Typen – von Rasse war nie die Rede, es sei denn, dass wir ein Mädchen »rassig« fanden. Unsere maskuline Mehrheit sah sich mit fünf wirklich attraktiven Mädchen umgeben – bis auf eine Bohnenstange, die aber ein wunderbarer Kamerad war und außergewöhnlichen Wortwitz versprühte. Ich glaube, die meisten fanden mich auch passabel, denn sonst hätten sie mich nicht gleich in der ersten Woche zu ihrem

Klassenbuchführer erwählt. Unsere Kür fiel auf »Schorsch« Conert als Vertrauensschüler, den Sohn eines Mühlenbesitzers aus Großkromsdorf, dem ich noch viele Jahre freundschaftlich verbunden blieb.

Wohl eher aus Geldnot denn aus Tradition kultivierte die SOS noch die alten Doppelpulte mit Federmulde und Tintenfass, bei denen Schreibschräge und Sitzbank aus einem starren Stück bestanden. Die Lasche der Schultasche hing uns aus dem Materialfach auf die Knie. In einem solchen Doppelschraubstock kam ich in die letzte Reihe links neben Roland Hauptmann zu sitzen, einem Landwirtssohn aus dem nahen Rohrbach. Da ich größer war als er und besonders lange Beine hatte, setzte ich mich schräg hin und nahm ihm so einen Teil seines Platzes. Roland revanchierte sich spaßeshalber, indem er mich mitten in der Stunde derb am rechten Oberschenkel packte, so dass ich erschrak, wegen des kitzligen Gefühls lachen musste oder einen unterdrückten Aufschrei von mir gab, was – vor allem, wenn ich gerade »dran« war – zur allgemeinen Erheiterung der Klasse beitrug. Da sich solche Kabbeleien häuften und wir das den Lehrern mit der Beengtheit der Hinterbänkler erklärten, durften wir in einen anderen Klassenraum umziehen, wo größere Pulte mit mehr Beinfreiheit standen.

Unsere Lehrer erlebte ich als respektabel bis amüsant; keiner war mir suspekt oder verhasst. Es schien aber, als hielten sich alle an den kommunistisch gefärbten Lehrplan, der für individuelle Überzeugungen, außerplanmäßiges Charisma und Freundschaften zwischen Lehrern und Lernenden kaum – oder, sagen wir, so gut wie keinen Raum ließ. An der historischen Nahtstelle von einem System der politischen Intoleranz und Indoktrination zum nächsten war die Vorsicht der Lehrer, nicht mit individuellen Erkenntnissen unliebsam aufzufallen, merkbar ausgeprägt. Das sah ich sicher nicht jetzt und hier in der Neunten, aber mit zunehmendem Alter immer deutlicher. Zunächst trug mich die Penne durch andere Ehren und Freuden: Die Englisch- und Mathe-Lehrerin, ein ältliches Fräulein, rief mich öfter als andere nach vorn an die Tafel, weil ich in Kreide so schön schreiben konnte. Die Musiklehrerin entdeckte meine hohe Musikalität und ließ mich vor der Klasse Arien und Lieder vortragen, die ich vorher zu Hause vor dem Spiegel einübte. Unser Deutschlehrer trug uns auf, Schiller und Goethe zuliebe Balladen, Monologe und Freie Rhythmen auswendig zu lernen. Er bereitete uns auf gemeinsame Besuche des Nationaltheaters vor, das wir seinerzeit zu Schülerpreisen von 50 Pfennigen pro Aufführung besuchen durften.

Aber Schule in der sowjetisch besetzten Zone bedeutete für mich noch mehr. Nicht nur wurde bei jeder Gelegenheit unser Zorn gegen die imperialistischen Machthaber im Westen geschürt, was wir als Propaganda wegsteckten. Wir waren auch gehalten, lebendige Solidarität mit anderen Schichten der Bevölkerung zu üben: Der traditionelle Dünkel der höher Gebildeten konnte auch durch die soziale Zusammensetzung unserer Klasse gar nicht erst aufkommen. Als 1949 die Unstrut über die Ufer getreten war und damit nahezu die gesamte Ernte vieler Bauern in Nordthüringen vernichtet und deren Land vom Schlamm verwüstet worden war, machte die Schiller-Oberschule ihrem Kürzel SOS alle Ehre und leistete Erste Hilfe: Unsere Klasse rückte nach Bruchstädt und Ufhoven aus und blieb drei Wochen lang draußen. Wir Städter schliefen im Stroh, genossen deftige Nahrung und erlebten, dass es der Landbevölkerung trotz der Flutkatastrophe gar nicht so schlecht ging. Für mich endete das Landleben mit einer Anekdote: Von ungewohnt fettem Essen wuchs mir ein Furunkel unmittelbar im After, der wurde vereist und geschnitten, aber ich lehnte es ab, vorzeitig zurück zu fahren, sondern genoss den Vorzug, acht Tage lang bäuchlings auf dem Küchensofa einer jungen Bäuerin zu genesen.

Unsere Ausflüge mit dem Biologielehrer in die Landschaft um Weimar waren hochexplosiv. Es ist anzumerken, dass wir mit 15 und 16 in unserem sexuellen Reifeprozess ziemlich weit fortgeschritten waren. Doch zu einer regelrechten pubertären Rebellion schien keiner von uns fähig. Ich denke, die schweren Zeiten, die vielen menschlichen Verluste und der Lebenskampf der Überlebenden zwangen uns einfach zu mehr Selbstdisziplin, als sie spätere Generationen sich auferlegen mussten. Wenn ich auch gegen die geistig engen Schranken im Haus meines Vormunds oft heftig und lautstark aufbegehrte, so war dies eher ein Ausfluss meiner ganz individuellen Geschichte und ging auch jedes Mal rasch vorbei. Rückwirkend erlebe ich meine Schul-Generation als ziemlich brav. Aber eines konnte sie auch nicht einfach wegstecken: ihren wachsenden Geschlechtstrieb. Wenn wir also auf Bio-Exkursionen gingen, so lernten wir in der größeren Bewegungsfreiheit außerhalb des Klassenzimmers unsere höchstpersönliche biologische Lektion. Wenn unsere vollreifen Mädchen uns an warmen Sommertagen leicht geschürzt entgegentraten oder gegenübersaßen, so war dies nicht nur optisch reizvoll, sondern ziemlich aufreizend. Es blieb uns nichts, als mit den Händen in der Hosentasche unsere erigierten Glieder niederzudrücken oder uns einige Minuten später überm Pissoir oder am Waldrand wichsend zu erleichtern.

Aber dann traf ich Helga, und das änderte alles.

XXVII

»Ebel? Hier spricht Eva Sasse«, sagte eine resolute, hörbar gebildete und hochdeutsche Damenstimme am Telefon. »Kannst du frei reden oder hört dir jemand zu?« Martha Dennert war rausgegangen, nachdem sie mir den Hörer übergeben hatte. Ich vermutete, sie würde nicht lauschen. »Ich kann hören«, erwiderte ich, »wer ist denn da?«

»Ich bin deine Tante Eva, eine Cousine deines Vaters. Wir leben hier in Erfurt, also gar nicht weit von Weimar. Wir haben von dir und deinem Schicksal gehört und würden dich gern mal zu uns einladen. Hättest du Lust, mal zu kommen?«

»Ja, Tante. Wer ist ›Wir‹, ich meine, wer sind die anderen?«

»Das sind meine beiden Kinder und meine Schwester Hanni Peters, die dich auch gern mal sehen möchte.«

»Warum?«

»Weil ihr dein Vater, den wir sehr gemocht haben, viel von dir erzählt hat.«

»Ich werde meinen Vormund fragen. Der muss es erlauben. Oder willst du nicht mal mit ihm reden?«

»Ja, das mache ich gern.«

»Dann schlag ihm bitte vor, ich würde mal ein Wochenende nach Erfurt kommen. Kann ich bei euch übernachten?«

»Ja, kannst du gern. Ist er denn jetzt da?«

»Nein, erst heute Abend.«

»Gut, Ebel, dann versuch ich's später mal und melde mich danach wieder bei dir.«

Ich war ganz aus dem Häuschen. Wieder Verwandte zu haben, mit ihnen zusammen zu sein und das öde Leben als Pflegesohn gelegentlich zu unterbrechen, war sehr verlockend. Aber warum rief diese Tante erst jetzt an – über vier Jahre nach Papas Tod und nach Kriegsende? Hätte die sich nicht mal früher einschalten können? Dann wären mir vielleicht eine oder zwei Pflegestellen erspart geblieben. Na, ich war gespannt, während der ganzen nächsten Tage aufgekratzt und fieberte dem Anruf von Tante Eva entgegen. Hinter ihrer herzlichen Stimme verbarg sich sicherlich wieder jemand aus »unserer Kiste«, wie Vater damals gesagt hatte, und ich hoffte, Dennert werde es gelingen, vernünftig mit ihr zu sprechen.

Mein Vormund war sehr vorsichtig und offensichtlich besorgt, ich würde neue verwandtschaftliche Bande dazu nutzen, mich über ihn zu beschweren oder auch nur über seine mangelnden intellektuellen Ansprüche lustig zu machen. Und damit hatte er gar nicht so Unrecht. Was aber sollte er tun? Ich war in den letzten Monaten immer aufsässiger geworden, und er konnte meines lautstarken Wutausbruchs sicher sein, wenn er mir die Reise nach Erfurt strikt verbieten würde, wozu er auch neigte. Seine Strategie war aber diesmal, seinen ganzen Charme spielen zu lassen und meine neue Tante einzuwickeln zu versuchen – sich als vorbildlicher und gütiger Vormund bei ihr lieb Kind zu machen.

»Ebel, komm bitte, bevor du ins Bett gehst, mal in mein Arbeitszimmer.« Aha! Die berühmten Gespräche unter vier Augen. Er erörterte nie offen und ehrlich unsere Sachen vor den anderen. Immer führte er Situationen des Verhörs oder des Befehlsempfangs herbei. Er schmiedete Kabinettsstücke, scheute aber die offene Feldschlacht. Er trug streng vor, beschwor seine ungeheure erzieherische Verantwortung – aber lachen, lachen konnte er nie.

»Wir fahren übernächstes Wochenende nach Erfurt!«

»*Wir*? Wer *wir*?«

»Wir beide.«

»Wieso, bin ich nicht alt genug, diese kleine Reise allein zu unternehmen?«

»Mag sein, aber noch bin ich für dich verantwortlich, und ich will erst mal sehen, was das für Leute sind. Da könnte ja jeder kommen und sagen, er sei verwandt mit dir. Die hätten sich ja auch mal früher melden können, als es dir schlecht ging.«

Da hatte er sogar Recht – aus seiner Sicht. Ging es mir denn jetzt etwa nicht (mehr) schlecht?«

»Ich bring dich hin, mache mich bekannt, schau mir die Tanten an, befrage sie ein bisschen nach dem Verwandtschaftsgrad zu dir – und wenn die uns gefallen, verabschiede ich mich und du kannst dort bleiben und kommst mit dem Zug zurück…«

Das klang vernünftig. Jetzt war es seine Masche, mich in sein Boot zu ziehen. »*Wenn die uns gefallen*« – was sollte das denn wieder heißen? Als ob wahrscheinlich war, dass wir hierbei einmal einer Meinung sein konnten! Wenn sie ihm nicht gefielen, würden sie mir vermutlich erst recht gefallen... Immerhin war ich fast siebzehn und wollte selbst entscheiden, auf wen ich mich einließ. In den verbleibenden zwei Wochen versuchte ich mich auf die neue, noch unsichere Dimension einzustimmen. Was würde ich denn meinen neuen Verwandten berichten? Sollte ich die fröhliche Waise spielen, liebevoll umsorgt und rundum glücklich? Sollte ich mich beschweren und sie überzeugen, mich hier herauszuholen? Stand mir nur eine langweilige Kaffeeklatsch-Episode bevor oder war es eine Chance, mein Leben grundlegend zu ändern?

Die Schule und die wiederkehrenden schönen Stunden mit meinen Kameraden hatten mir die Augen geöffnet: Ich war vielfach benachteiligt. Meine Pflegefamilie war der Hemmschuh. Wenn ich meine Kumpels (meist ohne ausdrückliche Erlaubnis) besuchte, so wurde ich dort freundlich empfangen und eingeladen, zum Essen, zum Spielen, zum Feiern, über Nacht zu bleiben. Umgekehrt hat kein Schulkamerad je meine vier Wände bei Dennerts gesehen. Die anderen lachten und stritten, tobten und alberten oder diskutierten heiß miteinander. Bei Conerts wurde Hausmusik gepflegt. Hauptmanns veranstalteten regelmäßig Gartenfeste und grillten Spanferkel am Spieß. Unser Verlegersohn öffnete uns zur Herstellung der Klassenzeitung seines Vaters Setzerei.

Was mich bedrückte, war weniger, dass ich nicht auch Klavier spielen lernen durfte, Gesangsstunde nehmen, meinen eigenen Fotoapparat besitzen, mit den anderen schwimmen gehen konnte oder dass meine Karies nicht bekämpft und meine schiefen Zähne nicht gerichtet wurden. Vielmehr empfand ich es als herabsetzend, dass meine Bekanntschaften und Freundschaften alle einseitig bleiben mussten, weil ich partout nichts zu bieten hatte. Ich konnte keinen in ein schönes Zuhause einladen, niemandem stolz meine eigenen Errungenschaften zeigen, nicht meine verständigen oder liebenswerten Eltern präsentieren. Ich kam immer nur als Gast und Schmarotzer irgend welcher Kindergeburtstage und verschwand danach als Niemand im Nichts.

So zog ich mich in meiner freien Zeit immer mehr auf mich selbst zurück und dachte nach, wie ich diesem Zustand entrinnen konnte. Ich wollte mein Schicksal nicht länger als fremdbestimmt hinnehmen und erdulden, sondern es selbst in die Hand nehmen. Denn mein Vormund machte keine Anstalten, meine Talente zu fördern, meine musischen Fähigkeiten zu entwickeln, mich sportlich zu fordern oder mich auf spätere berufliche oder soziale Herausforderungen rechtzeitig vorzubereiten. Stattdessen hackte ich weiterhin im Keller Holz, kehrte den Garten, spannte mich vor den Hamsterkarren. Es war an der Zeit, dies alles zu verweigern.

Wenn ich mich zurückziehen und nachdenken wollte, ging ich einfach weg. Mein Ziel war nicht weit von zu Hause entfernt, es war der Goethepark mit seinen riesigen Bäumen, die steinerne Bank vor dem Römischen Haus, ein Wiesenstück an der langsam dahinziehenden Ilm. Ich saß dort stundenlang in der Natur, sah das Gesicht meiner Mutter im Wasser, saß auf den Schultern meines Vaters und guckte bei Goethes Gartenhaus in die hohen Fenster. Immer öfter ging ich gleich von der Schule aus die Ackerwand entlang zu den Ilm-Auen hinunter. Und ganz hinten in meiner Erinnerung kam mir ein Mischling aus Jachenau entgegen, leckte mir meine Hände und legte sich neben mich an den Jachen. Und »Lauf, Bessie, lauf!« stieb sie über die Wiesen davon. Doch sie holte keine Rettung, denn dieser Film spielte im Jenseits und mein Unterbewusstsein ließ mich immer mehr ins Abseits driften. Wenn ich wieder zu mir kam, wurde mir klar: So konnte ich das Spiel nicht gewinnen.

Die barsche Stimme meines Vormunds holte mich vollends in die Gegenwart zurück: »Wo hast du dich wieder herumgetrieben? Weißt du, wie spät es ist? Du kannst wenigstens sagen, wenn du nicht zum Abendbrot kommst. Das geht so nicht weiter!« Nein, ging es auch nicht. Da hatte er völlig Recht.

XXVIII

Tante Eva in Erfurt steckte den Dennert glatt in die Tasche. Wenn ich sie mit Martha Dennert verglich, die mir heute früh noch mein Frühstücksbrot geschmiert hatte, schien sie aus einer anderen – nein, nicht »Kiste«, sondern aus einer besseren Welt, einer verlorenen Welt. Ihr Mann war bis 1944 Bankdirektor in Erfurt gewesen und war jetzt tot. Sie hatten Jahrzehnte lang mit den Kindern in dieser eleganten Wohnung in der Steigerstraße gelebt. Da stand auch so ein »Steinway«, auf dem mein Vater die Damen durch seine Virtuosität betört haben sollte. Jetzt plante Eva den Aufbruch in Richtung Westen. Sie glaubte die primitiven und aussichtslosen Verhältnisse in der Ostzone nicht länger ertragen zu können und saß gewissermaßen schon auf den Koffern nach Bielefeld, wo ihr Sohn lebte.

Ihre Schwester Hanni Peters sollte erst einmal ihre Sachen und ihre Wohnung übernehmen. Hanni, diese herbe und hochgewachsene Aristokratin, war bis vor kurzem Herrin ihres eigenen Landgutes nördlich von Stettin in Pommern gewesen und hatte über Nacht alles im Stich lassen und vor den Russen fliehen müssen. Auf dem Treck über Schlesien nach Thüringen war ihre alte Mutter gestorben. Hier in Erfurt musste sie sechzigjährig nochmals ganz von vorn beginnen. Das alles berichteten die beiden Damen uns ohne Tränen, ohne Klage, ohne Vorwürfe – eben als ihr unumstößliches Schicksal. Und Dennert nickte nur stumm in seine Kaffeetasse hinein und hatte dazu nichts weiter zu sagen.

Im Grunde war Hanni ebenso allein wie ich. Nein, sie war als ewige Junggesellin alles andere als eine gelernte Mutter, aber ich glaubte, sie könne eine verständnisvolle, gute Kameradin sein und dabei vielleicht ein paar unerfüllte Mutterträume ausleben. Auf ihrem Landsitz hatte sie stets ihre Neffen und Nichten bewirtet und ihnen unbeschwerte Ferien bereitet. Auch ich, so erzählte sie mir gleich am Anfang, sollte als Kind mal zu ihr aufs Land verschickt werden. Aber dann hatte die arische Idener Sippschaft gegen das Zusammensein ihrer Kinder mit dem Judenbengel Ebel protestiert, und alles war anders gekommen. Sie schluchzte und nahm meine Hand: »Vielleicht können wir Freunde werden.« Ja, das könnten wir.

Die große Wohnetage bot reichlich Platz, und ich durfte fortan häufiger nach Erfurt kommen. Ich setzte den Tanten meine Sorgen auseinander, und sie versprachen zu helfen. Wir schmiedeten ein regelrechtes Komplott: Ich sollte mich förmlich beim Jugendamt und beim Vormundschaftsgericht in Weimar beschweren. Tante Eva hatte Beziehungen und wusste Mittel, meinen Eingaben Nachdruck zu verleihen. Sie schlug vor, mich von der Schule für die letzten beiden Jahre bis zum Abitur in ein Internat versetzen zu lassen und damit Dennert die Entscheidung förmlich aus der Hand zu nehmen. Ein Internatsbesuch war ganz im Sinn meines Vaters – das wusste ich aus Briefen, in denen er von den Hermann-Lietz-Schulen schwärmte, die er einst selbst besuchen durfte. Diese deutsche Nationalschule war zwar ein Relikt aus dem konservativen Gedankengut meines alten Herrn und beim »Endsieg« mit untergegangen, aber die Idee eines Landschulheims gefiel mir sehr – vor allem wegen der Nähe zur Natur und der Abwesenheit unleidiger falscher Eltern.

Von nun an fuhr ich regelmäßig die 25 Kilometer mit der Eisenbahn von Weimar nach Erfurt und schlug mein

Wochenend-Quartier in den verwaisten Kinderzimmern der vom Himmel gefallenen Verwandten auf. Die meisten Familienmitglieder dieses Erfurter Sasse-Zweigs lebten bereits in den Westzonen. Dadurch waren die beiden Tanten in der allseits beneideten Lage, regelmäßig wundervolle Pakete auspacken zu können – mit Lebensmitteln und Anziehsachen, die für uns Ostzonesen reiner Luxus waren, zum Beispiel Apfelsinen, gute Butter oder zu Weihnachten ein echter Cashmere-Schal. Die beiden tischten mir allerlei Köstliches auf und waren sichtlich froh, wieder jemand aus der jungen Generation bemuttern zu können. Hanni kaufte mir von ihrem Ersparten schöne Polohemden, für die im Haushalt von Dennerts angeblich immer kein Geld da war. Und Eva zeigte mir Erfurt, erläuterte mir anhand verzweigter Grafiken den Stammbaum aller Sasses und versuchte, meine familiären Wurzeln, die durch den Krieg rüde herausgerissen worden waren, wieder einzupflanzen. Seither weiß ich: Die Sasses, die einst von ihren Lehnherren aus der Leibeigenschaft entlassen und auf eigenem Land freigesetzt worden waren, hießen Sassen oder Freisassen und waren freiheitsliebende Leute.

Das war wohl auch ein Grund, weswegen Eva sehr kurzfristig die erste Gelegenheit ergriff, endlich in die britische Zone umzusiedeln. Erst war ihr ein Interzonenpass zugesagt worden, und dann ging alles sehr schnell. Ich sollte sie nicht noch einmal sehen. Sie ließ ihre Schwester in der sowjetischen Diaspora allein zurück. Ich begriff, dass meine Beziehung zu Tante Hanni nicht nur für mich, sondern auch für sie so eine Art letzte Rettung unseres familiären Seelenheils war. Hanni selbst drückte das weniger pathetisch aus und nannte es »eine glückliche Fügung«.

Als ich das nächste Mal nach Erfurt kam, war sie ziemlich verzweifelt, denn das Wohnungsamt hatte ihr gerade eröffnet, sie könne keinesfalls länger allein in der Fünf-Zimmer-Etage bleiben; dafür sei die Wohnungsnot der immer noch ankommenden Flüchtlinge und der ausgebombten Familien allzu drastisch. Hanni, selbst Flüchtling, musste ein recht kurzfristiges Ultimatum akzeptieren und zog mit ein paar nützlichen Möbeln nur um die Ecke, in die Pförtchenstraße 4, wo drei Familien mit sechs Erwachsenen Personen in drei Zimmer und zwei Kammern auf einer Etage zusammenrücken mussten. So hauste Hanni fortan in zwei winzigen Stübchen am Ende des Flurs; sie maßen zusammen sicher nicht mehr als 20 Quadratmeter. Daneben ein leckender Abort mit rostenden Armaturen und weiter vorn die ziemlich kärgliche Gemeinschaftsküche. Und sie trug dies alles mit einer selbstverständlichen Geduld und Würde, als könne sie nach dem Verlust der Pommerschen Heimat nun auch nichts mehr umwerfen. Dafür verdiente Hanni meine allergrößte Bewunderung, und ich begegnete ihr wie keinem Erwachsenen zuvor besonders respektvoll und hilfsbereit.

In ihrer Wohnzelle hatte sie eine Schlafcouch untergebracht, die fortan mein Besucherbett sein sollte. Allerdings erforderte die Enge dieses Zusammenlebens viel Disziplin bei der morgendlichen Zeiteinteilung. Wir wuschen uns nacheinander in einer großen Emailleschüssel; das Waschwasser wurde mit einem Tauchsieder warm gemacht. Wenn ich an der Reihe war, wich sie geschickt in die Küche aus oder ging in der Zeit zum Bäcker. Und noch bevor ich mit meiner Morgentoilette fertig wurde, hatte sie bereits mein Bett umgebaut und den Frühstückstisch gedeckt. Darauf standen für jeden ein frisches Ei und Tomaten aus eigener Ernte. Wie das? Die gelernte Landwirtin hielt sich auf dem Balkon eine Legehenne und zog in den Blumentrögen nicht Blumen, sondern Küchenkräuter und Tomaten. Als Köchin war Tante Hanni begnadet und einfallsreich und zauberte Suppen, Soßen und Aufläufe, die Martha Dennert auch nicht mit der Vorzugszuteilung auf meine Lebensmittelkarte zustande brachte.

Zwischen meinen Besuchen in Erfurt bemächtigte sich meiner nun eine ganz neue Leichtigkeit. Mein jugendliches Selbstvertrauen war nicht mehr niedergedrückt, sondern hob sich bei der Vorstellung von meiner nahen Zukunft. Die Schulaufgaben gingen mir nicht mehr sklavisch von der Hand, sondern motiviert. Ich sollte bald in die Rolle eines echten Frei-Sassen schlüpfen. Ich hatte in der Schule etwas Eigenes zu erzählen und organisierte eine eintägige Klassenreise nach Erfurt zu Dom und Severikirche. Und vor allem war ich von neuer Zuversicht beseelt, mich gegen Dennert durchsetzen zu können und bald nur noch unter meinesgleichen in einem Oberschul-Internat zu leben.

Das war auch die Zeit, in der sich meine kulturellen Horizonte weiteten. Obwohl er sich stolz nach der gleichnamigen Hunderasse einen »Weimaraner« nannte, hatte mein Pflegevater daraus nie eine Verpflichtung abzuleiten vermocht, mich an das reichhaltige und schwergewichtige Erbe der Stadt heranzuführen – mich nicht und auch nicht seine eigenen Kinder. Das überließ er gern der Schule, die diese Aufgabe aber lehrplangemäß durch die ideologische Brille sah. Ich weiß noch, wie die bürgerliche Oper zwar nicht vom Spielplan abgesetzt, uns aber regelrecht madig gemacht wurde. Am Extrembeispiel von »Tristan und Isolde«, die wir respektlos und unfeierlich in Trainingsanzug und Gummistiefeln besuchen konnten, gelang es, uns Dekadenz und Zwiespältigkeit dieser Musikgattung zu verdeutlichen – ich fand übrigens zu Recht, denn »der Tristan« klang für uns, wie der Name schon sagte, trist und langweilig. Übrigens mit Hingabe lasen wir in der Schule mit verteilten Rollen Bertolt Brecht, Gotthold E. Lessing und Friedrich Wolf – jedoch waren dies eben allesamt keine Bedeutungsträger von Weimar.

Tante Hanni aber lud mich in Erfurt zum Besuch von »Peer Gynt« ein, jenes elegische Drama mit der lyrischen Bühnenmusik von Edvard Grieg. Die fand ich auf Anhieb traumhaft schön, aber das war ein Fehler, denn es versetzte meinem Gemütszustand einen herben Rückschlag. Ich wusste schon aus dem Radio, wie Solveigs Lied, Anitras Tanz oder Aases Tod klangen, doch die Live-Aufführung wühlte mich auf und brachte mir zu Bewusstsein, dass ich Mutters Tod noch längst nicht verarbeitet hatte. Die traurigen Melodien wollten mir nicht aus dem Kopf gehen; ja, ich holte sie bewusst immer wieder aus dem Vergessen herauf, summte und sang sie und wollte mit dieser Stimmung ganz allein sein. Oh, welche Dolchstöße Musik einer labilen Seele versetzen konnte! Mit dem Kopf voll Aases Tod und mit dem Herzen voll Mutters Leid flüchtete ich an die mir vertrauten Fleckchen im Goethepark, warf mich ins Gras und heulte all meine Einsamkeit aus mir heraus. Und immer wieder erschien ich zu spät oder gar nicht zum Abendbrot.

XXIX

Es war 1949, kurz nach Errichtung einer volksdemokratischen DDR-Regierung. Die Versorgung der Bevölkerung mit den knappen Lebensmitteln verbesserte sich zusehends. Vor allem der schwerarbeitende und der loyale Teil der DDR-Bewohner wurde mit Sonderzuteilungen bedacht. Als »Opfer des Faschismus« erhielt ich auf meine Vorzugskarte eine Extrawurst, eine ganz lange und feste ungarische Salami. Und beim nächsten Eklat zwischen Dennerts und mir ging es um die Wurst – eben um diese Wurst. Denn sie kam wohl ins Haus, aber nicht auf den gemeinsamen Esstisch. Als ich zufällig zur Unzeit einen Blick ins Badezimmer warf, hockten dort die beiden Dennerts mit ihren zwei älteren Mitesserinnen und taten sich an einer Sondermahlzeit gütlich, an *meiner* Wurst und weißen Semmeln, auch eine Extrazuteilung. Ja, im Badezimmer, denn darin war gerade soviel Platz, dass der fröstelnde Bürokrat dort für die kalte Jahreszeit einen Arbeitstisch aufstellen konnte, denn das war das einzige Plätzchen, das rasch beheizbar war und mollig warm wurde. Wir nannten das Bad deshalb »Geheimkabinett«. Es war für uns Kinder an sechs von sieben Tagen tabu, und gebadet wurde eh nur sonnabends.

Als ich die Wurstesser erblickt hatte, knallte ich die Kabinettstür von außen zu, und das war der Auftakt zu einem heftigen Streit am nächsten Tag. Ich warf meinem Pfleger vor, uns – dem kleineren Gerhard und dem größeren Ebel – die uns zustehenden Zuteilungen vorzuenthalten – und das nicht erst gestern, sondern schon immer. Und da ich einmal in Rage war, hielt ich ihm auch unter die Nase, dass er auf meine Kleiderkarte nicht für mich, sondern für seine Töchter einkaufte. Und noch etwas: auf die neuen Schuhe, die dringend fällig waren und die er mir schon lange versprochen hatte, wartete ich schon über ein Jahr. Was er denn eigentlich mit der hohen Rente mache, die er für mich kassiere? Meine Stimme überschlug sich vor Erregung. Ich ließ ihn gar nicht zu Wort kommen und drohte. »Morgen tue ich wirklich, was ich schon immer machen wollte: Ich gehe zum Vormundschaftsgericht und beschwere mich über Sie!« Bei solch heftigen Ausbrüchen verfiel ich vom Du aufs Sie, um klar zu machen, wie viel Abstand zwischen uns bestand. In den folgenden Tagen schlich die ganze Familie um mich herum, und wenn sie meiner ansichtig wurden, trafen mich bitterböse Blicke.

Nach der Schule brachte ich im Nachsitzraum meine Beschwerde mit der Hand zu Papier. Von Amtskontrollen her kannte ich die zuständigen Personen, deren Ämter und Adressen. Ich packte alle Vorwürfe hinein, die sich in mir aufgestaut hatten, eine geballte Ladung von Beispielen, durch die sich die Pflichtverletzungen meines Vormunds erhärten ließen. Es werde mir alles vorenthalten, was andere Heranwachsende meines Alters selbstverständlich bekamen: Schuhe, Fahrrad, Schwimmunterricht und Zahnbehandlung. Die Förderung meiner Talente, Zeichnen und Singen, werde total ignoriert. »Ich lasse mir das nicht länger bieten und fordere, aus der Fuchtel meines Vormunds entlassen und zu

Beginn des nächsten Schuljahres in ein Internat versetzt zu werden. Hochachtungsvoll.« So, da stand es. Und das saß!

Mein Brief muss auf dem Schreibtisch des Zuständigen wie eine Bombe eingeschlagen haben, denn ich wurde schon wenige Tage später erst zum Jugendamt und dann zum Vormundschaftsrichter zitiert. Die haben unisono als ungehörig eingestuft, dass ich es wagte, so respektlos über meinen gesetzlichen Vertreter zu sprechen. Der sei schließlich eine Amtsperson und seinem Eid verantwortlich (ja, eben, und deshalb war es ja besonders verwerflich, wenn er so an mir handelte). Jedenfalls wurden meine Klagen als »maßlos übertrieben« abgetan. Ich hatte die Grenzen des Gehorsams und meiner Minderjährigkeit überschritten. Und Karl Dennert hatte erwartungsgemäß alles abgestritten. Nun sei es allein seine Sache, wie er jetzt mit mir verfahren wolle, so beschied mich der Kollege Richter.

Dies war mein erster Zusammenprall mit einer deutschen Behörde, die lästige Tatsachen ignorierte. Als 17jähriger war ich natürlich noch nicht in der Lage, juristisch hieb- und stichfest zu argumentieren. Und überdies fehlte mir ein glaubwürdiger Zeuge. Ich musste einen Wortschwall der Beamten über mich ergehen lassen, der teilweise erheblich abgemildert in Schriftform nachgereicht wurde und der folgenden Tenor erkennen ließ: »Du musst die disziplinarischen Machtverhältnisse anerkennen.« (Auch, wenn der Vormund in Ausübung seiner Erziehungsgewalt etwas Verwerfliches tut?) – »Du darfst nicht so rechthaberisch, sondern musst vernünftig mit uns reden.« (Also darf ich Recht haben, aber das nicht entsprechend ausdrücken?) – »Du musst erst einmal etwas leisten, bevor du etwas forderst.« (Es zählte also nicht, wenn ich bei Dennerts die schwere Hausarbeit leistete und obendrein ein guter Schüler war?)

Das alles war in meinen Ohren nichts weiter als autoritäres Beamten-Gewäsch der langjährigen Berufs-Kumpane, die meinem Pfleger lukrative Vormundschaften zuschanzten, so überlegte ich mir später. Sie alle zählten zu der Seilschaft, die über das Kriegsende hinaus in ihren Ämtern geblieben ist. Und warum konnte das bis weit über 1949 hinaus ungerügt geschehen? Weil ihr hoffnungsvoller Nachwuchs auf den Schlachtfeldern verreckt war. Weil die Antifaschisten als mögliche Anwärter auf ihre Jobs rechtzeitig ausgerottet werden konnten. Und weil sie als Schreibtischtäter formell keine Schuld auf sich geladen hatten. Nur deshalb konnten sich die Amtsinhaber ungestraft erlauben zu mir zu sagen: »Was denkst du dir eigentlich, du arroganter Judenbengel!« – »Sei froh, dass du nicht mit deiner Mutter zusammen abgeholt worden bist!« – »Du bist als Halbjude besonders gefördert worden; dafür solltest du schön dankbar sein!« Ich musste siebzehn werden, um mir so etwas anzuhören. Aber ich konnte es mir auch besonders gut merken, jetzt, da ich fast volljährig und ziemlich hellhörig war.

Als »Opfer des Faschismus« war ich – wie viele andere – nicht nur privilegiert, sondern zugleich auch stigmatisiert – als einer, der sich schamlos profiliert, der einseitig gefördert wird, der den Ausgang des Krieges geschickt für sich nutzt – und sich nun auch noch mausig macht. Diese Stigmatisierung konnte nur von Mitwissern kommen, die anhand der Aktenlage meinen Status kannten: von den Beamten, dem Jugendamt, dem Schulrat, dem Vormundschaftsrichter und von meinem lieben Vormund. Diese Wendehälse stellten mich – und viele meinesgleichen – an den äußersten Rand ihrer Betrachtungen, behandelten mich und meine Angelegenheiten als etwas höchst Zweifelhaftes. Und sie neideten mir meine Sonderstellung, von der ich gar nicht im vorgesehenen Maße profitieren konnte. Ja, es waren die alten antijüdischen Neidkomplexe, die ihre fröhliche Wiederkehr feierten.

Dabei hatte ich von 1945 bis jetzt nie einen Trumpf darauf ausgespielt, »anders« zu sein – zu Hause nicht, in der Schule nicht, vor den Amis nicht und vor den Russen schon gleich gar nicht. Ich war nicht einmal zu den Sitzungen der Verfolgten des Naziregimes gegangen. Im Gegenteil: Ich suchte auf jeden Fall zu vermeiden, über meine rassische Andersartigkeit bestimmte Aussagen zu treffen oder auch nur den geringsten Anschein dafür zu erwecken. Nicht nur weil ich für das Anderssein überhaupt keine plausible Erklärung hatte, sondern weil ich genauso sein wollte wie meine Schulkameraden, die Nachbarn oder die Leute auf der Straße. Hatte ich nicht durch Mutters Schicksal am eigenen Leib verspüren müssen, welch schmerzliche Nachteile es brachte, *anders* zu sein? Mir waren die Leute höchst suspekt, die sich allenthalben als Opfer aufspielten oder als Renommier-Juden vermarkten ließen. Aber im Hier und Heute von damals quälten mich andere Probleme: Ich wollte vor allen Dingen heraus aus meiner Pflegestelle.

Nach dem Verhör auf dem Vormundschaftsamt herrschte in meinem Zwangs-Zuhause betretenes Schweigen und eisige Stille. Ich war der Verräter und wurde verachtet, geächtet. Recht bald wurde ich wieder einmal an Dennerts Arbeitsplatz zitiert und erhielt den vormundlichen Bescheid: »Wir schicken dich auf ein Internat. Dort wirst du noch manchmal sehnsüchtig an hier zurück denken. Die Sommerferien musst du noch hier aushalten. Aber du darfst auch gern zu deiner Tante nach Erfurt fahren – wenn sie dich nimmt!« Das Internat liegt übrigens weit weg von hier – auf der anderen Seite des Thüringer Waldes, in Liebenstein. Das klang wie eine Verbannung. Aber es war ein erster großer Schritt in meine persönliche Freiheit. Dennert übergab mir Prospekte des Pädagogiums Bad Liebenstein und ließ mich wegtreten.

Am nächsten Tag wurde ich hinter einer der großen Schiebetüren Zeuge eines Telephongesprächs, das Dennert mit einem Mitglied seiner Seilschaft im Wohnungsamt führte. Er drehte mir den Rücken zu und ich blieb unentdeckt, weil ich im Dunkeln stand. Einer seiner Söhne komme nun auf ein Internat und werde von der Carl-Alexander-Allee 23 polizeilich abgemeldet – sagte Dennert in den Hörer hinein. Damit bestehe die Familie nur noch aus fünf Personen und habe keinen Anspruch mehr auf eine so große Wohnung.

Er, Dennert, hoffe sehr, sein Gesprächspartner werde sich dafür einsetzen, dass er die 180 Quadratmeter weiterhin behalten dürfe. Wie bitte? Ja sicher, daran habe er ja gar nicht gedacht. Sein Sohn (er sprach über mich) komme regelmäßig in den Ferien nach Hause. Damit brauche er sich nicht abzumelden, und es könne bei der alten Personenzahl bleiben? Wunderbar! Dennert bedankte sich besonders unterwürfig im Voraus und hoffte, keine Fehlbitte getan zu haben. Nun wusste ich noch besser, was ich von meinem Vormund zu halten hatte. Ich war seit Jahren eine statistische Größe bei der Zumessung seiner Wohnungsfläche gewesen – nicht mehr. Nicht viel mehr.

XXX

»Hast du sie schon gesehen, Ebel?« Meine zwei Pflegeschwestern kicherten albern.

»Wen?«

»Na, die von oben.«

»Wer ist denn ›oben‹?«

»Nu tu mal nicht so, du weißt ganz genau, wen wir meinen.«

»Weiß ich nicht. Lasst mich in Frieden oder drückt euch gefälligst klarer aus.« Ich wollte schon weitergehen…

»Zwei blonde Engelchen mit weißen Flügeln sind uns zugeflogen.« Die beiden Dennert-Mädchen waren dunkelhaarig und fanden sich selbst rassig. Wann immer blonde Mädchen in der Nähe unseres Hauses auftauchten, wurden sie verspottet. »Die zwei Milchgesichter werden wir jetzt jeden Tag zu sehen bekommen.« So spottete die eine.

»Pah, wir werden sie gar nicht weiter beachten«, legte die andere nach.

»Nun wartet doch erst mal ab. Vielleicht sind sie ja ganz nett und suchen eure Freundschaft«, warf Mutter Martha ein.

»Für mich existieren sie nicht, denn sie haben es seit Tagen nicht für nötig gehalten, sich bei uns als neue Mieter vorzustellen...«

»Manierlich vorzustellen...«

Ich wusste zwar, dass die Wohnung über uns seit Monaten leer stand, ich hatte mich bisher aber nicht dafür interessiert, ob neue Mieter eingezogen waren. Die verhielten sich offenbar sehr zurückhaltend und leise. Das war auch angebracht, denn die breite Holztreppe nach oben führte mitten durch unsere Wohnung, und wenn jemand nach oben ging oder von oben kam, hörten wir Dielen knarren oder Absätze klappern. Deshalb hatten wir es uns angewöhnt, unsere Türen erst vorsichtig zu öffnen, bevor wir durchs Vestibül gingen, um zu sondieren, ob die Luft rein war und nicht jemand Fremdes durch unser Privatleben spazierte. Besonders unangenehm war, wenn jemand in Hut und Mantel unser Parterre kreuzte und wir noch in der Unterwäsche oder halbnackt ins Bad huschten. Mir war es ganz recht, wenn ich mal jemand anders im Haus sah, aber Dennerts fühlten sich beobachtet und schnitten die jeweiligen Obermieter.

Das erste Mal sah ich sie, als ich zur Haustür rausging. Sie hatte an den Klingelknöpfen herumgenestelt und ein neues Namensschild hineingeschoben. Nun bestieg sie gerade ein uraltes Fahrrad, drehte mir den Rücken zu und radelte durchs Tor davon. Ich las den Namen »Riel« und wusste damit noch nicht viel mehr. Meine Zwangsschwestern munkelten, es handelte sich bei den Riels um einen Großvater, eine Mutter und zwei Mädchen. Die ältere hatte ich wohl gerade von hinten gesehen; die Begegnung von vorn ließ aber nicht lange auf sich warten: Ich harkte Laub hinten im Garten und sie kam mit ihrem Rad zurück, um es in den Kellergang zu stellen. »'n Tach, ich bin die Helga. Ich wohne jetzt oben.« Helga war alles andere als ein Milchgesicht, sondern knackig braun.

»Ich heiße Ebel und wohne noch hier unten bei Dennert.«

Unser Gespräch kam schnell und logisch in Fluss: »Wieso ›noch‹?«

»Dennert ist mein Vormund, aber ich komme nach den großen Ferien ins Internat. Und du? Gehst du hier zur Schule?«

»Ja, ich werde auf die Schiller-Oberschule kommen, und meine kleine Schwester auch...«

»In welche Klasse?«

»Ich glaube in die 11B2, kann das sein?«

»Hej, das ist ja meine Klasse. Willkommen! Darf ich dein Rad in den Keller bringen?« Ich griff ihr unter den Lenker und trug das Rad die Kellertreppe hinunter. Helga war siebzehn wie ich, hatte wache dunkle Augen und wippende Brüste, und alles, was ihr Faltenrock und ihre Kniestrümpfe nicht verdeckten, sah ziemlich passabel aus, um nicht zu sagen verlockend. Mannomann, sie war eine echte Bereicherung für unsere Klasse und kam ausgerechnet zu einem Zeitpunkt hierher, als meine Übersiedlung nach Bad Liebenstein beschlossene Sache war. Da ich kein Rad hatte, überredete ich sie, noch schnell am Montagmorgen mit mir zu Fuß in die Penne zu kommen. Ich würde ihr dann die Klassenkameraden vorstellen. Ich bemühte mich, eine gute Figur zu machen und lächelte sie an. Doch das Lächeln verunglückte, denn ich wurde jetzt durchs Flurfenster ziemlich barsch zum Abendessen gerufen. »Einverstanden?« – »Gut, wenn du möchtest.« – »Na dann tschüs, ich muss jetzt 'rein.«

»Was hast du mit diesem Mädchen zu besprechen?« wollte mein gestrenger Herr Vormund wissen.

»Nichts weiter. Wir haben uns gerade kennen gelernt.«

»Na ja, das schien mir doch etwas mehr zu sein.«

»Hast du mich etwa beobachtet, das fehlte ja gerade noch. Und was soll denn gewesen sein?«

»Ebel, du unterlässt es bitte, mit der... anzubandeln. Wie heißt sie?«

»Helga.«

»Du gehst nächsten Monat hier weg, da brauchst du uns nicht noch vorher Scherereien zu machen.« Ich verstand wieder einmal nicht, was sich mein Vormund und Vordenker da zusammen reimte. Ich entschied für mich, auf Stur zu schalten und ihn ruhig reden zu lassen. Als es dunkel wurde, ging ich nochmals in den Hof, um meine Gartengeräte wegzuräumen. Jedenfalls war das ein glaubhafter Vorwand. Ganz schön blöd', dass ich in meinem Alter noch Erklärungen abgeben musste, wenn ich mal ein bisschen flirten wollte. Vielleicht suchte Helga ja auch nochmals meine Nähe. Hatte es Anzeichen dafür gegeben? Lag nicht so was Erwartungsvolles in ihren Augen? Waren ihre runden Lippen nicht ganz feucht geworden? Hat sie sich nicht verstohlen nach mir umgedreht, als ich durch den Hintereingang verschwand?

Es war fast dunkel. Ich stellte erst einmal die Geräte zurecht, sie aber noch nicht ganz weg, denn vielleicht mussten sie nachher auch noch als Alibi herhalten. Draußen war alles still. Meine Pflegegeschwister waren plärrend mit sich selbst beschäftigt. Ich entfernte mich ein Stück in den hinteren Garten, begab mich sozusagen auf beobachtende Distanz. Dann ging oben bei den Riels ein Licht aus – war das Helgas Zimmer? Alles blieb still. Da, mehrere Minuten mochten vergangen sein, wurde die Beleuchtung über der Eingangstreppe eingeschaltet und der Lichtstrahl fiel flach in den Garten. Frauenschritte trippelten die Vordertreppe herunter; ich sah Schatten im Lichtschein. Und die Schatten redeten jetzt miteinander und trippelten weiter. Mist, sie waren zu zweit. Wer war es? Helga und ihre Mutter? Oder die kleine Schwester – so spät? Sollte ich mich einfach zeigen, etwa mit Besen und Schaufel um die Ecke kommen? Dann schnell!… Da fiel schon das Gartentor zu und eilige Frauenschritte entfernten sich auf der Straße. Die Treppenlampe ging aus. Aber das waren nur die Schritte *einer* Person – oder täuschte ich mich? Lief die zweite auf leisen Sohlen mit, war sie stehen geblieben oder ins Haus zurückgegangen? Nein, das wohl nicht, dann hätte die Haustür klappen und oben wieder Licht angehen müssen. Ich schlich mich auf der dunklen Seite ums Haus durch den Vorgarten – so was Albernes. Ich hatte wohl zuviel Old Shatterhand gelesen.

Ein heller Fleck kam näher. Die Rüschen an Helgas weißer Bluse bewegten sich in dem aufkommenden Abendlüftchen. Sie streckte mir einen Arm entgegen und tippte mich an die Schulter: »Ich hab' geahnt, dass du nochmal rauskommen würdest.«

»Ihr habt mich aber ziemlich auf die Folter gespannt.«

»Meine Mutter will sich noch mit einer Bekannten treffen, und ich wollte nur ein wenig Luft schnappen...«

Ich befand mich das erste Mal in meinem Leben in einer so herausfordernden Situation mit einem Mädchen. Die Chance der Annäherung drohte in hohle Konversation abzugleiten und litt unter der Nähe dieses Hauses, in dem die Außenwände und alle Fenster Ohren hatten und neuerdings alle meine Fehltritte genau registriert wurden. »Komm', lass' uns vom Haus weg ums Viertel gehen...«

»Aber nicht lange. Ich muss auf meinen kranken Opa aufpassen.« Sie ging schweigend neben mir her. »Hier hausen so viele Russen; hast du keine Angst?«

»Weißt du, wir leben schon über vier Jahre hier, und die Russkis benehmen sich ausgesprochen zurückhaltend.«

»Ebel, bist du Kommunist?«

»Nein, bestimmt nicht. Wie kommst du denn *darauf*? Du magst wohl keine Kommunisten?«

»Weiß nicht, aber du als... als – äh..., als – ähm...!«

»Als was?«

»Meine Mama sagt, du bist... jüdisch.«

»Wo hat sie denn das her?«

»Hat deine Mutter... äh, deine Pflegemutter ihr wohl schon erzählt...«

»Wohl...?«

»Na gut, sie hat es ihr erzählt.«

»Die Dennert, die alte Tratschsuse. Ihr seid kaum ein paar Tage hier, da quatschen die schon über mich. Warum?«

»Weil ich nach dir gefragt… weil Mama gemerkt hat, dass du mir gefällst. Ich hab' dich mehrere Male im Garten beobachtet, ohne dass du mich gesehen hast.«

»Und nun?«

»Du bist so anders als andere Jungen deines Alters.«

»Wieso anders, was meinst du damit?«

»Na, wie soll ich sagen… so, na anders eben…«

»Du meinst…«

»Ich meine so sensibel, so ernst, so… traurig… und so… na, so unnahbar«, so tastete sich Helga ratend an mich heran.

»Unnahbar, da muss ich lachen,« Ich bin nicht unnahbar. Immerhin hab' ich mich dir genähert.« Ich demonstrierte Nähe und fasste sie vorsichtig um die Schulter, um aber gleich wieder von ihr abzulassen.

»Aber Mama sagt, der ist jüdisch, also lass die Finger von ihm. Weißt du, sie ist wie die meisten Älteren noch immer so verhetzt!«

Wir hatten die Belvederer Allee überquert und waren in den Park hinein geschlendert. Helga hatte ihre Opasitter-Pflicht wohl ganz vergessen. Ich war wütend. Meine Gedanken kreisten um die Frage, ob und warum Dennerts meine Beziehung zu Helga unterbinden wollten, noch ehe ich sie überhaupt kennen lernen konnte. War ihnen unbehaglich, weil die neuen Mitbewohner erfahren könnten, wie sie ihre Pflegekinder behandelten und ausbeuteten? Wollten sie mich unglaubwürdig machen, indem sie geschickt auf Vorurteile setzten – oder war alles nur eine zufällige, dumme Ungeschicklichkeit von der Dennertschen?

Immerhin hatte Helga sich nach mir erkundigt. Immerhin war das ja eine positive Nachricht. Wir waren jetzt wieder kurz vor dem Haus. Da nahm ich all meine Traute zusammen, stellte mich vor sie und nahm ihre Hände in meine: »Nein, Helga, ich bin kein Jude. Ich bin Mischling – die Mischung aus einer zarten, wunderschönen Mutter und einem großzügigen und musischen Vater. Und beide sind tot.

Nun kannst du selbst entscheiden.« Helga schien kurz nachzudenken, welcher Abschiedsgeste sie fähig war. Dann stellte sie sich auf die Zehenspitzen, küsste mich blitzartig auf den Mund, drehte sich um und verschwand. Und ich fragte mich, warum alles, was ich unternahm, so kompliziert anfangen musste.

XXXI

»Geh mal raus, Ebel, da ist jemand für dich.« Ich ging zum Hausausgang und sah schon durch die Glastür: Der Jemand war eine junge Frau, und die junge Frau war meine Cousine Heidi. Ihr Empfang war ganz die Art, wie sich die Dennert-Sippe schon lange benahm: Mein Besuch wurde nicht etwa hereingebeten, sondern draußen vor der Tür abgefertigt. »Grüß dich, Heidi, schön dich zu sehen.« Heidi ließ den Lenker ihres Fahrrads los und reichte mir die Hand: »Mann, Ebel, bist du groß geworden, wir haben uns ja eine Ewigkeit nicht gesehen.« Sie war immer noch die herbe Schönheit und sichtlich mit ihrem zweiten Kind schwanger. Ihre Mutter hatte sie gebeten, mir einen Brief an mich zu bringen, der in der Schwabestraße zwischen mehreren Adressen irrgelaufen war.

»Und von wem?«

»Von einem Landgerichtsrat Dr. Arthur Langer aus Gera.«

»Kenn' ich nicht.«

»Du wirst ja wohl nichts ausgefressen haben?« Heidi war eilig, sagte noch, dass sie wieder verheiratet sei und ich sie doch mal besuchen solle – und schwang sich aufs Rad.

In zittriger Hast drehte und wendete ich den Brief des Unbekannten. Ob er etwas Unangenehmes enthielt? Ich suchte mir ein unbeobachtetes Fleckchen im Garten, riß das

Couvert auf und las, sinngemäß: Lieber Ebel Sasse, wir haben lange nach dir gesucht und alle Hebel in Bewegung gesetzt, um dich zu finden. Denn meine lb. Frau Anna hat eine Nachricht von deiner Mutter. Käthe Sasse, das ist doch deine Mutter? Wir würden uns freuen, wenn du uns bald hier in Gera anrufen könntest. Noch haben wir keine eigene Telefonnummer, aber du kannst mich, Arthur Langer, unter dem Anschluss soundso an meinem Arbeitsplatz im Gericht erreichen. Deine Anna und Arthur Langer.

Mutter! Eine Nachricht von Mutti? Und »das *ist* doch deine Mutter«? Ist? Das *war* meine Mutter. Nein, sie lebt... lebt! Sonst könnten die doch so nicht schreiben. Ausgeschlossen, sie lebt nicht, denn ich habe doch die Sterbeurkunde, und sonst würde sie sich ja auch selbst melden. Gab es einen Grund, warum sie dazu nicht fähig war? Ich war lange nicht mehr so aufgeregt und verwirrt zugleich. Ein schreckliches Gefühl der Ohnmacht war das, nicht sofort nachfragen zu können. Eine *Nachricht* von Mutter? Ich wollte sofort mal telefonieren. Aber nein, es war ja schon nach Feierabend. So lange wird dieser Herr Langer bestimmt nicht mehr im Gericht sein. Dann morgen früh gleich: Ich werde mit dem O-Bus zur Hauptpost fahren und von dort aus anrufen. Hoffentlich verrate ich mich nicht, wenn ich so aufgeregt wieder ins Haus gehe. Denn die Dennerts ging dies hier gar nichts an.

Der Richter sprach sehr ruhig und freundlich mit leichtem schlesischem Dialekt. Er habe meinen Aufenthalt ausfindig gemacht. Aber das Ganze sei eher eine Sache seiner Frau Anna. Die nämlich habe sich mit meiner Mutter auf dem Transport nach Auschwitz befreundet. Ich sei doch sicher längst informiert, wie es meiner Mutter ergangen sei. Und die beiden Frauen hätten sich geschworen: Die hier rauskommt, die kümmert sich um den Sohn der anderen. Und nun würden sie sich sehr freuen, mich kennen zu lernen. Wenn ich Lust hätte, solle ich doch nächstes Wochenende mal nach Gera kommen. Dann wollte er gern wissen, ob ich schon achtzehn sei – nein? Und wen ich denn vorher fragen müsse – ob er meinen Vormund mal anrufen solle. Nein, nein, das ist nicht nötig... Um es kurz zu machen: Wir hatten ja schon Ferien und ich brannte darauf, diese neuen Botschafter meiner Mutti umgehend zu sehen. Sie holten mich in Gera vom Bahnhof ab, wie es vorher abgemacht worden war: Ich könne ein, zwei Tage oder auch gern länger bei ihnen bleiben.

Der Empfang in Gera war so herzlich, wie er zwischen wildfremden Menschen sein konnte: sehr verhalten, befremdlich und abwartend. Anna war so klein wie Mutter, aber wohl zehn Jahre älter. Mit ihren übergroßen Ohren und dem markanten levantinischen Höcker auf der Nase sah sie, so fand ich, typisch jüdisch aus, wie eine weibliche Ausgabe von Albert Einstein. Aus lebhaften, traurigen Augen sah sie mich liebevoll an und war bemüht, mein Ego in sich aufzusaugen und mir alles recht zu machen. Sie war eine äußerst schlichte Frau; wie eine Bäuerin lief sie den ganzen Tag in einem Schürzenkleid umher. Ihr Mann, den ich einfach »Arthur« nennen sollte, war der Gerichtsrat persönlich, trug einen Zwicker, sprach im Breslauer Dialekt leise aber bestimmt, machte immer zwischendurch aufmunternde, humorvolle Bemerkungen, die eine hohe Bildung erahnen ließen – ach, für mich war er einfach ein feiner Herr – und ein feiner Kerl dazu. Ihm galt auf Anhieb meine größere Sympathie. Sie führten mich in ein bescheidenes, kleinbürgerliches Reihen-Miethaus, in dem es oben ein »Kinderzimmer« gab, wo aber niemals ein Kind gelebt hatte. Es war der Totenschrein für einen eigenen Sohn, der in den letzten Kriegstagen gefallen war. Sie wünschte sich so sehr, dass darin Leben wäre.

Es war mehr Zeit als ein Tag vergangen, als Anna von sich aus auf unser eigentliches Thema zu sprechen kam. Es fiel ihr sichtlich schwer, über »den Transport« und ihre Zeit »im Lager« zu berichten. Die für mich bestimmten neuen Nachrichten blieben ihr wie ein Kloß im Hals stecken, und manchmal zwischendurch war sie geistig abwesend und starrte nur ins Leere. Als sie einmal kurz in die Küche gegangen war, sagte Arthur in seinem gütigen Ton: »Lass' ihr Zeit, es ist unendlich schwer für sie, aber sie schafft das schon.« Es war so, als stehe sie einerseits noch immer unter Schock, habe aber andererseits vieles verdrängt – einfach aus Gründen der Selbstachtung und um weiterleben zu können, ohne ständig alles aus sich heraus schreien zu müssen. Eigentlich erfuhr ich an diesem ersten Wochenende auf Anhieb nicht viel mehr, als was Arthur mir in seinem ersten Telefonat bereits mitgeteilt hatte.

»Deine Mutter war eine so bezaubernde junge Frau – sehr hilfsbereit, umsichtig und selbstlos. Sie war schon in dem Waggon, als wir in Breslau zustiegen – ach was, zustiegen, wir wurden in einen mit Menschenleibern überfüllten Viehwagen durch eine Luke hineingedrängt. Es roch bestialisch. Ich hielt mir mit der einen Hand die Nase zu und zerrte mit der anderen mein Bündel hinter mir her. Ich wollte mich nur noch optisch orientieren – an den Blicken und Gesten der anderen Frauen. Doch im Halbdunkel fiel das schwer. Da sah ich deine Mutter in der Ecke kauern; sie reichte mir ihre Hand und ich ließ mich neben sie auf mein Bündel nieder…« Anna machte eine lange Pause, die wohl eine Stunde gedauert haben mag, und guckte wieder durch uns hindurch. Dann fuhr sie fort: »Nachts froren wir und wärmten uns gegenseitig. Sie erzählte mir von dir, Ebel, dem Kind ihrer Liebe, dem ihre ganze Sorge galt. Dein Vater werde sich sicher ganz reizend um dich kümmern, aber ohne weibliche Fürsorge würdest du vor die Hunde gehen. Und ich erzählte ihr von unserem Sohn Dieter, der mir noch vor wenigen Stunden Mut zugewinkt hatte. Und wir schworen uns: Wenn nur eine von uns zurückkehrt, nimmt sie sich des Sohnes der anderen an. Und dann steckten wir uns kleine Zettel mit den Namen und den damaligen Adressen zu… Aber wir haben dich jetzt erst gefunden…«

Dies war mein Gedächtnisprotokoll einer langen Nacht in Gera.

Als ich im Zug nach Weimar zurück fuhr, wusste ich: Ich hatte ein sehr liebenswertes, von der Verfolgung noch immer gezeichnetes Paar kennen gelernt, die vom Alter her meine Eltern hätten sein können. Sie hatte ihm Ende der Zwanziger Jahre einen Halbjuden geboren, der jetzt Anfang zwanzig sein würde, wenn er nicht noch in den letzten Kriegstagen als blutjunger Volkssturm-Soldat, ohne Ansehen seiner rassischen Unzuverlässigkeit, in den sicheren Tod geschickt worden wäre. Im Vergleich mit ihm hatte ich Glück gehabt – das Glück der späten Geburt. Sie haben in diesem Kind die Erfüllung ihrer Ehe gesehen, zu der sie trotz allem beide treu gestanden haben. Nun lernen sie einen Judensohn kennen, der sich nichts sehnlicher wünschte als ein seelisches Nest mit adäquaten Eltern. Doch sie merken: Es wird wahrscheinlich schwierig, wenn nicht sogar aussichtslos sein, die Zuneigung dieses Jungen zu erringen. Seine Seele ist nicht bereit, eine zweite Wahl, eine Ersatzlösung für seinen Verlust zu akzeptieren. Und er hat andere intellektuelle und ästhetische Ansprüche an das Frauenbild in seinem Herzen. So etwa lautete das Zusatzprotokoll von mir über meine Reflexionen auf den Besuch in Gera. Ob Langers es so unterschreiben würden, das hätte ich nie zu fragen gewagt.

Als ich das dritte oder vierte Mal in diesen großen Ferien in Gera war, da winkte mich Arthur beiseite: »Bist du stark genug? Wir gehen zur Vorführung eines Dokumentarfilms über Auschwitz.« Aber Anna komme nicht mit; sie würde das nicht ertragen. »Wir«, das waren Richter-Kollegen, Assessoren und Jurastudenten. Selbstverständlich begleitete ich ihn, denn erstens betraf es mich ja, zweitens wollte ich etwas Gemeinsames mit ihm erleben. Und dann sah ich auf der Leinwand die Hölle, durch die mein Fleisch und Blut gegangen war. Ich weiß nicht, woher ich den Mut genommen hätte, allein weiter zu leben, wenn ich schon 1945 gewusst hätte, was Auschwitz wirklich bedeutet hat. Erst mit Verzug und tröpfchenweise war die grausame Wahrheit zu mir durchgesickert. Die Dosierung in Zeitlupe hatte das Grauen für mich noch gerade erträglich sein lassen.

Meine zarte, traumhaft schöne junge Mutter, die keiner Fliege etwas zu Leide tun konnte, war von ihren deutschen Brüdern und Schwestern feige und würdelos von der Rampe im KZ in die Todeszelle gezerrt, dort mit Gas erstickt, vom Sauerstoffmangel erwürgt und von dort wie ein Stück Ungeziefer auf Schubkarren in ein Massengrab verfrachtet worden – oder im Krematorium verheizt, egal! Die Arme und Beine völlig ausgemergelter Kreaturen, die von den Todeskarren baumelten und über die nach Verwesung stinkenden Lagerstraßen geschleift wurden – das waren die Gliedmaßen meiner Mutter, die einst in sexueller Verzückung erbebten, als sie mich empfing und mir mein Leben schenkte.

Die Richter wollten noch über »Kollektivschuld – Ja oder Nein« diskutieren. Ich aber verließ den Saal, innerlich erschüttert und vom Ekel geschüttelt. Mir war schon lange klar, dass dies angesichts der kollektiven Taten eine völlig unsinnige, ja, eine verlogene Frage war – eine Frage, die ich mir längst selbst mit einem klaren Ja beantwortet hatte.

Ich fuhr nicht wieder nach Gera. Anna Langer schrieb mir gelegentlich Briefe, nahm von fern an meinen Fortschritten teil, sprach Einladungen aus. Eines ihrer Couverts trug einen schwarzen Rand. Das Schicksal hatte sie mir einst geschickt, aber ich war damals nicht reif genug, sie anzunehmen. Mir blieb nur eine kleine Fotografie, die sie mir später einmal beigelegt hat: Zwei verwitwete Frauen in Schürzenkleidern – Anna und ihre jüdische Freundin Judith – in einem Zimmer mit den Ausmaßen einer Todeszelle. Ihnen war nichts geblieben als die bittere Gewissheit, dass sie mit ihrem Leid bis ans Ende ihrer Tage ganz allein fertig werden mussten. Immer wenn ich dieses Bildchen ansehe, befällt mich eine abgrundtiefe, ohnmächtige Traurigkeit darüber, wie Menschen mit Menschen umgehen und was Menschen aus Menschen machen.

XXXII

Mein neues Internat hatte sich von seinem bürgerlichen Namen »Pädagogium Bad Liebenstein« noch nicht getrennt. Aber bereits in den ersten Tagen wurde mir klar, dass hier ein rauherer erzieherischer Wind wehte als auf der Schiller-Oberschule. Die hatte mir zwar ein fabelhaftes Zeugnis ausgestellt und darin bescheinigt »Ebel Sasse ist an Reife seinen Mitschülern voraus« – aber würde ich mir dafür hier etwas kaufen können? Als ich am ersten Schultag als »der Neue« in mein Klassenzimmer trat, erschrak ich: Alle Jungen hatten das Blauhemd der FDJ mit Ledergürtel und Koppelschloss angelegt – nur ich nicht. Und in meinem weltläufigen Lieblings-Outfit, einem schwarz und dunkelrot karierten Knickerbocker-Anzug mit Kniebund und kurzer Weste fiel ich dem Direktor Herbert Fritz, der unsere Klasse zum neuen Schuljahr begrüßte, unangenehm auf. »Der Alte« Fritz war, wie ich bald darauf lernte, dem Kollegium vorgesetzt worden, um die Altlehrer im Sinn der kommunistischen Jugenderziehung auf Vordermann zu bringen. Er polterte: »Der erste Schultag ist etwas Feierliches. Ruft euch ins Bewusstsein, dass die Arbeiter und Bauern unserer jungen DDR es euch ermöglichen, auf diese Schule zu gehen. Ich erwarte deshalb von euch vorbildliches Verhalten.« Und zu mir gewandt: »Gerade du, Sasse, müsstest mit gutem Beispiel vorangehen!«

Da hatte ich's wieder: Als Opfer des Faschismus warst du gleichzeitig Opfer der kommunistischen Vorzeige-Politik. Und um deinen Einpeitschern zu gefallen, hattest du in ihrem Sinn vorbildlich zu sein. Was, ich sei noch gar nicht Mitglied der FDJ? Na dann werde es aber Zeit. Ein paar Tage später war ich es, bekam mein Blauhemd und war damit erstmals gleichgeschaltet, jedenfalls äußerlich.

Das Pädagogium war ein unansehnlicher, grauer alter Schulbau und lag am Ende einer Stichstraße des einstmals florierenden Kurortes Bad Liebenstein. Um einen Sport- und

Appellplatz gruppierten sich kleine Villen und eine Turnhalle, die zugleich als Aula diente. Wir waren nicht mehr als etwa 120 Schüler, die Kleineren wohnten im Haupthaus, die Älteren waren auf drei »Jungen-Häuser« und ein »Mädchen-Haus« aufgeteilt, in denen sich auch je eine Lehrerwohnung befand. Mein Haus-Lehrer hieß Helmut Hube, der Mathematik unterrichtete, als unser Mentor ganztägig allgegenwärtig war und bei den Schulaufgaben half. Erst war mir dieses organisatorische Korsett zuwider, aber bald lernte ich dessen Vorteile schätzen. Denn »Herr Hube« ließ nicht locker: Er förderte und forderte mich von einem miserablen zu einem mittelmäßigen Mathe-Schüler. Hube trieb uns morgens auch hinaus zum Frühsport. Das war mir sehr unbequem, deshalb nahm ich es wie eine glückliche Fügung, als ich von den mich ungewohnt anstrengenden Übungen Herzstiche bekam. Der Hausarzt war mitfühlend, führte mein Leiden auf allzu schnelles Wachstum zurück, befand, ich müsse mich schonen und stellte mich vom Sport frei.

Nun brauchte ich mich nicht mehr mit bloßem Oberkörper und nackten Beinen auf der Turnwiese vor dem Mädchenhaus zu zeigen, denn ich fand mich ziemlich dünn und hätte mir dadurch womöglich Chancen vermasselt. Natürlich lebten wir Jungen von der eitlen Einbildung, die Mädels stünden hinter ihren Vorhängen und begutachteten, wer von uns eine gute Figur zeigte. Damit ich in diesem Auslese-Verfahren dennoch nicht vorzeitig ausschied oder schlecht abschnitt, zog ich mir in der Schule einen Pullover unters Oberhemd, um meine Schmalbrüstigkeit zu kaschieren. Als Nicht-Sportler wurde ich von Herrn Hube zum Hausältesten ernannt. Nun musste ich morgens als erster aufstehen und durchs Haus brüllen: »Alles raustreten zum Frühsport!«, Schläfrigen die Bettdecke wegziehen und abends dafür sorgen, dass alle um zehn auf der Bude waren. Bei meinem Genossen im Zweierzimmer, dem »Dicken« Dietrich Hesse, drückte ich bei der Abendkontrolle oft huldvoll beide Augen zu. Das trug mir den Vorteil ein, in Ruhe meine Briefe an Helga in Weimar schreiben, ungestört lesen oder einfach die Exklusivität des Alleinseins genießen zu können.

Auch in Liebenstein wurden wir zu häuslichen Arbeiten eingeteilt. Die Mädchen taten Gartendienst und übten sich früh darin, Küchenkräuter zu pflanzen und pflegen, wir Jungs mussten in der Küche helfen. Hausmutter Tietz teilte die höheren Klassen reihum für sonntagmittags ein, bei der Zubereitung der Klöße zur Hand zu gehen. Denn wie überall in Thüringen gab es an Sonn- und Feiertagen verlässlich Rohe Klöße mit Karnickel-, Kalbsnieren- oder Sauerbraten, Rotkraut und Gurkensalat. Also mussten je vier von uns eimerweise Erdäpfel schälen, sie dann mit der Hand auf dem Reibeisen reiben, in einen Sack füllen und schweißtreibend in der Kartoffelpresse trocken drücken. Dieser Sonntagsdienst war nicht gerade beliebt, weil wir dadurch Freizeit einbüßten, aber er war gerecht, weil jeder mal drankam. Und keiner murrte, denn »Kliese« waren fast jedermanns Leibgericht und wir durften uns mit fünf bis sechs faustgroßen Exemplaren daran satt essen. Beim nächsten Einsatz waren dann die Blasen am Zeigefinger, die der Sparschäler unweigerlich hinterließ, schon wieder verheilt.

Das Internatsleben bot mir neue Möglichkeiten, auch andere Talente unter Beweis zu stellen. Da ich gern schrieb und formulierte, erfand ich, assistiert von Freund Dietrich, abends im Bett unsere erste Schülerzeitung, die wir »Postkutsche« nannten. Das fanden wir bald selbst einfallslos und kleinkariert und korrigierten es deshalb schnell in die noblere Version »Diligence«. Das bedeutete zugleich auch Gewissenhaftigkeit und Sorgfalt und markierte unseren Anspruch – jedenfalls meinen, denn ich hatte mich zum Schriftleiter aufgeschwungen. Bisweilen rutschte unsere Wandzeitung ins Zotige ab, vor allem wenn wir unseren Erdkundelehrer, Herrn Krug, darin aufs Korn nahmen. Der dicke Krug war menschlich ganz dufte, ja gutmütig und ließ uns manche Hänselei durchgehen. Da er in der Kneipe des alten Wassner gern einen übern Durst trank und sich danach vor der Klasse unpässlich zeigte, knüpften wir an die deutsche Redewendung an »Der Krug geht so lange zu Wasser, bis er bricht« und karikierten ihn mit der Unterzeile »Der Krug geht so lange zu Wassner, bis er sich erbricht«. Das war ja Lehrerschelte und Beamtenbeleidigung, nicht wahr? Doch die Lehrerkonferenz beließ es gnädig bei einer Rüge.

In der Vermittlung des Stoffes gab sich Krug manche Blöße, und das ärgerte uns nicht zuletzt, weil wir ihn liebten. Einmal ließ er uns eine dreistündige Klassenarbeit schreiben und fixierte das Thema mit weißer Kreide an der schwarzen Tafel: »Der Braunkohlebergbau, seine Beförderung und deren Abbau in der DDR«. Solche Themen waren unserem Einpeitscher Fritz offensichtlich wichtig, denn sie verankerten die hohe ökonomische Kompetenz der DDR in unseren Köpfen. Ich las die Überschrift, stutzte, griente, tuschelte mit meinem Neben-, Vorder- und Hintermann und ließ mich dazu hinreißen, meinen Aufsatz nicht über den Bergbau, sondern darüber zu schreiben, wie falsch das Thema formuliert war. Wie jeder unschwer lesen konnte, gab das ja reichlich Anlass zu herber Deutschkritik und zu süffisanten Anmerkungen: Werde die Braunkohle nicht *erst* abgebaut und *dann* befördert? Hatte Krug schlicht *Förderung* mit *Beförderung* verwechselt? Konnte er Förderung gemeint haben, wenn *Fördern* und *Abbauen* im Bergbau doch identisch waren? Und wie, bitte, macht man das: die Beförderung abbauen? Das reizte geradezu zu einem Seiten füllenden Zerpflücken von Stilblüten. Ich formulierte das gestellte Thema um in »Der Braunkohle-Unterricht – sein Abbau und die Beförderung des Lehrers.« Früher als die anderen gab ich ab und verließ die Klasse.

Am nächsten Tag ging es in der Lehrerkonferenz sehr laut zu. Herr Krug lief mit hochrotem Kopf über den Flur. Der Deutschlehrer feixte mir freundlich zu. Herr Hube sagte augenzwinkernd: »Aber Ebel, das kann man doch nicht mit seinem Lehrer machen!« In den nächsten Tagen jagte ein Lehrer-Konzil das andere. Fritz rief mich zu sich und schrie mich an: »Sasse, jetzt bist du entschieden zu weit gegangen. Wie kannst du dir erlauben, einen verdienten Lehrer so bloßzustellen?« Das werde seine Folgen haben. Es war durchgesickert, das Kollegium erwäge meinen Verweis von der Schule. Die Diskussionen des Falles im Lehrkörper zogen sich über eine Woche hin und zermürbten mich. Ich bekam Dünnschiss und hektische Flecken und musste befürchten, die Pauker wollten an mir wider besseres Wissen ein Exempel ihrer ungebrochenen Disziplinargewalt statuieren. Denn als kritischer Schüler genoss ich ohnehin nicht die Sympathie aller. Aber dann kam Entwarnung: Meine Erzieher hatten sich zu folgender Weisheit durchgerungen: »Von einer Relegation des Schülers Ebel Sasse wird mit Rücksicht auf das schwere Schicksal seiner Mutter abgesehen.« Punktum: Dieser Mischling war sozial geschädigt und genoss daher mildernde Umstände. Dass ich aber in der Sache Recht hatte – dies mochte mir die humorlose Lehrer-Mehrheit nicht einräumen.

XXXIII

»Ebel, was willst du eigentlich mal werden?« fragte mich meine liebe Tante Hanni, als ich in die großen Ferien zu ihr nach Erfurt heimgekehrt war. »Du machst gar keine Anstalten, dich in eine bestimmte Richtung zu orientieren. Wollen wir nicht mal darüber reden?« Keinesfalls wolle sie mich zu etwas Bestimmtem überreden, aber vielleicht könne sie durch gezieltes Fragen dazu beitragen, dass ich mir klarer würde. Sie hatte ja Recht, andererseits war aber auch noch ein ganzes Jahr Zeit, in dem sich der Kampf der Interessen in mir austoben konnte. Aber Hanni ließ nicht locker. Ich glaubte zwar, sie habe in der Einschätzung von Berufsbildern keine Ahnung, aber ich billigte ihr zu, ein untrügliches

Gespür dafür zu haben, was mir Ernst war und was mich erfüllte. Außerdem war sie die erste und einzige Verwandte, die sich überhaupt ernstlich für mich interessierte. Im Augenblick trat sie in Konkurrenz zu Helga, aber die war eine Schwärmerin, die alles toll fand, was ich machte.

Hanni beobachtete nun schon zwei Jahre, wie ich an ihrem kleinen Mahagoni-Sekretär, auf den das Tageslicht sinnvoll von links fiel und in dem ich meine eigenen Fächer hatte, immer wieder viele Stunden mit Bleistiften, Lineal und Rechtem Winkel hantierte, um Grundrisse zu Papier zu bringen. Mal entwarf ich einen Bahnhof, zeichnete die Anordnung der Bahnsteige und lenkte die Ströme der Reisenden zeichnerisch durch die Halle. Mal packten mich die Funktionen eines Hotels; ich bestimmte, wie Lobbys, Bars und Restaurants angeordnet werden sollten oder konzipierte unterschiedliche Gästezimmer-Typen für den segmentierten Bedarf. Immer wenn wir uns auf unseren Streifzügen durch die Stadt Gebäude angesehen hatten, wurden sie von mir hinterher umgezeichnet, ihre Funktionen verbessert und ihr Abbild verschönert. Hannis und meine Interessen kreuzten sich: Sie war beglückt von Erkern, Simsen, Gauben und Blumenschmuck. Mich interessierte die Tauglichkeit für die Benutzer und die Öffnung für die Öffentlichkeit. Architekt sein, mutmaßte sie, wo noch so vieles in Schutt und Asche liege und neu erstehen müsse, sei doch für mich genau das Richtige – nein?

Gern hat Hanni zugestimmt, als ich den Wunsch äußerte, gegenständlich und perspektivisch zeichnen zu lernen. Und fortan besuchte ich in den Ferien ein- bis zweimal die Woche einen bärtigen Bildhauer und Maler, der in einem hellen Gewächshaus werkelte. Er verdiente sich ein bisschen Geld hinzu, indem er mich Sehen lehrte – und das Gesehene naturgetreu auf den Zeichenblock zu bannen. Er überschritt die Grenzen meiner Aufmerksamkeit, indem er mich Blumentöpfe und Blätter und die Schattenwirkung auf und neben den Objekten wochenlang üben ließ. Seine Aufgaben hatten keine sozialen Bezüge; sie genügten sich selbst und wurden mir deshalb schnell fad. Wie das Klavierspielen, so war auch dies eine der pädagogischen Geduldsproben, die ich nicht bestanden habe.

Standhaft saß Hanni alle Aufführungen ihres Theater-Abonnements ab – wie einst in Stettin. Und die wenig kulturbeflissene Erfurter Klientel hielt immer einen zweiten Platz für mich frei, auch einen dritten für Helga, wenn »Raub der Sabinerinnen« oder »Hoffmanns Erzählungen« auf dem Zettel standen. Durch die Engstirnigkeit meines Vormunds waren Weimars Theatertüren jahrelang für mich verschlossen geblieben – nun musste Erfurts Theaterleben notdürftig das nachholen, was in Weimar sicherlich schon viel früher und besser hätte gelingen können: die kulturelle Horizont-Erweiterung des Bildungsbürgers Ebel. In der DDR gab es ein Pflichtrepertoire, das ich begierig verschlang – von Gogols »Revisor« über Brechts »Puntila« oder seinen »Kreidekreis« oder Sartres »Schmutzige Hände« – bis zu den Stücken, die mich herausforderten, meine eigene rassische Identität zu relativieren: von Lessings »Nathan« bis zu Wolfs »Professor Mamlock«. Der Bildungsbürger protzt gern mit enormen Repertoire-Kenntnissen, indem er zum Erstaunen seiner Zuhörer Titel aufzählt. Ich halte dagegen, indem ich alles weglasse, was den Halbgebildeten darin bestätigen würde, sich selbst zu genügen. Wollte ich, Ebel, etwa gern Schauspieler werden, um den Menschen die Augen zu öffnen? So lautete eine berechtigte Frage von Tante Hanni, die ich aber nicht rundheraus mit Ja beantworten konnte. Ich war mir meines nötigen Doppeltalents, nämlich darstellen und sprechen zu können, keineswegs sicher.

Meine größere Neigung galt der Oper, aber nicht deren meist läppisch in die Länge gezogener Moral, sondern allein der gespielten und gesungenen Musik. Hatte ich schon vor dem Stimmbruch mit 15 das hohe C im »Postillon von Lonjumeau« astrein getroffen, so wunderte mich nach dem Stimmwechsel, wie leicht es mir fiel, in einem ziemlich weiten

Stimmbereich von Brust auf Kopf überzugehen. Je mehr ich hörte – damals noch ohne Musikfilm und ohne Fernsehen! –, desto mehr Spaß fand ich daran, mitzusingen, vorzusingen oder nachzusingen. Im Haus meines Vormunds war mir die Stimme im Hals stecken geblieben, weil ich erstens still zu sein hatte und zweitens alle anderen musikalisch so taubstumm waren, dass sie mich schon in der Pose des Singenden für total übergeschnappt gehalten hätten.

Bei Hanni aber durfte ich singen, wenn es nicht gerade die Mitbewohner aus ihrem Mittagsschlaf riss. So sehe ich mich heute noch vor Hannis Toilettenspiegel den Mund spitzen und gesangs-typische Fratzen schneiden. Natürlich prüfte ich auch, ob ich für einen Sänger gut genug aussähe und daraus das nötige Selbstbewusstsein würde ableiten können. Da auf den Spiegel viel Sonnenlicht fiel und ich mir in dem winzigen Zimmer sehr nahe stand, gewahrte ich eines Tages erschrocken, wie sehr meine Wangen und Schläfen immer noch von Akne vulgaris verunstaltet waren. Da erstarb mein Gesang und ich drückte statt dessen stundenlang an Pickeln und Mitessern herum. Ich erwähne dies, weil mir das jahrelang schwer zu schaffen machte und mein darstellerisches Selbstvertrauen immer wieder im Boden versinken ließ. Das Echo meiner Tante war entsprechend, wenn sie warnend formulierte »Du willst doch nicht etwa Sänger werden?« Meine Liebensteiner Musiklehrerin, die mich vor der Klasse »Du holde Kunst« oder den Vogelfänger vorzusingen bat, hatte dies eher ermutigend ausgedrückt: »Wenn du rechtzeitig Unterricht nimmst, kann aus dir ein großer Sänger werden.« Na, groß war ich eh schon, und Unterricht nahm ich nicht.

Die Sommerferien 1951 klangen aus mit meiner ersten Reise nach Berlin. Eigentlich hatte ich meinen Schulkameraden im Internat versprochen, mein Blauhemd anzuziehen, um sie bei den Weltjugend-Festspielen in der Hauptstadt der DDR zu treffen. Ehrlich gesagt, steckte kein besonderer politischer Eifer dahinter, sondern mehr die Abenteuerlust.

Außerdem wussten wir ja aus dem Zeitgeschichte-Unterricht, dass die Herrschenden mit Brot und Spielen die Jugend hinter sich zu scharen versuchten. Und so quälte uns auch kein schlechtes Gewissen, wenn wir mehr aus privatem Interesse nach Berlin fuhren. Wir wohnten in unserem FDJ-Quartier, um Präsenz zu zeigen, tauchten dann jedoch ab in die bewegten Massen der Jugend, denen wir aber auch jederzeit leicht wieder entwischen konnten. Tante Hanni war mitgekommen und wartete wie verabredet am S-Bahnhof Gesundbrunnen, dem bekannten Schlupfloch, durch das man bis 1953 noch nach Westberlin entkommen oder dort wenigstens günstig einkaufen konnte. Ich brauchte dringend ein Paar neue Schuhe; seit Herr Hube in der Klasse immerzu auf Kreppsohlen vor meiner Nase herumschlich und mein Begehr dafür entfachte, kamen für mich nur westliche Kreppschuhe in Frage. Hanni legte noch Geld für ein edles Polohemd drauf, und damit war ich auch äußerlich ein Mischling: halb östlich, halb westlich gekleidet.

Die Zugfahrt mit Hanni zurück nach Erfurt blieb mir ewig in Erinnerung. Sie berichtete, was sie Stunden zuvor noch alles in Westberlin erledigt hatte. »Und dann hab' ich mal ganz offen mit Tante Eva in Bielefeld telefonieren können…«

»Ja, wie geht es ihr? Ich hoffe, du hast sie von mir gegrüßt.«

»Hab' ich. Sie erkundigte sich, was du so machst und grüßt dich auch herzlich.« Und nun setzte Hanni ihre Verschwörer-Miene auf und wurde plötzlich ganz ernst. »Hör zu, wir haben darüber gesprochen, dass du ja nun volljährig wirst und dein Abi machst und danach sicher noch selbstständiger sein willst, als du es sowieso schon bist – und was soll ich dann noch in Erfurt…«

»Aber Hannilein, liebe, willst du mich etwa allein lassen?«

»… Ich sollte daran denken, meiner Schwester Eva und den anderen in den Westen zu folgen.«

»Aber Tante Hanni, fühlst du dich denn einsam, wenn ich bei dir bin?«

»Nein, dann natürlich nicht. Aber du kommst doch immer seltener, hast doch jetzt auch Helga.«

»Vergiss mal die Helga. Helga ist eine gute Freundin und mehr nicht, und die sehe ich viel seltener als dich.«

»Irgendwann wirst du deine Siebensachen packen und bei mir ausziehen – und was dann?«

»Hannilein, ich bin ganz glücklich bei dir, und das merkst du doch auch.«

»Ja, Ebel, wirklich, bist du das?«

»Natürlich, Hanni. Bitte, bitte lass dir Zeit und überstürze nichts!« Und dann trat eine lange Pause in unserem Gespräch ein und ich wog in Gedanken meine Beziehung zu Helga gegen die zu Hanni auf und kam zu dem Schluss: »Vielleicht sollten wir nach meinem Examen zusammen von hier weggehen. Ich kann auch im Westen studieren.«

Ich wollte einfach nicht schon wieder verlassen werden.

XXXIV

Einmal noch musste mein ungeliebter Vormund mir unter die Augen treten – bei seiner Entlastung. Ich war im Mai 1951 volljährig geworden, und das löste einige Formalitäten aus. So hielt er mir eine gönnerhafte, aber überaus wohlwollende letzte Standpauke und fuhr zur Feier des Tages mit mir im O-Bus zum Vormundschaftsgericht. Dort wurde mir vom Amtsrichter, der dem alten Schulfreund Dennert kumpelhaft auf die Schulter klopfte, ein bräunliches Stück DDR-Papier hingeschoben: die Entlastungs-Urkunde, die ich gegenzeichnen sollte. Am Nachmittag würde Dennert mir dann alle noch in seinen Akten befindlichen Dokumente übergeben und mit mir abrechnen. Abgekartetes Spiel. Verkehrte Welt! Hätte nicht erst übergeben und abgerechnet werden müssen – und danach die Entlastung erteilt? Diese Bedenken kamen mir erst später. Ich unterschrieb. Karl Dennert quittierte mit einem befreiten und süffisanten Lächeln.

Am Nachmittag präsentierte mir der Fuchs etwas, das er mir bisher vorenthalten hatte: den Letzten Willen meines Vaters. Das war nicht etwa ein ordentliches Testament, sondern eine handgeschriebene Postkarte meines alten Herrn an Margarethe Meyer, die er in den letzten Tagen seines Lebens von Weimar aus geschrieben hatte. Diese Dame kannte ich vom Hörensagen: Es war die Verwalterin eines großväterlichen Gutes; sie gehörte seit Jahrzehnten zum lebenden Inventar von Rittergut Rohrbeck. An Vater hatte sie einen Narren gefressen, und er brachte ihr sein letztes verzweifeltes Vertrauen entgegen: »Ebel gilt meine ganze Sorge«, stand auf der Karte. »Alle Wertsachen, die bei Ihnen auf dem Speicher stehen, sollen ihm gehören. Und Ihre Töchter sollen für ihn sorgen, bis er auf eigenen Beinen steht.« Dieser Text galt als sein Letzter Wille. Er hatte mir also die wertvollsten Dinge, die er besaß, im Voraus vermacht und jene Dame als Treuhänderin eingesetzt.

Plötzlich war ich reich. Was angeblich bei jener Witwe Meyer auf Rohrbeck lagerte, war allein 40 000 Reichsmark (1945) wert. Mein Drittel aus Vaters letzter Wohnungs-Einrichtung betrug nochmals 7000 Reichsmark. Die 47 000 Mark waren damals für mich Waisenrentner unvorstellbar viel Geld. Von diesem Reichtum leitete Dennert die Höhe seiner Vergütung ab, die er für meine fortgesetzte fünfjährige Bevormundung in bar erwartete: 1375 Mark. Meine Beschwerde dagegen wurde von den Richtern aus der Dennert-Seilschaft kurzerhand abgewiesen. Die befragten mich erst gar nicht und befanden nach Aktenlage, Dennert sei im Recht. Überhaupt war die Tatsache, dass er mich treu sorgend in seine Familie aufgenommen habe, in ihren Augen unbezahlbar. Und mein ehemaliger Aufpasser sah seine Geldforderung auch als Strafe für mich. Hätte ich mich dankbar verhalten, sagte er, und nicht so oft unbotmäßig aufgemuckt, würde er verzichtet haben, aber so – nein! Ich stotterte diesen Betrag Monat für Monat von dem staatlichen Notopfer ab, das ich als Schüler erhielt. So zog ich meine erste Lehre als Volljähriger: Beschwere dich nicht bei den Beschwerten, denn eine Krähe hackt der anderen nie ein Auge aus.

Ich setzte mich also auf die Deutsche Reichsbahn, fuhr über Stendal in die Altmark und besuchte Rohrbeck, um dort zu den Gebeinen meines Vaters vorzudringen und den arischen Teil meines Erbes anzutreten. Nun stand ich im Ortsteil Dobberkau vor einem schlichten Fachwerkhaus, das einst der Sasse-Sippe gehört hatte und wo nun die ehemaligen Verwalter des Guts ihren Lebensabend fristeten: Frau Meyer und ihre Töchter, die mein Erbe aufbewahrten. Sie waren die einzigen Vertrauten, an die Vater sich in seiner tödlichen Einsamkeit noch wenden mochte. Nun wollte ich mal sehen, wie sie seinen Sohn aufnahmen. Ich rief schon an der Gartenpforte: »Hallo! Mein Name ist Sasse. Darf ich eintreten?« Herr Sa…, ja um Gottes willen, nun komm' Se erst mal rein… Nenn' Se hier nicht so laut Ihren Namen, wissen Sie, die Sasses waren angeblich Ausbeuter und Leuteschinder, und Ihr Name ist bei den neuen Herren und den kleinen Leuten hier ein rotes Tuch!« Das fing ja versöhnlich an.

»Sie sind also Ebel Sasse!« staunten die Meyer-Töchter im Gleichklang… Mein Gott, sind Sie erwachsen und stattlich wie Ihr Herr Vater… Er war ein so nobler und großzügiger Mensch… Ach, dass unsere Mutter Ihren Besuch nicht mehr erleben kann! (Sie war vergangenes Jahr gestorben)… Und die Geschichte mit Ihrer Frau Mutter… nein, wie schrecklich, das tut uns ja so leid…« Dieser Wortschwall ergoss sich über mich aus dem Munde der ältesten Meyer-Tochter, die das Lehen jetzt bewohnte. Ich hatte den Erbschein in der Tasche, täuschte aber zunächst nur einen Freundschaftsbesuch und meine familiäre Neugier für die einst großväterlichen Güter vor. Ich aß zu Mittag mit Meyers. Ich blieb zu Kaffee und Kuchen bei Meyers. Ich bestaunte Meyers prachtvollen Hausgarten. Ich durfte Meyers Obst pflücken. Und schon machte ich Anstalten, wieder zu gehen, da erinnerte sich eine der Töchter flüchtig: »Ach, oben auf dem Boden müssen noch ein paar Kisten stehen, die Ihr Herr Vater im Krieg bei uns untergestellt hat.«

»So? Ja, wirklich?«

»Allerdings, die sind... leider, leider...schon von den Russen erbrochen und geplündert worden.« Die treuhänderische Verpflichtung, die mein Vater glaubte den Meyers aufbürden zu sollen, war deren peinlichem Eingeständnis gewichen, die Besatzer hätten angeblich die schönsten Kunstgegenstände mitgehen heißen. Der von Dennert behauptete hohe Wert meines Erbes hatte sich in Bodenstaub, Holzwolle und das Einwickelpapier der »Frankfurter Zeitung« aus den Kriegsjahren 1942/43 aufgelöst.

Sollten tatsächlich die bösen Russen, denen ja alles zuzutrauen war, diese Werte auf dem Dachboden eines Arme-Leute-Hauses vermutet haben? 15 mit W.S. gezeichnete Kisten, die einen Teil meiner Vergangenheit enthalten hatten, waren leer: Gestohlen der große Elch aus Bronze, auf dem ich in meinem Fotoalbum als vierjähriger Pepo reite. Verloren die sechs aus edlem Wurzelholz geschnitzten Schweizer Jagdhunde, von denen ich nur noch einen einzigen mit gebrochener Rute in Händen hielt. Ausgeraubt Vaters Bibliothek, durch die er mir seine Vorstellung von Kultur und Literatur übermitteln wollte. Verschwunden auch die gipsweißen Fritz-Reuter-Skulpturen, von denen nur noch Onkel Bräsig mit zerbrochenem Gehstock übrig geblieben war. Verstockt und verschimmelt Damastwäsche in unersetzlicher Friedensqualität, die meine Mutter noch in Wiesbaden mit silbernen Serviettenringen aufgedeckt hatte. Ich mochte in den Resten wühlen wie ich wollte – ich stieß nur auf den Staub der Vergangenheit. Ich stieg die Bodentreppe hinab, musste erst einmal frische Luft schnappen und wusste nicht, wie ich meinen Gastgebern und vermeintlichen Treuhändern in die Augen schauen sollte.

»Und dieses Bild…«, Frau Meyer junior wies auf ein Ölgemälde im Goldrahmen, das aus seinem Holzverschlag entfernt worden war und nun in der guten Stube hing, »… und dieses Bild hat Ihr Herr Vater noch zu Lebzeiten meiner Mutter verehrt.« Ja, so war er. Das berühmte Werk wirkte mit seinen 140 x 110 Metern für den bescheidenen Raum viel zu groß und viel zu edel. Es handelte sich immerhin um die »Weidenden Pferde« des Sujetmalers Alfred Roloff, das selbst im »Dehio«, dem kompetenten Kunstguide, verzeichnet steht. Ich wusste, die Schenkung war faustdick erlogen, denn das Bild hält die Position 67 auf der Liste meines Vermächtnisses, die der Herr Obergerichtsvollzieher Voigt aus Osterburg im Dezember 1945 aufgenommen hatte und die von Frau Margarethe Meyer selbst gegengezeichnet worden war. Vater konnte schlechterdings nicht wieder auferstanden sein, um posthum zu verschenken, was er mir zugedacht hatte. Roloffs Pferdeweide war der weitaus wertvollste Gegenstand meines väterlichen Vermächtnisses.

Das also waren die lieben Meyers. Die haben meinen Vater so sehr geschätzt, dass sie als Treuhänder niemals den Kontakt zu mir oder meinem Pfleger gesucht haben, einen Teil meines Erbes veruntreuten, mich von den Plünderungen durch die Russen nicht unterrichten mochten und die wertvolle Wäsche, die sie bestimmt in den Kisten wussten, haben vergammeln lassen. Nicht einmal nach mir erkundigt haben die sich nach dem Krieg, geschweige denn um mein Wohlergehen gekümmert, obwohl mein alter Herr sie auf dem Totenbett flehentlich darum gebeten hatte. Aber das war beileibe kein Einzelfall. Nicht viel später hörte ich von den Erben des benachbarten Großgrundbesitzes in Iden eine ähnliche Geschichte: Dort haben die treuen Gärtner, die mitgeholfen hatten, Gold und Silber, Porzellan und Bilder vor den Amerikanern im Schlosspark zu vergraben, sich zum Bock gemacht: Sie haben rasch selbst alles wieder ausgegraben und verschwinden lassen, sobald ihre einstigen Herren vor den Besatzern geflohen waren.

Der Diebstahl aller Meyers dieser gierigen Welt ist so wahr wie alle Plünderungen, die im rechtsfreien Raum jeder Endzeit stattfinden, so wahrscheinlich wie der Kunstraub, den Sowjets und Amerikaner nach 1945 im großen Stil betrieben haben – und so unglaublich wie das deutsche Märchen, dass Russen eben alles haben mitgehen heißen, was damals nicht niet- und nagelfest war. Fest stand nur eines: Wieder gehörte ich zu den Opfern. Damals ließ ich den Roloff hängen, packte meinen Hund mit dem gebrochenen Schwanz und Onkel Bräsig ohne seinen Gehstock in eine Wolldecke und verschwand auf Nimmerwiedersehen aus Rohrbeck.

Als ich ein Jahr später meinen alten Onkel Willi in Weimar besuchte – denselben Onkel, der einst an die Margarethe Meyer sein kleines Verwalterhaus verhökert hatte –, da steckte er mir einen Zeitungsausschnitt aus dem »Weimarer Kreisblatt« zu, der kurz zuvor erschienen war, und ich musste lesen: »*Drei Jahre Fischhaus.* Aufgrund seines Berufes als Bürovorsteher… genoss der 53jährige *Karl D.* aus Weimar großes Vertrauen bei der Bevölkerung und wurde in vielen Erbschaftssachen als Nachlasspfleger eingesetzt. In dieser Funktion hat er von 1948 bis 1952 insgesamt 10 000 DM an Erbschafts- und Mündelgeldern veruntreut und für sich verbraucht. Wegen fortgesetzter Untreue in Tateinheit mit Unterschlagung verurteilte ihn das Weimarer Schöffengericht zu drei Jahren Gefängnis und einer Geldstrafe von 600 DM.«

»D.«, das war zweifellos Dennert. Mein Ex-Vormund wurde verurteilt. Die Familie Meyer aber blieb bis heute ungeschoren.

XXXV

Das letzte Schuljahr bewältigten wir spielend. Mit »wir« meine ich den dicken Hesse, der mir als Zimmernachbar ziemlich nah und als Mitschüler und hilfsbereiter Kumpel ans Herz gewachsen war. Und meine Heimmutter Frau Tietz, die immer ein gutes Wort für uns einlegte und bei allem mitspielte (»Was habt Ihr Euch denn nun wieder ausgedacht!«). Mit »spielerisch« spiele ich sowohl auf die Leichtigkeit an, in der wir miteinander lernten und büffelten, als auch auf Spiel und Spaß in unserer Schulfreizeit. Da wir ein musisches Internat zu sein hatten, lief der Einsatz fast aller unserer Klassenkameraden bei Tanz, Gesang und Laienspiel auf Hochtouren; jeder Mitschüler war ein Mitspieler. Aber nun waren wir unbeweibt. Unsere vier Damen hatten sich im letzten Schuljahr ins Abseits gespielt – wegen Heirat, Schwangerschaft oder… ja, auch einfach wegen Dämlichkeit. Da Chorsingen ohne Sopran und Alt, Tanzen ohne sexuellen Anreiz und Theater ohne zarte Rollen nicht funktionierte, schauten wir uns in den unteren Klassen und außerhalb der Schule nach dem schwachen Geschlecht um (was wir sowieso taten). Dem Mangel gehorchend, durften wir es von nun an auch in unser musisches Tun einbinden.

Der Hausmeister öffnete einmal in der Woche die Turnhalle abends für die Tanzschule und ließ gleichzeitig die liebeshungrigen Liebensteinerinnen hinein, die schon vor dem Tor warteten. Mutter Tietz agierte höchstpersönlich als Tanzlehrerin. Sie erklärte, der große Schritt (nach dem Abitur) setze voraus, dass wir uns auch in den kleinen Schritten sicher auf dem Parkett bewegen konnten. Sie ahnte, der Ebel hatte seine Musikalität auch in den Beinen, und so schmiss sie sich an mich, schwenkte mit mir in die Mitte der Tanzarena, dirigierte mich schwungvoll mehr mit ihrem Bauch als mit ihren zu kurzen Armen und machte den anderen vor, wie der Tango geschritten, der Walzer gedreht und der Rumbatakt gehalten werden mussten. Wenn sie sich einen anderen Vorführer griff, dann trat ich in die Warteschleife und dachte an Helga – nein, wirklich: Erstens gefiel mir leider keine der Dorfschönen und zweitens hatte Helga schon längst reklamiert: »Ebel, Du musst mal tanzen lernen, denn sonst machen wir beide beim Tanztee im Residenz-Café keine gute Figur.« Das »Resi« stand nämlich unumstößlich auf unserem nächsten Weimar-Programm.

Und es begab sich, dass eine – einatmen! – Vereinigung Thüringischer Laienspielgruppen in Höheren und Mittleren Stadt- und Internatsschulen – ausatmen! – uns zur Teilnahme an einem Wettbewerb mit leicht spielbaren zeitgenössischen Bühnenwerken anstachelte. Der sollte in zwei Phasen ablaufen: Erst ein Ausscheidungstreffen, bei dem die weniger talentierten Schüler-Mimen von der Bühne gestoßen werden sollten. Und danach ein Endspiel, bei dem die Besten auf einer berühmten Theaterbühne ihren Spieltrieb messen durften – wo, das werde uns erst später verraten. Nein, das Residenztheater Meiningen, das uns nahe gelegen hätte, war es eben nicht! Wir verfügten über ein kleines Repertoire, aber infolge des fortwährenden Zugangs jüngerer und Abgangs älterer Schüler-Eleven war logischerweise nicht jedes Ensemble immer komplett.

Meinetwegen hätten wir den »Wilhelm Tell« oder »Nathan der Weise« spielen können, denn unser Amateurtheater hat ja kein Kinderspiel sein sollen, aber beides war unseren Paukern zu riskant; es wäre vor allem ihre Blamage gewesen. So einigten wir uns auf ein neueres Epos aus den Bauernkriegen des DDR-Stückeschreibers Friedrich Wolf, worin es zwar nicht kriegerisch, aber in Wortgefechten hoch herging. Ich mimte einen schnarrigen Landgrafen, der die Bauern wortgewaltig in Schach hielt – wohl wegen meiner Statur, denn wie beim Schach standen die Bauernrollen eher den Derben und Kleinen zu.

Alle fieberten der Generalprobe als einer Art letzten Mutprobe entgegen, die Lehrer nicht ausgenommen: Die besorgten

Kostüme, schneiderten Bauernschärpen, hörten Texte ab, korrigierten Stimmen und Lautstärke, stoppten die vorgegebene Spieldauer, bauten Kulissen auf, bestellten den Reisebus und änderten widerwillig ihre Stundenpläne. Als schließlich das Spiel begann, stolperte ich auf die Bühne, musste mich fangen, sagte wohl geistesgegenwärtig etwas Witziges, erntete Auftritts-Applaus und merkte das erste Mal, wie Beifall dich warm durchflutet und deine Selbstsicherheit stärkt. Die anderen zogen fehlerfrei 65 Minuten mit, sprangen schließlich freudig erregt von der wackligen Notbühne nach vorn – und jetzt verkündete der Deutschlehrer: »Alle mal herhören! Übermorgen treten wir gegen acht andere Gruppen auf... vor dem Vorhang auf der großen Bühne des... (und er machte eine Spannungs-Pause) Nationaltheaters in... Weimar!« Die Turnhalle bebte im Jubel. Und nun sang der Direktor noch eine Lobeshymne auf unsere Laien-Leistung und vergatterte uns in seiner proletischen Art, wir sollten uns gefälligst zusammenreißen und in Weimar Ehre für unsere Schule einlegen.

»Vor dem Vorhang« hieß zwar nicht bei offenem Vorhang auf der Hauptbühne, war aber ein großes Zugeständnis der professionellen Theaterleute in Weimar an uns Gelegenheits-Schauspieler. Deshalb konnten wir auch nicht von hinten aus den Kulissen treten, sondern mussten so gut wie ohne Halt auf den Brettern vorn an der Rampe agieren, wo sehr nah in unserem Blickfeld die Meute saß, die nachher über uns herfallen würde: die lieben Verwandten, die Juroren, die Zeitungskritiker und die Kopfjäger kleiner Bühnen. Und dort hinten leuchtete auch mein guter Engel in seiner weißen Bluse und hatte, fast vollzählig, meine ehemalige Klasse von der Schiller-Oberschule neben sich versammelt. Und unseren beliebten alten Deutschlehrer, der immer geweint hatte, wenn ich die Ringparabel aufsagte. Also, wir fingen an, diesmal stolperte ich (leider) nicht, wir ernteten zwischendurch Szenen-Applaus und – ich will das nicht lange breit walzen – wir gewannen. Ja, wir holten den Ersten Preis! Meine Helga stürmte nach vorn, gab mir verhasstem Bauernschinder einen Kuss auf die schweißnasse Schläfe und stellte sich wie eine Diva direkt neben mich.

Da drängte sich eine streng gescheitelte ältere Dame zu uns vor: »Hätten Sie wohl Lust, morgen hinauf ins Deutsche Theater-Institut zu kommen? Nach Belvedere?«

»Warum?«

»Uns hat Ihr Spiel gefallen – und Ihre Sprache.«

»Vielen Dank für Ihre Bewertung... ja, toll! Ich komme. Darf mich meine Freundin begleiten?« Ja, sie durfte nicht nur, sie sollte sogar.

Nach dem Besuch der einzigen DDR-Theaterschule war das, was die mir gesagt und mich gefragt hatten, unser naheliegender Gesprächsstoff noch viele Stunden danach.

»Siehst du, ich sag' es dir ja immer, mein Ebelchen, du bist eine *merkwürdige* Mischung aus einem herrischen, unnahbaren und einem liebenswürdigen, sensiblen Menschen.«

»Haben sie nicht gesagt. Von einer *guten* Mischung war die Rede.«

»Na ja, die kennen dich ja nicht so genau.« Helga kopierte die Interviewer von eben: »Herr Sasse, haben Sie etwa auch ein bisschen sich selbst gespielt?«

»Warum denn nicht. Ich glaube, sich selbst kann man immer am besten spielen!«

»Ja, kannst du auch.«

»Was mich am meisten ärgert, ist wieder diese ›Mischung‹. Lässt sich nichts Reines und Klares feststellen? Muss es immer dieser vermaledeite, vermanschte Mischling sein?«

»Na komm, nimm die Sache mal positiv. Schließlich waren sie von dir angetan und haben dir einen freien Studienplatz angeboten, wenn du dich bis März anmeldest.«

Bis dahin musste noch viel Regenwasser in die Ilm fließen. Wir genossen einen traumhaften Herbst-Nachmittag im Schlosspark und in der Orangerie von Belvedere. War dieser Tag so unvergleichlich wegen meines Debüts, wegen des Instituts-Angebots oder weil Helga bei mir war? Nein, das war es alles nicht. Alles war heute eingetaucht in das tragende Gefühl, wieder in Weimar zu sein. Es war die Heimkehr des verlorenen Sohnes. Langsam gingen wir die Kastanienallee hinunter. Nur hier war es wirklich schön. Nur hier kannte ich jede Ecke und jeden Winkel. Hier spielte nicht das Bauernstück von heute Morgen, hier spielte meine eigene junge Geschichte. Hier in der Belvederer Allee war die Stelle, wo ich im Schatten der alten Kastanien entsetzt sah, wie sich die britischen Brandbomben-Teppiche lodernd auf Weimar senkten. Von hier aus hatte ich meinen letzten Gang zu meinem todkranken Vater angetreten. Hier stand das Haus, wo er seinen letzten Willen an Frau Meyer auf eine Postkarte kritzelte. Hier war die Stelle, an der Tante Johanna wartete, um mir seinen Tod zu hinterbringen. Und hier war der Weg, auf dem wir den schönsten geklauten Weihnachtsbaum der Welt ängstlich nach Hause karrten…

»Was ist denn? Du bist auf einmal so nachdenklich…«, unterbrach Helga meine Gedanken.

»Nein, nichts. Es ist heute nur ein bisschen viel auf einmal.«

Helga war eine aufmerksame Beobachterin. Sie interessierte sich für mich. Und darin war sie – abgesehen von Tante Hanni – der einzige Mensch. Die Aussicht, in Weimar zu studieren – und schien sie auch noch so vage – brachte uns diesmal ein ganzes Stück näher. Meinen Jungmänner-Traum, Helga endlich auch auf andere Weise nahe zu sein, erfüllte ich diesmal mit ungeahnter Leichtigkeit. Wir lagen nebeneinander auf der Glockenwiese und schmusten verhalten. Da fasste ich endlich den Mut, die Knöpfe an ihrer Bluse zu lösen und mit meiner warmen Hand begehrlich zielvoll nach ihren lebendigen zwei Knöpfen zu tasten, die mir artig entgegenwuchsen. Helga ließ mich gewähren und schloss genießerisch ihre Augen. Mein Herz jubelte und meine Hose straffte sich. Da warf sich Helga hastig herum und fragte: »Was machst du da eigentlich?« Dann war sie plötzlich auf den Beinen, streckte mir ihre Hände entgegen, um mir aufzuhelfen, und bat mich um etwas Beeilung, denn wir wollten doch zum Tanzen ins »Resi«. Mit dem, was ich bei meiner Liebensteiner Schrittmacherin gelernt hatte, kam ich dort nicht zum Zuge – es war viel zu voll. Ein Glück, denn unbeachtet in der Menge konnten wir einander nochmal ganz nahe sein.

XXXVI

»Tiesche!« war die meistgebrauchte Vokabel in unserem Russisch-Unterricht. Tiesche heißt auf Russisch soviel wie »Ruhe!« Genauer gesagt, ist es die erste Steigerungsform von »ruhig«, die unsere Russischlehrerin mindestens zwanzig- bis dreißigmal pro Stunde aus voller Kehle in die Klasse brüllte. Sie war pädagogisch völlig unfähig, sich Gehör zu verschaffen und uns zu bändigen. Sie hatte einen typisch russischen Namen, den wir uns aber nicht merken wollten, weswegen wir sie rotzfrech mit »Frau Tiesche« anredeten. Unter uns hieß sie nur »die Tiesche«. Immerhin brachte sie uns bei, welch schöne Sprache sie anzubieten hatte, was mich auch überzeugte. Aber viele Mitschüler nicht, unter denen Flüchtlinge aus dem Osten waren, und die schleppten ihre Vorurteile gegen alles Russische aus ihren geschundenen Familien wie einen Virus in den Unterricht ein. Tiesche hatte die üble Angewohnheit, uns unvorbereitet Klassenarbeiten aufzubrummen. Da sie nicht gut Deutsch sprach, taten wir so, als hätten wir ihre Aufforderung nicht verstanden und legten die Hände in den Schoß. Die Russin rief nach dem Direktor. Der kam mit schon hochgekrempelten Ärmeln und schrie: »Ihr holt jetzt gefälligst eure Hefte raus, sonst schlag' ich euch alle zusammen!« Die Klasse schlug zurück, indem wir uns alle mit Handzeichen verabredeten, die Arbeit voll zu verhauen –

mit dem Erfolg, dass es »Sechsen« hagelte, die als Vorzensur fürs Abi allesamt nicht gewertet werden konnten.

Tiesche ließ uns viel Zeitung lesen, und einige von uns übersetzten die »Prawda« schon recht flüssig vom Blatt. »Prawda«-Meldungen über die deutsche Jugend zitierten wir im Pressespiegel unserer Wandzeitung »Diligence«, vollführten damit schön system-konform einen Kotau gegenüber dem DDR-Regime, gaben aber damit unserer Schülerpostille zugleich einen internationalen Anstrich. Unsere bescheidene publizistische Arbeit neigte seit dem Eklat um meinen lehrerkritischen Erdkunde-Aufsatz zu politischer Vorsicht, weil wir ein Verbot oder einen Rausschmiss so kurz vor dem Examen keinesfalls riskieren wollten. Doch die Arbeiten der Themenauswahl, des Tippens, Illustrierens, des Seitenlayouts und des Klebe-Umbruchs vereinte unser Redaktionsteam viele schulfreie Stunden. Wenn wir darüber stritten, welche Themen gelitten, welche Ausdrucksweise opportun und welcher Zeichenstrich noch gerade akzeptabel waren, wurde uns die kongeniale Denke und Schreibe des jeweils anderen offenbar.

Das war eine Erfahrung, die zusammenschweißte und die uns half, unsere Berufsträume zu konkretisieren. »Wir«, das waren mein Freund Dietrich Hesse, unser Sport-Ass Klaus Dettmar, eine Fahrschülerin aus Bad Salzungen von der Klasse unter uns – und ich, Ebel. Klaus hatte sich bereits auf Sportreporter versteift. Mich selbst reizte das Schreiben, ich wollte nur dadurch die Freundschaft zu Helga nicht aufs Spiel setzen. Dietrich war noch lange unschlüssig, aber bereit, mir zu folgen. Jedenfalls machten wir selbst ein Blatt, besuchten interessehalber eine Rotationsdruckerei in Erfurt und eine Zeitungsredaktion in Eisenach, lernten gemeinsam die Korrekturzeichen. Und wir lauschten heimlich an unserem alten Volksempfänger den kontroversen Debatten des Ersten Deutschen Bundestages, der sich seit 1949 publizistisch wirkungsvoll in Szene setzte – und waren fasziniert. Die Waagschale neigte sich unaufhörlich dem Journalismus und der Publizistik zu.

Unser Abitur wurde ein schulischer Spaziergang. Es war durchgesickert, dass es vor allem darauf ankam, »glatt« zu stehen. Das hieß, wenn du in Mathematik immer auf der Note vier standest, gingen Zensurenkonferenz und Schulrat davon aus, dass bei dir Hopfen und Malz verloren waren und mehr als eine Vier auch beim Examen nicht herauskommen konnte – also wurdest du gar nicht erst geprüft. So erging es mir im Deutschen mit der Note »1«, in Geschichte mit einer »2« und, so dachte ich, eben in Mathe mit der »4«. Aber Herr Hube – der mit den Kreppschuhen – wollte es darauf doch nicht beruhen lassen, prüfte mich in Sphärischer Trigonometrie und fragte so, dass ich alles wusste. Ich bekam eine »2«, und die riss meine Gesamtnote hoch. Hube war der Typ Lehrer, der niemals einem Schüler ein Bein gestellt hätte und der meine Erinnerung an die Penne so angenehm verklärt. Lustig ließ sich unsere Russischprüfung an: Wir zogen Themenkärtchen aus einem Karteikasten und die schon benutzten Karten wurden wieder hineingesteckt. Der Prüfling vor mir kniffte ein kaum sichtbares Eselsohr hinein und steckte mir in einer Examenspause die richtige Lösung. Als ich aufgerufen wurde, fixierte ich mich auf das Eselsohr, zog dieselbe Karte und hatte leichtes Spiel.

Der Tag der mündlichen Prüfung war ein sonniger Junitag. Wir Prüflinge wurden nicht in Schulklassen eingesperrt oder voneinander getrennt, sondern lungerten gemeinsam auf der Schulwiese und wurden aus dem Fenster des Prüfungssaals einzeln hinauf gerufen. Die Schulleitung hatte Blauhemden-Zwang und DDR-Beflaggung angeordnet und dadurch sah die Veranstaltung aus wie ein FDJ-Ferienlager. Nein, unsere Lehrmeister waren ja auch nicht blöd, nahmen kleinere Betrugsfälle billigend in Kauf, denn sie brauchten zu ihrem eigenen beruflichen Fortkommen und gesellschaftlichen Ruhm brillante Ergebnisse und keine Skandale. Schließlich galt das Pädagogium Bad Liebenstein noch vom Dritten Reich her als Eliteschule, wenn auch dieser Ruf mit der Lehrerqualität langsam verblasste. Mein Abizeugnis habe ich längst verloren, denn kaum je hat mich jemand danach gefragt. Das mehr durchschlagende Dokument war damals stets mein Ausweis als »Verfolgter des Naziregimes« (VdN). Ich schickte mein Zeugnis sofort zusammen mit meiner VdN-Kennkarte ans Sozialamt nach Erfurt und erhielt als Unterhaltsempfänger der DDR für meine mittelmäßige Leistung eine einmalige Sonderzahlung von 60 Mark. Ich war ja volljährig und für mein Überleben selbst verantwortlich.

Wir Internatsschüler, denen das Schulheim für mehrere Jahre ihr reguläres Zuhause geworden war, blieben noch ein paar Wochen bis in die Ferien hinein. Zunächst mussten wir ja noch die Abschlussfeier hinter uns bringen, für die wir ein Überraschungsprogramm vorbereitet hatten. Das Fest stieg in einem Gasthof im Nachbarort Schweina; es war das Elternhaus eines unserer Klassenkameraden. Wie immer, wenn wir Heiminsassen im Ort öffentlich auftraten, mussten wir vor gleichaltrigen Dorfbewohnern auf der Hut sein. Als Freier waren wir nämlich für deren Mädchen immer eine anziehende Alternative und für die Jungen eine gefährliche Konkurrenz gewesen. Über uns lag daher ein kollektiver Fluch und es war ratsam, nie allein auszugehen und die verschlungenen Feldwege den direkten Straßen vorzuziehen – aus Vorsicht vor Rache.

Bei der Abschlussfeier war ich wieder einmal vorlaut auf einen Tisch gestiegen und hatte nach Bänkelsänger-Art in Versen meine versteckte Lehrer-Schelte abgelassen. Als dann aller Schulstress, die Prüfungsangst und das Lampenfieber endgültig von mir abgefallen waren, griff ich in der allgemeinen Hochstimmung erstmals in meinem Männerleben zum Bier und dann zu einem anderen Glas. Darin war angeblich Wermut – nein, nicht Martini oder Cinzano, sondern »Gotana«, ein hochprozentiger, unbekömmlicher Fusel ost-zonaler Provenienz, von dem mir speiübel wurde und der mich so schläfrig machte, dass ich nur noch ins Bett wollte. So war der buchstäbliche Wermutstropfen in den Kelch meiner Abschiedsstimmung gefallen. Erst brach ich auf dem Lokus und dann nach Hause auf – dummerweise allein und nahm die direkte Feldstraße, an der die Klassen-Feinde sich rechtzeitig postiert hatten, um uns angetrunkenen Spätheimkehrern aufzulauern. Da ich mich gar nicht gern balgte, ließ ich sie zuschlagen und landete mit einem blauen Auge bewusstlos am Straßenrand – in einem Bett im Kornfeld. Ausgerechnet ich musste meinen Kopf für die kollektive Geilheit meiner Mitschüler hinhalten – dabei war ich wohl der Einzige, der niemals eine Ortsübliche begehrt oder berührt hatte. Die Freunde fanden mich, und ich fand mich am nächsten Morgen entstellt und mit dröhnendem Kopf im Krankenzimmer der Schule. Hesse und Dettmar legten Kompressen auf meine Wunden und sagten mir zum Trost etwas Nettes: »Du Blödmann, lass uns mal zusammen in Leipzig studieren; dann können wir besser auf dich aufpassen.«

XXXVII

Auf dem Weg von Bad Liebenstein nach Leipzig legte ich einen längeren Zwischenstopp bei Tante Hanni in Erfurt ein. Abgesehen davon, dass ich dies der guten Seele schuldig war, gab es dafür mannigfache Gründe. Sie war die einzige, die ohne zu murren und ohne dass ich lange bitten musste, meine Strümpfe stopfte und meine Wäsche wusch. Als ich mich beim Institut für Publizistik zum Studium bewarb, musste ich angeben, wohin Zu- oder Absage zu richten waren. Ein anderes Zuhause als Hannis Notadresse hatte ich nun einmal nicht. Und außerdem hatte Helga die Idee, wir sollten zu Dritt mit der Tante mein Abitur nachfeiern. Hanni plünderte das letzte westliche Care-Paket, um mir meinen Lieblingskuchen zu backen – ja, backen – nur den gebackenen

Käsekuchen und nicht den gedeckten Sauerquark. Ich konnte es nicht lassen, diesen Kuchen zu verschlingen, obwohl ich mir einbildete, davon besonders entstellende Pusteln zu bekommen. Das hatte Helgas Zuneigung zu mir offenbar nie trüben können, denn sie pilgerte nun schon das vierte oder fünfte Mal auf dem Fahrrad zu mir – 25 Kilometer von Weimar nach Erfurt hin und 25 Kilometer wieder zurück. An einem Tag und gewiss nicht auf einem leichtgängigen Mountain-bike, sondern auf einer altdeutschen Tretmühle, für Waden und Unterleib eine ziemliche Tortur.

Noch wartete ich auf eine Nachricht aus Leipzig, aber die Zusage des Weimarer Theater-Instituts hatte ich jetzt wochenlang schmoren lassen. Helga wusste von beidem nichts; für sie war meine Rückkehr nach Weimar eine ausgemachte Sache. Als dann aus Leipzig die Aufforderung endlich eintraf, mich bis Ende Juli zu immatrikulieren, trieb mich meine Unschlüssigkeit tage- und nächtelang umher. Auf langen Waldspaziergängen wehrte ich mich in Selbstgesprächen gegen mögliche Vorwürfe von Dietrich und Klaus, eines Weibes wegen mein Wort gebrochen zu haben. Und nachts im Bett wälzte ich schweißgebadet im Halbschlaf immer wieder neue Ausflüchte, warum ich Helga im Stich lassen sollte. Welcher Loyalitätskonflikt war schwerer zu ertragen? War es leichter, Jungmänner-Freundschaften zu verlieren oder die zarte Seele eines Mädchens zu enttäuschen? War es angenehmer, dir den Vorwurf der Unzuverlässigkeit und süffisantes Gelächter anzuhören oder eine Frau um dich weinen und weglaufen zu sehen? Am hellichten Tag war alles einfacher, und ich legte mir schließlich eine Scheinlösung zurecht: Ich log. Belvedere habe geschrieben, ich sei herzlich willkommen, aber wegen allzu großen Andrangs erst im nächsten Jahr. Ja, ich log und schob die Verantwortung dafür von mir weg auf andere. Also musste ich mindestens ein Jahr lang zunächst einmal etwas anderes machen – oder? Und dann schrieb ich den Theaterleuten von mir aus eine Absage.

... und Helga folgte mir auf dem Fahrrad nach Leipzig – nicht auszudenken! An einem einzigen Tag über Apolda mit Rast unter dem Dom der Uta von Naumburg und weiter über Weißenfels und Markkleeberg an der Pleiße entlang in die Südstadt von Leipzig. Ein Mädchen demmelt sich die letzte Luft aus der Lunge und reibt ihre Scheide am Sattel wund, fährt nonstop 150 Kilometer auf staubigen und holprigen Straßen, flickt unterwegs Schläuche, überlebt einen Sturz und fällt dir unverhofft in die Arme – was war das? War das eine lästige Störung, eine Einengung deiner frischgewonnenen Studenten-Freiheit? Kam da die erste, Ebel, deine erste Verpflichtung für einen anderen Menschen auf dich zu?

Die Herausforderung, beides auf einmal zu meistern: die studentische Pflicht und die private Kür? Ich schob die Antwort auf derart quälende Fragen erst einmal vor mir her. Ich hatte zunächst ein ganz anderes, akutes Problem: mein Engelchen wollte ein paar Tage bleiben. In unserem Vierer-Zimmer, wo wir drei Liebensteiner Freunde und der fromme Manfred Jäger zu zwei-und-zwei übereinander schliefen, war keine Bettritze für Freundinnen vorgesehen. Wir schmuggelten Helga bei drei Kommilitoninnen ein, ließen die allerdings im Unklaren, zu wem der Blondschopf gehörte. Es wäre ja schön dumm gewesen, uns von vornherein neue Chancen zu verbauen. Ich stufte Helga als meine »Bewährungs«-Helferin ein und zeigte ihr »mein« neues Leipzig. Das half mir, mich mit dieser neuen Umwelt zu identifizieren – nein, das wohl nicht, sondern mich in ihr zurecht zu finden.

Das Institut für Publizistik hatte in der Südstadt zwei riesige, hochherrschaftliche Villen belegt, die den Krieg überstanden hatten – sie wirkten wie zwei Stützpfeiler für die sie umgebende Trümmerlandschaft – ziemlich beunruhigend, wenn man aus dem heilen Thüringen ankam. Auf dem nahen Hausfluss Pleiße schwammen hässliche, schmutzigweisse Schaumkronen und zeugten von der ostzonalen Unfähigkeit, ihren Chemie-Müll menschenfreundlich zu entsorgen. Das berühmte Gewandhaus erschien mir als eine

Bruchbude, in der Musik nur fade und schräg klingen konnte. Die berühmte Thomaskirche verdankte ihren Halt anscheinend mehr den Baugerüsten als ihrer geschichtlichen Bedeutung. Sehr großstädtisch strahlte auf uns die Mädler-Passage aus – und als wir von dort in Auerbachs Keller eintauchten, waren wir plötzlich wieder die Gefangenen Goethes im Freigang aus Weimar.

Mein Studiergebäude war Helga ziemlich unverständlich; es erschien ihr praxisfern und sinnentleert. Selbst hatte sie gerade angefangen, in Jena Radiologie zu studieren. Riesige Röntgenanlagen atmeten dort die berufliche Nähe zum menschlichen Herzschlag, zum Luftholen oder zum Beinbruch. Ärzte in weißen Kitteln kümmerten sich um lebendige Patienten und demonstrierten heilsame Bedeutung. Schwestern, Pfleger und Assistentinnen sahen dort genauso aus wie im richtigen Krankenhaus. Da war alles klar, aber was hier in der Leipziger Tieckstraße vor sich ging, war ihr undurchsichtig. Hier wehte nur der Geist, theoretisches Gedankengut durch die Räume, das sich in den Köpfen der Kommilitonen zur Ideologie verdichten sollte. Hier sah man keine Werkbänke, an denen gelehrt und gelernt, keine Gassen, in denen Publikationen umbrochen, keine Mikrofone, durch die zum Publikum gesprochen werden konnte. Hier sollte uns nicht das Was und Wie, sondern erst einmal nur das Warum und Wofür vermittelt werden. Diese Räume wurden nur für Stunden lebendig, wenn Albert Norden und Hermann Budzislawski den Studenten den Schauer ihrer eigenen Bedeutung über den Rücken jagten. »Was, Albert Norden ist dein Professor?« Ja, diesen scharfzüngigen Kommentator des DDR-Rundfunks kannte selbst meine Helga. Seine Prominenz ließ das Gewicht meines Studiums schwerer wiegen. Aber seine Penetranz ließ uns Gleichschaltung und Indoktrination befürchten. Helgas Vergleichsstudie hatte ihre Moral: »Ach, Ebel, komm' doch wieder zurück!«

Meine Freundin fand anzüglich und unakademisch zugleich, wie meine Mitstreiter angesprochen wurden: Lauter

»Liebe Freunde und Freundinnen, liebe Genossen und Genossinnen« hockten im Saal, und ihre ideologischen Vorturner wurden mit artigem Beifallklatschen begrüßt und verabschiedet. Aber nicht überall an der Uni hatten sich der sozialistische Tenor und seine Rituale schon so eingenistet. Es gab noch Kontrastprogramme, und die hatten Klaus und Dietrich rasch für sich und mich entdeckt und schickten mich zu den Germanisten und Philosophen in die Oberstuben der Universität, wo wir als Gasthörer zugelassen waren. Hier saßen keine Freunde und Genossen, sondern Kommilitonen. Wenn der Goetheforscher Professor Korff vor berstendem Auditorium rhetorisch perfekt aus dem Wortschatz des Dichterfürsten rezitierte, dann gab es Szenenapplaus wie im Theater. Ich erlebte Studenten, die begeistert auf ihre Pulte klopften und mit den Füßen trampelten. Oder wenn Professor Frings, der Germanist, Redewendungen, Dialekte und Floskeln der deutschen Sprache witzig und wortgewaltig auseinander nahm, dann verbreitete sich Zustimmung, Heiterkeit oder Verehrung im Hörsaal. Vor allem diese beiden Nicht-Genossen genossen die Idiotenfreiheit des Unersetzlichen. Die DDR konnte damit renommieren, dass sie (noch) nicht gekniffen hatten – und es war ihr Heil, wenn sie sich unpolitisch gaben. Für uns waren diese Hörgänge ein Ventil, durch das wir in eine erfrischende Gedankenfreiheit ausweichen konnten.

Meine Freundin war längst wieder zurück geradelt und hatte mich meinen Kumpels überlassen. Mein Studentenleben bot sonst kaum private Höhepunkte. Unsere Viererbande saß viel auf ihrer geräumigen Bude, las, spielte Karten, versuchte sich in der publizistischen Gattung der Liebesbriefe und braute sich das einzige erschwingliche Getränk: Leitungswasser mit Streuzucker in Wasserflaschen, durch kräftiges Schütteln gemixt – es gab wohl nichts Ekelhafteres als diese ernährungsphysiologische Entgleisung. Bis auf wenige Ausnahmen – zum Beispiel beim Studenten-Fasching. Da versuchten wir es mit einer Art Zuckerwasser-Entziehungskur durch den Genuss von alkoholischen Getränken. Je fader die Vorträge in der Bütt, desto schneller trank ich und betrank ich mich. Und dann pendelte ich bis lange nach Mitternacht zwischen der Toilette und einer harten Saalbank inmitten wildfremder Jecken. Meine Freunde waren mir aus dem sich trübenden Blick geraten.

Die letzte Elektrische zur Südstadt war mir vor der Nase weggefahren, und für ein Taxi fehlte mir das nötige Kleingeld. Also entschloss ich mich, quer durch dic Stadt immer den Straßenbahn-Geleisen nach zu Fuß zu gehen, zu torkeln, zu taumeln, mich von Laterne zu Laterne hangelnd, bis ich die Kreuzung kurz vor unserem Heim erspähte und mit letzter Anstrengung mühevoll im zweiten Stock unseren Schlafsaal enterte.

Die anderen waren noch nicht da. Wir beschliefen Etagenbetten, und meines lag oben. Ich stand unten und überlegte, wie ich sonst immer dort hinauf gekommen war. Erst schob ich mir einen Stuhl vor den Doppeldecker – viel zu tief. Dann astete ich einen Tisch heran, trat auf den Stuhl und dann auf den Tisch – immer noch zu niedrig. Ich setzte mich auf den Tisch und überlegte wieder, wie ich sonst immer da hinauf geklettert war. Der rettende Gedanke: Ich angelte mir von oben den Stuhl heran – Mann, war der schwer! – stellte ihn neben mich auf den Tisch und bestieg ihn. Ja, nun reichte es. Moment, erst musste ich mich noch ausziehen, was eine Ewigkeit dauerte. So, jetzt erklomm ich mein Hochlager, legte mich flach – und nun begann sich in mir und um mich herum alles zu drehen, und mit dem Karussell im Kopf knallte ich von oben auf die Kante des Stuhles, von dem aus ich gerade erst aufgestiegen war.

Diesmal trug ich ein blaues Horn an der Stirn und kräftiges Kopfbrummen davon. So konnte ich mich keinesfalls im Seminar sehen lassen, denn dort saß Eva. Wie sollte ich ihr erklären, dass ich sie trotz allem immer noch mochte, ohne mich lächerlich zu machen? – Ein viel zu langer Exkurs? Oh nein! Schlüsselerlebnisse erfordern eine besondere literarische Hingabe. Ich zog die Lehre und habe mich ein ganzes Leben lang nie wieder so betrunken. Ehrlich.

XXXVIII

Mit meinem Eintritt ins Institut für Publizistik begann eine Art institutioneller Leibeigenschaft – was ich auf keinen Fall wollte. Mir war ohne Prüfung, allein aufgrund meines Status als Opfer des Faschismus die Chance eingeräumt worden, mich publizistisch zu bilden – und das hieß in der DDR, sich eindeutig politisch zu binden. Ob mir dies gefiel oder nicht: Unser Tageslauf unterlag einer überall spürbar werdenden Kontrolle. Es gab keine freie Fächerbelegung. Wir wurden von einer höheren Koordinations-Stelle für Seminare, Diskussionen und Exkursionen eingeteilt. Wir waren verdonnert, uns zu internen Institutssitzungen einzufinden, bei denen wir auf ein bestimmtes gesellschaftliches Verhalten eingeschworen wurden und uns für jedes verbale Abweichen selbstkritisch verantworten mussten. Und da ich kritisch und dazu noch impulsiv war, baute ich eine Sicherung ein: Als Neuling konnte ich es mir eine Weile leisten, mich selbst als ideologisch unreif oder unsicher einzustufen. Deshalb klopfte ich regelmäßig bei der Institutsleiterin an die Tür, um dumme Fragen zu stellen, Anleitung zu erbitten und sie meiner Loyalität zu versichern. Dort holte ich mir vorsorglich Absolution für unbedachte Äußerungen, die ihr möglicherweise hinterbracht worden sein konnten. Es war reiner Selbstschutz, als ein bisschen zurückgeblieben zu gelten, aber nicht als gefährlich. Diese reine Präventiv-Maßnahme hielt ich für erträglicher als zitternd abzuwarten, bis ich von oben eins auf den Deckel bekam. So galt ich nach eigener kritischer Einschätzung meiner Situation als aktiv und ehrlich, wenn auch nicht immer als unbedingt zuverlässig.

Für taktisch klug hielt ich es, möglichst rasch einer anderen Partei (als der SED) beizutreten. Damit täuschte ich die gewünschte politische Aktivität vor und konnte dem wiederholt an mich gestellten Ansinnen, Mitglied der Einheizpartei zu werden, geschickt ausweichen. Ich holte mir das Parteibuch der Liberal-Demokratischen Partei (LDPD), bei der ich sicher sein konnte, dass sie von ihren Studiosi entweder gar keine oder keine Aufsehen erregenden öffentlichen Bekenntnisse einforderte. Ich war es einfach leid, wiederholt von Instituts-Linken gestellt zu werden, die auf mein Schicksal anspielten und mein politisches Gewissen auszuforschen oder zu überprüfen suchten. Sie bedienten sich des alten Tonfalls, der vor Jahren schon von Direktor Fritz in Liebenstein angeschlagen worden war: »Gerade Sie als Opfer faschistischer Gewalt müssten doch voll zu unserem jungen antifaschistischen Staat stehen...« Als ob es für Juden und Halbjuden gar keine andere Möglichkeit gab, als kommunistisch zu votieren. Ich war doch aktiv. Immerhin konnte ich mich als Mitglied einer in der DDR zugelassenen und in der Volkskammer vertretenen Partei ausweisen. Auch war mir äußerst unbehaglich dabei, immer noch als Opfer hingestellt zu werden, denn Opfer sind immer schwach, geschlagen, hilfsbedürftig – und deshalb leicht von neuen Tätern zu beeinflussen. Aber die Gegenfrage zu stellen, »Woher wissen Sie das überhaupt? Schickt Sie jemand? Sind Sie Abgesandter einer geheimen Inquisition?« – solche Fragen zu stellen, verbot mir die politische Vorsicht.

Ähnlich wie ich dachten etwa sieben oder acht Kommilitonen – ach nein, es hieß ja jetzt »Freunde« – unserer nach 20 zählenden Seminargruppe. Abgesehen von meinen beiden wirklichen Freunden Hesse und Dettmar, konnte ich nie ganz sicher sein, ob die anderen sich in jeder Beziehung loyal verhielten. Aber sie äußerten sich ehrlich, oft ziemlich unvorsichtig, wichen in Lehrveranstaltungen von der Einheitsmeinung ab, pilgerten mit uns zu den Vorlesungen von Frings und Korff und entzogen sich der verordneten Freizeitgestaltung. Und sie frönten mit uns abends dem Zuckerwasser. Einer von ihnen gab uns den gemeinsamen Namen »Die Letzten Demokraten« (des Instituts), den wir fortan für uns gelten ließen. Obwohl wir alle ja wahre Demokratie noch nie erlebt oder gelebt hatten, wollten wir damit ausdrücken, dass wir versuchten, uns dem Kollektivzwang zu entziehen, in unserem Handeln und Reden authentisch zu sein. Allerdings lag in dem Bekenntnis, »die Letzten« zu sein, auch das ungewollte Eingeständnis, dass die Gruppe sich kaum vergrößern konnte, sich als auslaufendes Modell begriff und abzusehen war, wann es überhaupt keine Demokraten in unserem Sinn mehr geben würde. Jedenfalls, wir hielten zusammen, kapselten uns gegen Zumutungen von außen ab, und dies gab mir ein bisschen mehr Halt und Selbstvertrauen.

In den Semesterferien durften wir uns nicht etwa auf die faule Haut legen, auch konnte ich mich nicht in die Obhut von Tante Hanni begeben, sondern wir waren gehalten, ein Praktikum zu absolvieren. So sah ich mich Anfang Juni 1953 in der Gasse einer Zeitungs-Mettage, schleppte bleischwere Kolumnen, spationierte umbrochene Seiten, legte gebrauchte Bleilettern in die Setzkästen ab und wollte von Ahle und Pike auf lernen, wie eine richtige Zeitung gemacht wurde. Diese Praktikantenstelle war mir von der Provinzzeitung der Liberalen, vom »Morgen« in Halle geboten worden. Gleichzeitig mit mir war einer der anderen »letzten Demokraten«, Manfred Jäger, mit an die Saale gekommen, volontierte aber bei dem örtlichen CDU-Blatt, dessen Gebäude ganz in der Nähe meines Arbeitsplatzes lag. So lag auch nahe, dass wir beiden uns meist in der Mittagspause trafen, uns über das Gelernte austauschten, abends zusammen Halle ansahen oder ins Kino gingen.

Am Mittag des 17. Juni breitete sich eine merkwürdige Unruhe in den Redaktionsstuben und in der Setzerei unserer

Zeitung aus. Gerüchte über Protestaktionen der Arbeiter in Berlin und im nahen Industriekombinat in Leuna waren zu uns durchgedrungen. Aufgeregt versuchten unsere Redakteure über Radio und Telephon mehr zu erfahren. Vor dem Haus sammelten sich diskutierende Anwohner und Passanten. In die Unruhe mischte sich das schneidende Flattern patrouillierender Hubschrauber und motorisches Tuckern wie von näher kommenden Traktoren. Neugierig und erregt verließen unsere werktätigen Kollegen einer nach dem anderen ihren Arbeitsplatz und stürzten auf die Straße. Eine schnell anschwellende Menschenmenge schob sich durch die Gassen in Richtung Hauptstraße. Ich griff nach meinem Frühstücksbeutel und lief hinterher. Unten traf ich auf meinen christlichen Kommilitonen, der auch nur schlecht informiert war. Wir schwammen im Strom der Neugierigen mit, vermieden es aber, mitgerissen zu werden oder uns hinreißen zu lassen. Dann begaben wir uns in die mehrere Stufen hohe Beobachter-Position eines Hauseingangs. Jäger bot mir eine geschabte rohe Karotte an. Möhren kauend harrten wir der aufregenden Dinge, die sich unter unseren Augen anbahnten. Wir waren Zeitzeugen. Wir brauchten nicht lange zu warten, da kamen sie schon: lange Kolonnen von Menschen in Arbeitskleidung. Mit Plakaten, ihre Parolen schreiend, skandierend »Nieder mit der DDR-Regierung!« – »Wir fordern freie Wahlen!« – »Weg mit den Knebel-Normen!« Spruchbänder wiederholten »Nieder mit der SED« und »Gegen die Arbeits-Sklaverei!« Männer lösten sich aus ihrer passiven Position am Bürgersteig, reihten sich in den Protestzug ein und marschierten mit. Jäger zuckte es in den Waden.

»Nein, Manfred, bleib hier! Wir lernen doch gerade: Politiker und Arbeiter sind die Akteure. Publizisten aber beobachten, notieren, bewerten, agitieren.« Jäger zückte einen Notizblock und begann aufzuschreiben, was er sah.

»Nein, Jäger, lass' das mal lieber bleiben. Das sieht viel zu konspirativ aus. Du wirst das doch wohl noch im Kopf behalten können?«

Es spukte ohnehin in unseren Köpfen. Ich höre mich heute noch, wie ich Manfred beschwor. Unsere Unterhaltung erstarb im anschwellenden Lärm. Mannschaftswagen der Polizei hielten quietschend vor uns. Hinter den Arbeiterkolonnen walzten sich Panzer ins Straßenbild – sowjetische Panzer. Schüsse fielen. Wütendes Aufbegehren aus tausend Kehlen brandete als Antwort gegen die Häuserfassaden.

»Komm', Jäger, es wird brenzlig.«

Wir verschwanden lieber um die nächste Straßenecke. Ich hatte immer noch meine angekaute halbe Karotte auf der Faust. Was wirklich geschehen war, dafür informierten wir uns besser im Rundfunk und morgen aus der Zeitung. Schließlich waren wir angehende Journalisten.

XXXIX

Als sich die akute Erregung um den 17. Juni längst gelegt hatte und wir wieder zur tristen Normalität des sozialistischen Alltags zurück gefunden hatten, wurde ich zur Chefredaktion gerufen. Aha, durchfuhr es mich, jetzt lässt sich der Chef endlich zu dem versprochenen ausführlichen Lehrgespräch herbei – aber so früh am Morgen?

»Herr Sasse«, so empfing mich die Sekretärin ganz aufgeregt, ein Ferngespräch für Sie. Der Herr hat schon zweimal angerufen. Am besten, Sie nehmen den Apparat des Chefs. Nein, er ist gerade nicht da... ja, dort drüben... ich stelle durch.«

»Hallo, hier ist Sasse... hallo, können Sie mich verstehen?«

Die Leitung war schlecht wie immer. Von ganz weit drang die Stimme durch: »Ja, Herr Ebel, hier ist...« Wieder akustischer Zwitschersalat... »...in Erfurt...«

»Wer ist dran, haaaaaallo?«

»Hier ist Fähnrich in Erfurt. Fähnrich aus der Pförtchenstraße.

»Können Sie mich hören…?«

»Ach ja, Herr Fähnrich. Was gibt es denn?«

»Herr Ebel, es tut mir leid, dass ich Sie stören muss, aber Ihrer Tante geht es nicht gut, und ich glaube, sie würde sich sehr freuen, wenn Sie schnell kommen könnten…«

»Was hat sie denn?«

»Das wissen wir auch nicht so genau, aber sie ist ernstlich krank.«

»Und wo ist… haaaallo« Herr Fähnrich war weg. Die Leitung war tot. Der versucht es sicher gleich noch einmal. Mein Gott, Tante Hanni. Was kann denn mit dir los sein. Ich hab' dich doch gesund verlassen. Es klingelte, und ich ging gleich dran.

»Ja, Herr Fähnrich? … Wo ist Tante Hanni denn jetzt?«

»Sie liegt im Steiger-Krankenhaus auf der Intensivstation. Wir gehen heut' noch hin und möchten ihr gern sagen, dass Sie schnell kommen.«

»Ja, sagen Sie ihr, ich setze mich in den nächsten Zug. Ich komme erst in die Pförtchenstraße.«

»Ja, gut, wir bleiben so lange wach und warten.«

Sinngemäß so verlief das Gespräch mit Hannis Flurnachbarn. Es jagte mir einen Riesenschreck ein und warf alle meine Planungen über den Haufen. ›Das wissen wir auch nicht so genau…‹ – und ›…auf der Intensivstation‹. Großer Gott, kündigte sich da etwas an, das lebensbedrohlich war? Ich war im Begriff, an der Sekretärin vorbei zurück zu meinem Praktikantenplatz zu laufen. Der Ausbildungsleiter würde mir sofort frei geben müssen.

»Herr Sasse, entschuldigen Sie«, so bat mich die Vorzimmerdame nochmals zurück und wand sich etwas unbeholfen.

»Es ist sonst nicht meine Art…, aber ich habe eben… Sie haben ja so laut gesprochen und da habe ich eben mitgekriegt, Sie müssen nach Erfurt, nicht wahr?« Ich bejahte und sie sagte »Unser Chef fährt morgen ganz früh nach Erfurt, um eine Bezirkskonferenz der Liberalen wahrzunehmen. Ich frage ihn, ob er sie mitnimmt. Er kommt gegen zwölf.« Es war erst kurz nach neun.

Hm, sollte ich bis zwölf warten oder besser versuchen, eher einen Zug zu bekommen? Aber vor Abends war ich sicher nicht in Erfurt und konnte dann doch nicht mehr ins Krankenhaus. Aber diesen Gedanken verwarf ich gleich wieder: Wer wie sie so krank war, den durfte man auch noch spätabends besuchen. Ich erkundigte mich nach den Zügen. Um eins fuhr der nächste. Also blieb mir Zeit, eben zu meiner Zimmerwirtin zu laufen, meine Nachtsachen zu holen, noch kurz Jäger Bescheid zu sagen und gegen zwölf zurück zu sein, um mich dann zu entscheiden: mit dem Chef oder mit der Bahn. Ich setzte meinen Plan sofort in die Tat um, und als ich kurz nach zwölf wieder in der Redaktion auftauchte, hatte der Schriftleiter schon nach mir gefragt. Ich ging sofort zu ihm. Er war sehr aufgeräumt, nannte mich »Parteifreund« und meinte, das sei ja offensichtlich ein Notfall, dann könne er auch heute Nachmittag schon fahren, wolle mich gern mitnehmen und dann ergäbe sich unterwegs auch endlich mal die Gelegenheit, ausführlich mit mir zu reden. Da ich Mitglied sei, könne ich, wenn mir in Erfurt Zeit bliebe, auch gern in die Bezirkskonferenz hineinschnuppern.

Wir fuhren sogar mit dem Chauffeur des Verlegers, aber unterwegs hatte ich nicht die innere Ruhe, mich auf ein Gespräch über das Praktikum zu konzentrieren. Dafür bekümmerte mich zu sehr, dass Hanni auf der Intensivstation liegen sollte. So plötzlich. War es ein Unfall? Sie war doch nicht krank – nicht, dass ich wüsste. Ich hatte Hanni seit Weihnachten nicht gesehen – über ein halbes Jahr! Zum Geburtstag im Mai hatte sie mir noch ein Päckchen geschickt, ich hatte mich bedankt und habe seither nichts wieder von ihr gehört. In mir regte sich schlechtes Gewissen: War ich schuld?

Hab' ich sie zu lange allein gelassen? Ich konnte nichts anderes denken, warf auch keinen Blick auf die hochsommerliche Schönheit des Saaletals und belämmerte schließlich meinen Chef auf Zeit mit Hannis Geschichte. Er sagte: »Wissen Sie was, dann fahren wir geradewegs zum Krankenhaus. Ich bin Erfurter und weiß, wo es ist.« Wieder so ein Fall, aus dem ich lernte, dass sich bei rechtzeitiger, offener und vertrauensvoller Kommunikation immer noch eine unvorhergesehen günstige Möglichkeit einstellt.

Ich musste erst die Nachtschwester überzeugen, dass sie mich überhaupt zu Hanni durchließ, obwohl wir nicht in direkter Linie miteinander verwandt waren. Sie sah, dass es mir nahe ging und drückte ein Auge zu. Hanni lag allein im Halbdunkel, war an blinkende Geräte angeschlossen, eine Kanüle steckte ihr von außen im Hals. Sie schlief, atmete gleichmäßig und sah friedlich aus. Die Schwester bedeutete mir mit dem rechten Zeigefinger auf den Lippen, ich solle mich still verhalten. Sie erwarte den Arzt in etwa einer dreiviertel Stunde, und der würde sicher meine Fragen beantworten.

»Die Patientin hat Kehlkopfkrebs im fortgeschrittenen Stadium und ihre Luftröhre ist von den Metastasen angegriffen. Wir müssen sie künstlich ernähren und ihr Atemhilfe geben. Sie kann nicht mehr sprechen. Ihr Kreislauf ist stabil.« Der Doktor war überlastet und kurzangebunden, aber korrekt.

»Was heißt denn das; wie kann man sowas denn so schnell bekommen?«

»Wenn man es verschleppt und die ersten Anzeichen ignoriert. Krebs wächst und wuchert unerbittlich.«

»Wird sie hier bald wieder herauskommen?«

»Nein, das ist unwahrscheinlich. Dafür ist ihr Zustand zu kritisch – wieso fragen Sie mich eigentlich so aus, Herr…« Er blickte auf meinen Laufzettel. »Herr Sasse… Sie sind doch nicht ihr Sohn?«

»Nein, ihr Neffe, sie hat keinen anderen Menschen hier.«

»Na, gut, jetzt muss sie aber Ruhe halten. Sie steht unter starken Schmerzmitteln. Kommen Sie morgen um elf, dann können Sie versuchen, sich mit ihr zu verständigen.«

Mein Chefredakteur hatte unten gewartet, brachte mich noch in Hannis Wohnung und gab mir für alle Fälle die Telefonnummer seines Hotels, auch wegen der Rückfahrt.

Hanni hielt die Augen offen und lächelte, als sie mich bemerkte. Sie stieß ein unartikuliertes Röcheln hervor und hob wie zur Entschuldigung kaum merklich beide Schultern. »Hanni, Liebe, was machst du denn für Geschichten? Hätt'st mir doch viel eher sagen können, wie krank du bist. Gestern hat Herr Fähnrich mich in Halle angerufen, und ich bin sofort gekommen.« Hanni quittierte meine Erklärung mit dem zweiten Lächeln, dann grabschte sie nach der Schreibtafel, die auf ihrer Zudecke bereit lag und an die ein Stift angehängt war. Und schrieb mir mit ihren krakeligen Sütterlin-Buchstaben: »Kehlkopfkrebs, ziemlich schmerzhaft. Langwierige Geschichte.« Da sie nicht sprechen konnte, setzte ich mich auf die Bettkante, um ihr nahe zu sein, und versuchte, ihr einfache Fragen zu stellen, die sie nickend oder kopfschüttelnd erwiderte. War Tante Eva informiert? Nicken. Wird sie herkommen? Hanni hob die Schultern hoch: Ich weiß nicht. Soll ich sie anrufen? Ich könnte ihr doch die Aufenthalts-Genehmigung besorgen. Nicken und Lächeln. Ich werde sie morgen anrufen. Zustimmendes Lächeln. Schreib' mir auf die Tafel, wen ich noch herbitten und was ich noch machen soll. Sie schrieb nichts, war einfach zu matt.

Sie hatte getextet »Langwierige Geschichte«. Demnach schien sie doch zu glauben, dass sie zwar lange hier aushalten müsse, aber letzten Endes wieder gesund werde. Also kam es darauf an, ihr Lebensmut zu machen und keine Weltuntergangs-Stimmung zu verbreiten. Ich erzählte ihr von Helga, die mit dem Fahrrad in Leipzig gewesen war, grüßte sie vom dicken Hesse – kannst du dich an den erinnern? Schwärmte von den Professoren Frings und Korff und von allen schönen Seiten meines Studiums. Ich dankte ihr nochmals für den schmackhaften »Kalten Hund«, den sie mir wie jedes Jahr wieder zum Geburtstag zubereitet und den ich mit meinen Zimmer-Kumpanen redlich geteilt hatte.

Wenn Hanni zwischendurch einnickte, nahm ich ihre Hand, damit sie unterbewusst meine Wärme und meine Nähe spüren konnte und nicht allein war. Wann war dieser tapferen, einsamen, aber sonst so lebenstüchtigen Frau jemals jemand richtig nahe gewesen? Nie war dem alten Fräulein das Glück der partnerschaftlichen oder ehelichen Liebe begegnet. Es war ihr versagt, eigene Kinder in den Arm zu nehmen. Immer aber musste sie ohne Murren die schwere Bürde der Verantwortung für andere tragen. Durch die russische Vertreibung aus Pommern war sie ihrer gesamten irdischen Habe beraubt, waren ihre heimatlichen Wurzeln brutal herausgerissen worden. Liebevoll und uneigennützig hatte sie sich vor Jahren um mich gekümmert, mich durch Fürsprache von dem Joch meines Mündel-Daseins in Weimar befreit und mich bei sich aufgenommen, obwohl das verdammt eng war. Aber ich lebte mein Studentenleben und habe sie ein über ein halbes Jahr ihrem Alleinsein überlassen. Traf mich eine Mitschuld an ihrem jetzigen Zustand? War ihre Sprachlosigkeit das göttliche Zeichen dafür, dass es eigentlich zu all diesem Elend nichts mehr zu sagen gab? Kam jede Reue und der Wille wieder gut zu machen, nun zu spät? War ich zu hilflos und zu unreif, um mich jetzt richtig zu verhalten?

Wenn sie wieder wache Momente hatte, erinnerte ich Hanni an gemeinsame Erlebnisse, an das Schöne und Ermutigende im Leben: Weißt du noch, wie wir zusammen in Berlin waren und Schuhe gekauft haben? Kannst du dich an unsere gemeinsamen Opernbesuche erinnern – an »Fürst Igor« und wie ich dir zuhause die »Polowetzer Tänze« vorgetanzt habe und dabei deine schönste Vase zu Bruch ging? Und dann hast du im Theater in Weimar in der ersten Reihe gesessen und hast mir die Daumen gehalten – und es hat genutzt! Helga hat mir erzählt, wie sie dich neulich – na ja, im letzten Frühjahr in Erfurt besucht hat und wie freundschaftlich ihr den Tag verbracht habt. Ich freu' mich, dass du meine Zuneigung zu Helga verstehst und mich zu dieser Freundschaft bestärkt hast – du bist doch nicht etwa eifersüchtig? Zum Dank drückte ich ihr beide Hände, beugte mich behutsam über sie, um die Schnüre nicht abzureißen, und küsste sie sanft auf die Stirn. Hanni war längst wieder eingenickt, und die Schwester bedeutete mir, ich müsse nun gehen und könne morgen in der Besuchszeit wiederkommen. Nein, nein, bis dahin könne nichts Ernsthaftes passieren.

Ich ging fort – irgendwohin und heulte. Der Jammer kam ganz tief aus meiner Seele. Aases Tod kam mir in den Sinn – wie immer wenn ich traurig war – und Griegs Melodie ließ mich bei meinen Gängen ins Leere tagelang nicht mehr los. Beklommen lag ich in der Armbeuge meiner toten Mutter. Wehmütig starrte ich auf mein inneres Bild vom jüdischen Antlitz der Anna Langer in der Kittelschürze. Ärgerlich quittierte ich die harsche Wahrheit von Mutter Geske »Du kannst nicht mehr bei uns bleiben«. Abstoßend kamen mir die schweißnassen Achselhöhlen von Mami Preuß in den Kopf. Und widerwillig verneinte mein Ego abermals Martha Dennerts Bitte »Sag doch Mutter«. Ich hatte keine Mutter. Irgendwie gab es immer Schwierigkeiten mit dieser Mütter-Generation. Lieber Gott, lass' mir wenigstens meine Tante Hanni, diesen lebenswichtigen, liebenswerten weiblichen Kumpel!

Am nächsten Morgen war Hanni für immer eingeschlafen.

XL

Wenn mein guter Engel in Weimar den langen Weg nach Leipzig radelnd auf sich nehmen konnte, so musste ich nun, da ich eh in Thüringen war, wenigstens den kleinen Umweg zu ihr und über Weimar machen. Gerade nach Hannis Tod verspürte ich Sehnsucht nach Zärtlichkeit und Anlehnung. Sie würde sich zweifellos über meine überraschende Stippvisite freuen. Mit dem Autobahn-Bus war ich in einer halben Stunde dort; der Fahrer würde sicherlich in der Breitscheidstraße kurz für mich anhalten. Dann wäre ich nach wenigen Schritten in der Carl-Alexander-Allee 23. Es klappte. Aber auf den letzten 400 Metern meines alten Schulwegs beschlich mich wieder dieses Angstgefühl des Verlassenseins, nirgendwo anzukommen und nirgends aufgenommen zu werden. Seit den Tagen um Vaters Tod war es in mir angelegt und meldete sich immer dann, wenn mir Unheil schwante. Ich klingelte einmal, zweimal, dreimal… und wollte schon kehrt machen, als schließlich ihr Großvater zur Tür geschlurft kam und sich missmutig vernehmen ließ: »Nein, Helga war dieses Wochenende nicht hier. Die ist in Jena.« Das war ihr Studienort, aber es waren ja Semesterferien – warum also sollte sie in Jena sein? Sie hatte mir gesagt, sie werde die Ferien über zu Hause verbringen, in Weimar einen Job annehmen und mich, wenn sie genug Geld habe, von hier aus besuchen kommen. »Nein, Helga ist nicht da.« Oh, wie ich sie hasste, diese Nein-Antworten!

Enttäuscht lief ich zur Belvederer Allee, gönnte mir eine Fahrt mit meinem geliebten Trolleybus und stieg 20 Minuten später am Bahnhof aus. Eines hatte ich nicht voraus bedacht: Ich musste wieder an der Bank vorbei, auf der ich vergebens gewartet hatte, dass Mutter mich erlöste. Das war nun zehn Jahre her, aber ich hätte schwören mögen, es sei erst ein paar Tage zuvor passiert. Denn die vergebliche Suche nach mütterlicher Liebe, nach einem seelischen Nest, war zehn volle Jahre lang zu meinem quälenden Lebensinhalt geworden. Der Gedanke an die düsteren Kolonnen, die auf der (heutigen) Thälmannstraße in Richtung Buchenwald getrieben worden waren, ließ mich erschauern. Der Bahnhofs-Vorplatz erinnerte mich an den flüchtigen Jungen, der damals zu meiner Bank gekommen war. Und an den auf und ab Streife gehenden Polizisten, der uns nicht beachtet hatte. Wieder eilte ich hier vorbei – zwar nicht achtlos, aber ohne andächtig und ehrfürchtig zu verweilen.

Ich betrat das Bahnhofsgebäude, studierte die Abfahrtstafel der Züge. Musste nach Bahnsteig 5 in Richtung Halle. War nicht da draußen an der alten Sitzbank die virtuelle Grabstätte meiner eigenen Kindheit – wenn überhaupt irgendwo außerhalb meiner Seele? Ich löste am Schalter ein Studenten-Ticket und ließ mich vom Strom der werktätigen Pendler vorantreiben. War es wirklich richtig, wieder meinen Leidensgenossen den Rücken zu kehren – und der Stadt, mit der mein Schicksal so unwiderruflich verknüpft war? Ich stieg in den Zug, und es war mir ganz gleichgültig, wohin er fuhr. Ich bewegte mich weg, fort von Weimar, wo ich meine erste zärtliche Liebe gefunden hatte, in eine zweifelhafte Zukunft des professionellen Schreibens.

All das, was mir hier widerfahren war, sollte sich niemals wiederholen dürfen. Konnte ich wirklich erfolgreich dagegen anschreiben? Konnte ich das unter den neuen Bedingungen der jungen DDR? Fuhr mein Zug in die richtige Richtung? Ich schmunzelte über die Doppeldeutigkeit meiner Gedanken. »Vom D-Zug nach Halle an der Saale bitte zurücktreten!« Es war wohl mein Schicksal, immer zwischen unvereinbaren Polen unterwegs zu sein.

Ich beendete mein Praktikum in Halle, das mich um drei Erfahrungen reicher gemacht hatte: Es gab noch ein menschliches Miteinander, in dem mein Status als Opfer, Jude oder Mischling erstmals keine Rolle spielte. Ich erlebte ein soziales Selbstverständnis der Mitverantwortung und des Mitgefühls, das Vorgesetzte nicht nur empfahlen, sondern beispielhaft vorlebten. Und ich sah auf offener Straße, dass das neue politische Regime Werte wie Meinungsfreiheit und Selbstbestimmung, die es vollmundig lehrte und verkündete, selbst missachtete, indem es mit Panzergranaten darauf schoss. Mit solchen Eindrücken kam ich ins Wintersemester zurück nach Leipzig. Am Institut war dicke Luft, weil angeblich Kommilitonen an verschiedenen Orten ihres Praktikums in den Reihen der protestierenden Proletarier mitmarschiert sein sollten – schlimmer noch, weil sie sich angeblich in Disputen am Rand der Aufmärsche für die Rechte der Arbeiter und gegen die Einmischung der Sowjets erklärt hatten. Ob das wahr und richtig war, stand nicht zur Debatte; vielmehr war dies ein willkommener Vorwand, missliebige Gestalten aus dem Institut hinauszusäubern. Unser regulärer Lehrplan wurde für Wochen umgestülpt. Vorrang genoss ein tägliches instituts-öffentliches Polit-Plenum, auf dem alle vermeintlichen Staatsfeinde unter uns zur Rede gestellt, zur Selbstkritik gezwungen, wieder auf Linie getrimmt oder hinausgeekelt werden sollten.

Unsere Viererbande, die ja nichts weiter als eine Zuckerwasser trinkende Wohn- und Schlafgemeinschaft, aber politisch völlig harmlos war, wurde als konspirative Zelle enttarnt und zerschlagen. Das hieß, mein intimer Freundeskreis wurde auf andere studentische Zellen verteilt und solchen Kollegen zugeordnet, die als zuverlässig galten und ihren »guten« Einfluss auf sie ausüben sollten. Die »letzten Demokraten« flogen diesmal noch nicht auf. Der oppositionelle Name der Andersgläubigen war einfach deshalb nicht entdeckt worden, weil die Acht am 17. Juni auch in acht verschiedenen Praktika untergebracht waren, also sich als informelle Gruppe freiwillig verkrümelt hatten. Und dies wiegte mich zunächst auch in der Sicherheit, dass wir uns aus diesem Spiel ungeschoren heraushalten konnten.

Weit gefehlt! Denn Jäger und ich waren zusammen im Zentrum der Rebellion auf dem Damm in Halle gesichtet worden, sahen sich nun der Konspiration bezichtigt und wurden, namentlich aufgerufen, aufs Podium der Selbstkasteiung zitiert, wo wir, politisch, unsere Hosen herunterlassen sollten. Wir plädierten in eigener Sache auf »unschuldig« und machten unsere Aussage davon abhängig, ob sich der Spitzel oder Denunziant präzise äußerte, was er gesehen hatte und wessen er uns beschuldigte – und das blieb aus. Wir gaben uns gelassen. Ich war so frei, unseren ideologischen Fallenstellern vor versammelter Mannschaft zu erklären, dass wir gerade Publizistik lernten und journalistisch glaubwürdiger Einsatz schlechterdings nicht möglich sei, wenn wir uns nicht ganz dicht am Geschehen bewegten. Genau das hatten wir in Halle getan. Waren noch weitere Fragen? Keine weiteren Fragen.

Um mich vor möglichen weiteren Einbrüchen in meine private Sphäre zu schützen, entzog ich mich dem Heimleben und mietete zusammen mit Hanz-Heinz Schneider in der Südstadt eine private Studentenbude, bei einer verwitweten Wirtin. Schneider war einer der Acht, den ich erst in Leipzig kennen gelernt hatte und den ich wegen seines intellektuellen Witzes und seiner menschlichen Anteilnahme sehr schätzte. Die anderen trafen wir in den Seminaren, in der Mensa und in Auerbachs Keller. Doch der enge Konsens der Gruppe litt. Der ursprüngliche Schwur von Dietrich, Klaus und mir, auf jeden Fall zusammen zu halten und unsere Freundschaft nicht zu gefährden, zerbröckelte unmerklich. Ich löste mich aus dem Bann der alten Liebensteiner Kumpanei, und dies hatte ziemlich verheerende Folgen: Ich spürte nun desto mehr den noch frischen Entzug meiner gerade erst gewonnenen kleinen Erfurter Heimat.

Ich trauerte um Tante Hanni und damit um die verlorenen Vorzüge einer familiären Rückzugsposition. Und nun, neuerdings, musste ich wohl auch um Helga kämpfen. Konnte oder wollte ich das überhaupt – kämpfen?

XLI

Wie so oft im Leben treten lange erträumte, ideale Verhältnisse erst dann ein, wenn die Träume bereits abgeklungen sind. Oder, wie die dialektischen Materialisten vereinfacht fanden: Das Sein kompromittiert das Bewusstsein. Mit unserer Zweier-Wohnung hatte ich, völlig geschlechts-konform, endlich das Nest gebaut, in dem ich meine Freundschaft zu Helga unbeäugt und ungescholten in eine Liebschaft verwandeln wollte. Meine jung verwitwete Wirtin löste das Problem auf ihre Weise: Sie entwand sich dem lauernden Klatsch, indem sie in den Schrebergarten ihres neuen Partners auswich. Und Mitbewohner Hans-Heinz hatte Einsehen und verließ Leipzig jedes Wochenende heimwärts ins sächsische Zittau.

So lud ich Helga in meinen Briefen von vorvergangener und voriger Woche nach Leipzig ein, ohne jedoch plump mit dem gemeinsamen Bett zu locken. Da Telefonieren längst nicht selbstverständlich, viel teurer und umständlicher war als heute, hatte sich zwischen uns ein intensiver Briefwechsel entwickelt – nebst Anlagen. Ich übersandte Verse und Zeichnungen aus eigener Denkfabrik; mein Schätzchen revanchierte sich mit Trockenblumen, Fotos und aufgeklebten Herzen oder Lippenstift-Küßchen. Und ihre Post ersetzte ihren Besuch pünktlich jeden Sonnabend. Diesmal blieb sie aus – nun schon die dritte Woche. Ihre Zusage, bald wieder einmal angeradelt zu kommen, war längst verfallen. Ich war so vertrauensselig, ihr nicht hinterher zu spionieren, aber nach drei Wochen Entzug lief ich Amok – von einer defekten Telefonzelle zur anderen.

Wieder einmal sollte ich allein gelassen werden – was mich in tiefe Depressionen stürzte. Was war das für ein Gefühl tiefer Enttäuschung, nach so langjähriger intensiver Beziehung ohne Erklärung im Unklaren gelassen zu werden. Hatten wir uns nicht gelobt, stets mit offenem Visier aufeinander zuzugehen, nie aus dem Hinterhalt zu schießen und erst alles miteinander zu versuchen, ehe wir der Versuchung des Zufalls erlägen? Argwohn hatte bei mir noch keine sexuelle Erklärung. Es war die Vermutung von Unlust, Langeweile, Zeit- und Geldmangel, von geplatzten Fahrradschläuchen oder häuslichem Ärger. »Helga ist in Jena« hatte für mich zunächst wie eine unverfängliche Ortsangabe geklungen, mischte sich nun aber mit anderen Beobachtungen. Sie hatte vom Studentencafé So-und-so in Jena gesprochen, in dem sie gelegentlich tanzte – bitte sehr, warum nicht! Da war ja noch dieser völlig ungefährliche Kumpel, der ihr in Physik half. Dann wollte sie zu einem Treff mit ihrer Abiturklasse gegangen sein, der sich nach zufälligem Bekunden eines alten Schulfreundes in ein »weibliches Hirngespinst« auflöste. Und einmal, als sie aus Jena bei mir eintraf, bemerkte ich an ihr ganz weiche, noch viel weichere Züge und orgastisch verklärte Augen – oder klingt »wollüstig« eindeutiger? »Helga ist in Jena!« Ließ sich das mit einem jungen Mann erklären, der sein Verlangen zupackend stillte und nicht so lange zögerte, wie dieser viel zu sensible Mischling aus Meura. Ebel, warum zermarterst du dein Hirn und zermürbst deine Seele statt einfach hinzufahren und dir Klarheit zu holen und nicht in die Opferrolle zu fallen und zu warten, was das Schicksal mit dir spielt. Weil, so antwortete mir Ebel, mein anderes Ich keine weitere Enttäuschung mehr würde ertragen können.

Ob ich objektiv verlassen worden war oder mich subjektiv verlassen wähnte – was war der Unterschied? Keiner klingelte. Der Postbote ging am Haus vorbei. In meiner sturmfreien Bude fiel mir die Decke auf den Kopf und begrub alle freudigen Erwartungen.

Lähmende Angst und Ratlosigkeit griff nach meiner Brust und schnürte meine Kehle zusammen. Mein Speichel versiegte, aber das Zuckerwasser kotzte mich an. Ebels Gehirn rebellierte gegen die Übermacht der bedrohlichen Bilder: Mutters schönes Bildnis im Silberrahmen, bei dessen Anblick ich in stillen Stunden so viel geweint hatte, löste heute nur trockene Tränen aus. Vater der Große ging draußen vorbei, sah aber nicht durchs niedrige Fenster nach mir. Hanni lag in einem Sarg auf der Bühne und spielte mir Aase's Tod vor. Die »letzten Demokraten« grinsten mich schadenfroh an, herzten ihre Liebchen und konnten sich an mich nicht erinnern. Deine gelungene Rechtfertigung im Institut, Ebel, war auch nur ein Pyrrhussieg, denn dieselben roten Krähen würden immer wieder kommen und versuchen, dir die Augen auszuhacken. Ebel trat vor den Spiegel und sah ein Bleichgesicht mit hässlichen Pickeln einer verschleppten Pubertät. Dass auch sein Körper ihn derart im Stich ließ, nahm ihm den letzten Rest Lebensmut.

Bis zum Nachtkasten war nur noch ein kleiner Schritt, in dessen oberster Schublade die Schlaftabletten und die Rasierklingen immer bereit lagen. Mitbewohner Hans-Heinz Schneider kam zufällig Sonntag Nacht nochmals vorbei, um etwas Vergessenes zu holen. In seiner Panik wusste er nicht: sollte er einen Krankentransport veranlassen oder gleich nach dem Leichenwagen rufen?

***

Epilog

Nachdem ich meine Geschichte beendet habe, geht Sandra nun schon stundenlang schweigend neben mir her. Zwischendurch schaut sie mich immer wieder verstohlen an und lächelt mir verständnisvoll, aber zurückhaltend zu, so als müsse sie sich an den neuen Menschen, der nun hier neben ihr geht, erst wieder gewöhnen. Für sie ist es nicht leicht, an der richtigen Stelle meiner Geschichte einzuhaken und zwischen so vielen neuen Gestalten ihre eigene Rolle wieder zu finden. Wir sind nun zwölf Tage lang zwischen Meura und Weimar, zwischen Bad Liebenstein und Erfurt unterwegs gewesen – leibhaftig oder gedanklich.

Jetzt am Ende dieser Reise zu meinen Wurzeln und durch meine Vergangenheit sind wir wieder an deren Ausgangspunkt, nach Weimar, zurückgekehrt, spazieren von unserem Hotel über den Beethovenplatz die Ackerwand entlang und genießen die historische Kulisse meiner alten Heimat. Als Tatort für all das Traurige und Bedenkliche ist die Stadt heute eigentlich viel zu schön und viel zu schade. Das erhabene Weltkulturerbe lässt das darin versteckte individuelle Vermächtnis einzelner Gestalten allzu unwahrscheinlich und auch unbedeutend erscheinen. Andererseits: Ist es nicht die Summe tausender kleiner Schicksale und Vermächtnisse, die sich zu dem einen großen Vermächtnis verdichten, das gemeinsame Geschichte überhaupt erst sichtbar werden lässt?

Solchen Gedanken nachhängend, schlendere ich an Sandras Seite dann hinterm Haus der Frau Charlotte von Stein links um die Ecke. Ich wollte Sandra nochmals den alten Fürstenplatz zeigen – die Stelle, von der aus meine Mutter ihren unwürdigen Weg in den Tod angetreten hatte. »Hier an der Vorderseite des Palais war die Tür zur Kultur- und Schulbehörde, zu der sie geladen war und die ihren Gang zum Termin kultiviert kaschiert hat. Hier ist Mutter einst hinein gegangen – und, siehst du, dort (wir sind nochmals um das Gebäude herum gelaufen) dort hinten kam sie wieder heraus, wie alle Verfolgten. Das war der Ausgang der Gestapo.« Davor warteten schon die Mannschaftswagen für den Abtransport.

»Lass' diese Geschichte jetzt mal ruhen«, unterbricht mich Sandra und spricht mir damit eigentlich auch aus der Seele. »Was mich jetzt viel mehr interessiert: Wolltest du dir seinerzeit allen Ernstes selbst das Leben nehmen?«

»Du hast doch gehört: Ich *habe* mir das Leben genommen.«

»Aber du lebst!«

»Mein Studienkumpel hat mir das damals vermasselt, indem er den Notarzt gerufen und mich gerettet hat.«

»War dein Selbstmord-Versuch nicht das, was man eine reine Affekthandlung nennt?«

»Nein, ich habe ihn zwar nicht überlegt herbeigeführt, aber er hatte sich selbst vorbereitet, er war in den Ereignissen angelegt. Es war für mich einfach unerträglich geworden, immer wieder verlassen und verstoßen zu werden.«

Sandra hakt mich unter und sagt scherzhaft: »Nun, wir leben, und ich verlasse dich nicht, wenn du nicht immer so schwierig bist.« Sie macht mir bewusst, ich dürfe nicht immer mein Schicksal oder »die Frauen« oder »die anderen« für alles verantwortlich machen. Gewiss, jede Beziehungsfähigkeit leide unter früheren Beziehungen. Klar, wem das Schicksal wiederholt die nachhaltige, erfüllende Beziehung versagt habe, der sei immer eher geneigt, seinerseits die Flinte schnell ins Korn zu werfen. Aber sie wolle mir damit nicht einreden, ich sei bindungsunfähig. Was leide, sei der Beziehungswille, nicht aber die Fähigkeit.

»Du hast mir ja nur 15 Jahre deines Lebens erzählt, Ebel. Was war eigentlich *danach*?«

»Nach meinem Zwanzigsten?«

»Ja. Hast du eigentlich nie eine mütterliche Frau kennen gelernt – oder eine, die dich so richtig bemuttert hat?«

»Doch, und bezeichnender Weise war sie meine erste große Liebe. Aber sie wollte, nachdem sie sich meine Geschichte angehört hatte, ganz bewusst und erklärtermaßen wiedergutmachen, was die Nazis mir angetan hatten. Und sie ist daran kläglich gescheitert. Ja, unsere Beziehung ist *gerade daran* gescheitert.«

»Und wie erklärst du dir das?«

»Ganz einfach: Es *ist* nicht wieder gutzumachen!«

Dokumentation und Register

Braunschweig, den 25.
Comeniusstr. 23 / I, bei Witte.

An den
Herrn Ministerpräsidenten und Reichsmarschall
Hermann Göring.
BERLIN.

Seit 1. Juni 1939 ist der ergebenst Unterzeichnete
Angestellter der Reichswerke " Hermann Göring "; ich wen
aus diesem Grunde mit folgendem Antrag vertrauensvoll an
Mann, dessen Namen die Werke tragen :

Ich stehe allein mit meinem kleinen 7-jährigen Söhnchen
Eberhard Freise (geb. 27. Mai 1933). Meine Ehe mit der Mutt
dieses Jungen ist aufgehoben, weil diese leider rassisch als
nichtarisch gilt. Käthe, geborene Wolff (geb. 9.6.09), ist di
jüngste Tochter des früher sehr angesehenen Rechtsanwalts und
Notars Gottfried Wolff zu Parchim, Mecklbg., dessen Familie
hundertelang in Mecklenburg ansässig gewesen sein soll. Als
Tochter eines durchaus christlich geführten Elternhauses ist
evangelisch getauft, konfirmiert und getraut. Weder in der
noch sonst ist sie je mit Nichtariern zusammengekommen. Äus
lich ist sie nicht als Jüdin anzusprechen. Innerlich war u
sie ausgesprochene Antisemitin, so zwar, daß sie Adolf Hi
Ansichten über ihre Rasse immer aus voller Überzeugung zus
und auch mutig weiter vertritt trotz ihrer im Folgenden bes
benen Lage.

Ich kann aus meinen jahrelangen Beobachtungen nur sag
ich kaum jemals einer Frau von so fester christlicher Ethik
gegnet bin. Sie war in jeder Beziehung zuverlässig, beschei
gegen jedermann freundlich und hilfsbereit, sie war eine m
hafte Hausfrau und wunderbare Mutter. Ihr deutsches Fühle
ihre Vaterlandsliebe war und ist unantastbar. Sie hatte in
ersten Jahren nach dem Umbruch überhaupt nicht daran gedach
sie irgendwie von der weltanschaulichen Revision betroffen
weil sie absolut reiner deutscher Gesinnung war.
de

...nacht gab ihr blitzartig die Erkenntnis,
zu der " anderen Seite " gerechnet werden könnte. Der Gedan...
durch sie dann auch ihr Söhnchen und ihr Ehemann geschädigt werd...
könnten, ließ sie nicht mehr los. Sie rang sich dazu durch, daß s...
ihre Ehe aufgeben und ihr Vaterland verlassen wollte, allein dami...
ihr Sohn ohne Anfechtungen ihretwegen durch mich, den Vater, kerndeu...
erzogen werden könne. So wurde die Ehegemeinschaft im Frühjahr 19...
aufgehoben. Im Gerichtstermin war die gesamte Kammer sichtlich er...
...ffen beim schlichten und festen Vortrag ihrer lauteren Motive.

Nachdem es ihr darauf mit vieler Mühe gelungen war sich ein...
...ellung im Hause eines evangelischen Pfarrers in Belfast (Irl...
besorgen, hinderte der Kriegsausbruch die Ausreise und vernich...
...e ihre Pläne. Es setzte die volle Tragik ein : die pekuniären
Mittel erschöpften sich, um ihr Leben zu fristen, mußte sie in H...
bei der ihr verhaßten Rasse unter den beschämendsten und übelste...
Verhältnissen schwere Dienste unter infamer Ausnützung ihrer Lage
ableisten. Unterdessen hat der Abtransport der Stettiner Nichtari...
nach Lodz, die dorther zurückstrahlenden Nachrichten und das Gerüc...
daß es den Hamburgern ebenso ergehen könne, natürlich seine Wirkung
auf den Nervenzustand nicht verfehlt.

Die furchtbarste Tragik liegt nun aber darin, daß diese deutsch
fühlende Frau, die den Sieg unserer Fahnen mit heißem Herzen herbei-
wünscht, je näher wir dem glücklichen Ende kommen, desto mehr fürch-
ten muß, in diesen Ausgang der deutschen Dinge in negativer Form
hineingeworfen zu werden und darin unterzugehen ! Dieser straffe,
gestählte kleine Mensch, der bisher seine Nöte stets ohne jede Klag...
trug, hat sich mir letzthin offenbart in einer Weise, die mich das
Schlimmste befürchten läßt.

Um dies zu verhüten, rufe ich um Hilfe.

Diese Frau und Mutter eines deutschen Jungen mit blondem Haar u...
blauen Augen muß aus dem Milieu, zu dem sie niemals gehört hat, hera...
genommen werden. - Ich bitte darum, daß sie ein Arbeitsbuch, also di...
Möglichkeit bekommt sich unangefochten unter Fortfall aller für Nicht...
arier bestehenden beschämenden Bestimmungen und Beschränkungen in
Ehrbarkeit unter Ariern zu bewegen und ihr Brot zu verdienen, sowe...
ich es nicht aufbringen kann.

So wird einem wirklich wertvollen und tapferen Menschen ...
...it widerfahren.

Dank für jede Hilfestellung und

H e i l H i t l e r !

Naiv und selbstverleugnend: Bittschrift von Werner Sasse an Hermann Göring zur Freistellung seiner jüdischen Frau von der Deportation.

Trickreich und verlogen: Mitteilung von Trude Bürkner wegen ihrer angeblich aussichtsreichen Intervention bei Hermann Göring.

WERKE AKTIENGESELLSCHAFT FÜR ERZBERGBAU UND EISENHÜTTE

„HERMANN GÖRING"

Frau Trude B ü r k n e r.

ICHSWERKE AG „HERMANN GÖRING", HÜTTE BRAUNSCHWEIG
WATENSTEDT ÜBER BRAUNSCHWEIG

FERNRUF BARUM 431 · DRAHTWORT GOERINGSTAHL MAGDEBURG
FERNSCHREIBER K 1 825 WERKWATENSTEDT
REICHSBANK BERLIN 8848 · POSTSCHECK BERLIN 90 000
BÜRO BRAUNSCHWEIG-WATENSTEDT · BESUCHSZEIT 9-13, 14-17 UHR

Herrn
Werner F r e i s e ,

M e u r a (Thür.Wald)
Postlagernd.

IN DER ANTWORT ANGEBEN
HÜTTE BRAUNSCHWEIG

IHRE ZEICHEN	IHRE NACHRICHT VOM	UNSER HAUSRUF	UNSERE ABT. UND ZEICHEN	
		719	Familienfürsorge	18
BETREFF			B/W.Tgb.Nr. /4o	

Sehr geehrter Herr Freise !

Ich bin heute aus Berlin zurückgekommen und habe in Ihrer Angele-
enheit einige Besprechungen gehabt.

n riet mir folgendes:

e schreiben ein Gesuch direkt an den Herrn Ministerpräsidenten
d Generalfeldmarschall Hermann Göring, Berlin. In diesem Gesuch
chreiben Sie all dies, was Sie in dem in der Anlage beigefügten
Schreiben an mich vom 3. 7. 194o bereits niedergelegt haben.

Sie erwähnen in diesem Schreiben weiter, dass Sie seit . . . . .
Angeste lter der Reichswerke "Hermann Göring" sind,und dass Sie aus
diesem Grunde sich vertrauensvoll an den Mann wenden, dessen Namen
ie Werke tragen.

ne offizielle Weiterleitung Ihres Gesuches durch die Reichswerke
das Stabsamt des Generalfeldmarschalles erscheint im Augenblick
ht ratsam, wohl aber ist durch den Herrn, mit dem ich Ihre Ange-
enheit ausführlich durchsprach, der zuständige Sachbearbeiter im
absamt des Generalfeldmarschalles bereits darauf hingewiesen, da
der nächsten Zeit ein entsprechender Antrag von Ihnen direkt an
en Generalfeldmarschall kommen wird. Der zuständige Sachbearbeite
ird dann von sich aus an die Reichswerke zwecks Stellungnahme her
reten, sodass ich dann auf diesem Wege doch das Notwendige von mi
s dazu sagen kann. Auf Grund der augenblicklichen Konstellation e
heint dieser Weg als der richtige.

ch gebe Ihnen Nachricht, sowie ich zu einer Stellungnahme vom Sta
mt des Generalfeldmarschalles aufgefordert bin.

wünsche Ihnen recht frohe Feriertage und viel Freude an Ihre
Jungen.

Heil Hitler !

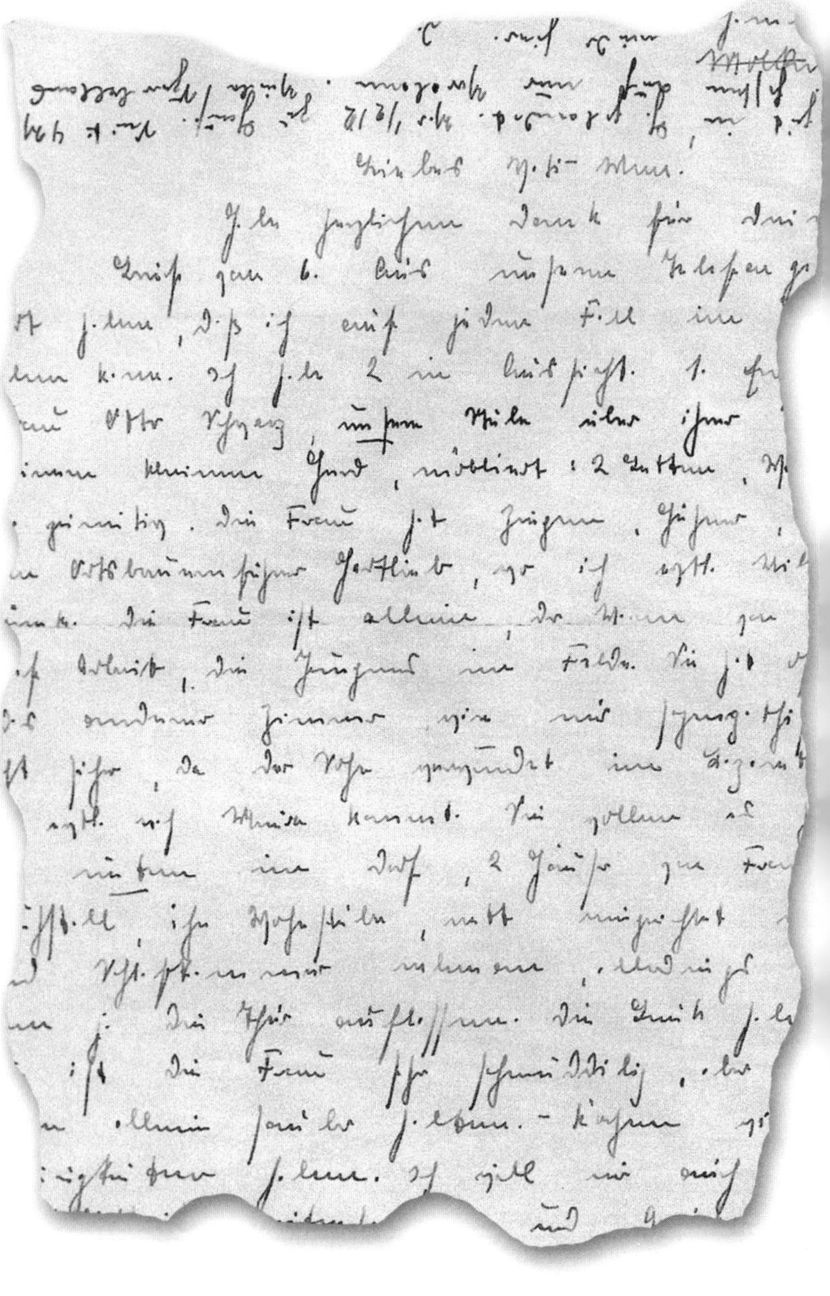

Mutter des Ich-Erzählers mit 29: »... von absolut reiner deutscher Gesinnung«.

Brief von Käthe Sasse aus Meura an Werner Sasse (1941):

»Liebes Vati-Männ. Habe herzlichen Dank für Deinen lieben Brief vom 6. (Januar). Aus unserem Telefongespräch wirst Du gehört haben, daß ich auf jeden Fall im Februar 1 Zimmer haben kann. Ich habe 2 in Aussicht. Erstens ein Zimmer bei einer Frau Otto Schwarz, unsere Stube über ihrer Wohnstube, heizbar mit einem kleinen Herd, möbliert: 2 Betten, Waschtisch, Schrank Sofa, sehr primitiv. Die Frau hat Ziegen, Hühner und ist die Schwiegermutter vom Ortsbauernführer Hartlieb, wo ich evtl. Milch etc. bekommen könnte. Die Frau ist allein, der Mann von Montag bis Samstag auf Arbeit, die Jungens im Felde. Die Frau hat oft Sommergäste ...«

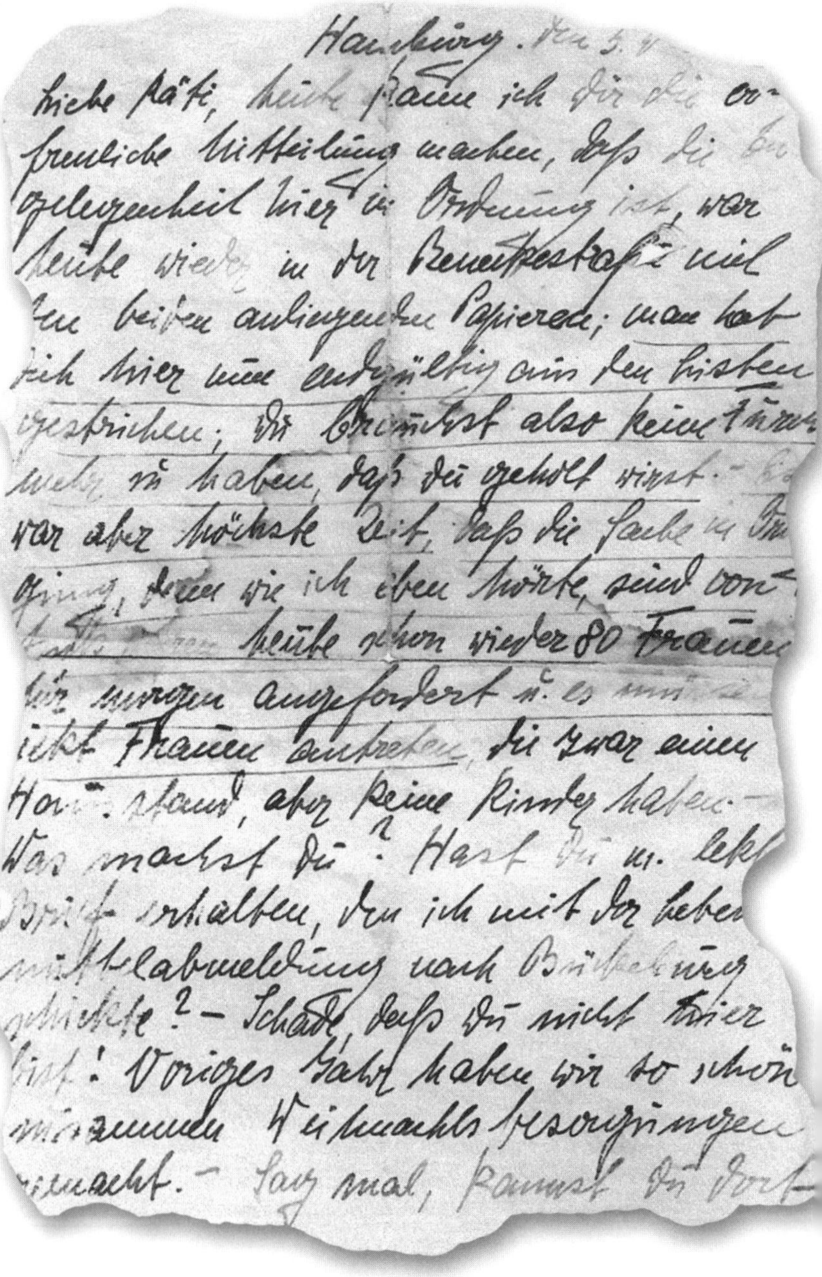

Hamburg, den 5. ...

Liebe Käti, heute kann ich Dir die erfreuliche Mitteilung machen, daß die Angelegenheit hier in Ordnung ist, war heute wieder in der Beneckestraße mit den beiden anliegenden Papieren; man hat Dich hier nun endgültig aus den Listen gestrichen; Du brauchst also keine Furcht mehr zu haben, daß Du geholt wirst. – Es war aber höchste Zeit, daß die Sache in Ordnung ging, denn wie ich eben hörte, sind vor- [illegible] heute schon wieder 80 Frauen für morgen aufgefordert u. es müssen jetzt Frauen antreten, die zwar einen Hausstand, aber keine Kinder haben – Was machst Du? Hast Du m. letzten Brief erhalten, den ich mit der Lebensmittelabmeldung nach Bückeburg schickte? – Schade, daß Du nicht hier bist! Voriges Jahr haben wir so schön zusammen Weihnachtsbesorgungen gemacht. – Sag mal, kannst Du dort-

Erfreuliche Zwischenbilanz: Brief aus Hamburg von Annemarie Kugelmann an ihre Schwester Käthe in deren Thüringer Versteck.

»Liebe Käti, heute kann ich Dir die erfreuliche Mitteilung machen, daß die Angelegenheit hier in Ordnung ist. War heute wieder in der (Hamburger) Beneckestraße mit den … Papieren; man hat Dich hier nun endgültig aus den Listen gestrichen; Du brauchst also keine Furcht mehr zu haben, daß Du geholt wirst. – Es war aber höchste Zeit, daß die Sache in Ordnung kam, denn wie ich eben hörte, sind von Amts wegen heute schon wieder 80 Frauen für morgen angefordert und es müssen jetzt Frauen antreten, die zwar einen Hausstand, aber keine Kinder haben …«

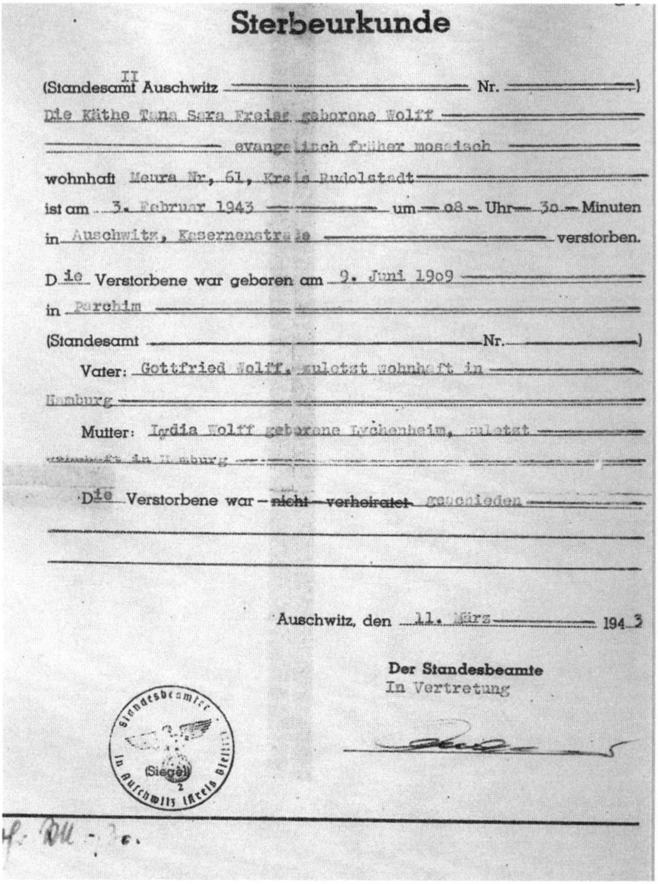

Sterbeurkunde

(Standesamt II Auschwitz Nr.)

Die Käthe Tana Sara Kreiss geborene Wolff

evangelisch früher mosaisch

wohnhaft Meura Nr. 61, Kreis Rudolstadt

ist am 3. Februar 1943 um 08 Uhr 30 Minuten

in Auschwitz, Kasernenstraße verstorben.

Die Verstorbene war geboren am 9. Juni 1909

in Parchim

(Standesamt Nr.)

Vater: Gottfried Wolff, zuletzt wohnhaft in Hamburg

Mutter: Lydia Wolff geborene Lychenheim, zuletzt wohnhaft in Hamburg

Die Verstorbene war ~~nicht verheiratet~~ geschieden

Auschwitz, den 11. März 1943

Der Standesbeamte
In Vertretung

(Siegel) Standesbeamter in Auschwitz (Kreis Bielitz) 2

Bürokratie der Vernichtung: Sterbeurkunde der Käthe Tana Sara vom Standesamt des Konzentrationslagers Auschwitz.

Episoden

Namens- und Sachregister

Der Autor

Der Publizist Eberhard B. Freise alias Ebel Sasse ist im Jahr der NS-Machtergreifung in einem Warnemünder Kreißsaal geboren. Als Sohn einer jüdischen Mutter und eines vermeintlich arischen Vaters trifft ihn der Fluch der NS-Rassegesetze: Die Mutter wurde ermordet, der Vater als Rassenschänder verstoßen. Er entschied, nicht wie Söhne anderer jüdischer Mütter ein Jude zu sein, sondern bekennt sich als Halbjude zu beiden Eltern gleichermaßen.

Um faschistischen Rückfällen begegnen zu helfen, studiert er Politik und Journalistik. Seine akademischen Lehrer sind die Professoren Albert Norden und Hermann Budzislawski in Leipzig, Kurt Baschwitz in Amsterdam und Wilmont Haacke in Göttingen.

Seine berufliche Laufbahn beginnt Freise 1959 als Redakteur des Nachrichten-Magazins »Der Spiegel« in Hamburg, Assistent von Rudolf Augstein und Hans-Detlev Becker. Als er Augstein später in Sardinien wiedertrifft, fragt der, wie es ihm beruflich gehe: »Schlecht«, moniert Freise, »denn es ist äußerst mühsam, das hohe Schreibniveau durchzusetzen, das Sie mich gelehrt haben.«

Zwei Jahrzehnte lang wirkt Freise als Herausgeber und Chefredakteur von Management- und Bildungs-Magazinen. Der Public-Relations-Berater organisiert 1966 die große Propyläen-Tagung für Ullstein, richtet später das illustre Jahrhundertfest des Grammophons aus (mit Gustav Heinemann, Peter Ustinov und Herbert v. Karajan) und holt die marode Bad Harzburger Management-Akademie zurück in die positiven Schlagzeilen. In seinen letzten Berufsjahren vertritt Freise drei namhafte Bildungs-Institute: Die Akademie, Cognos und AFW.

Vehement ficht Freise für berufsständische Belange: 1972 redigiert er die »Erste Zeitschrift für Public Relations« und ist 1982 Mitbegründer und Vorstand der Deutschen

Gesellschaft zur Förderung und Entwicklung des Seminar- und Tagungswesens (DeGefest).

Als Buchautor ediert Freise eine vergleichende Exegese über Nachrichten-Magazine, textet Buchers Mauritius-Bildband, schreibt über die PR der Gastfreundschaft und gibt ein Standardwerk »Wir können mehr« für Potential-Manager heraus. »Der Mischling« ist sein erster Roman. Sein nächstes Buch wird von sprachlichen Zumutungen handeln.

Der Autor lebt heute an der Algarve und im Vorharz.

Eike Mewes

Auf ein Wort

Illustrationen Claudia Padur

Mit unserer Sprache lernen wir nicht nur Worte, Bedeutungen und Regeln, sondern wir lernen auch, kreativ mit ihr umzugehen. Deshalb ist Sprache lebendig, sie verändert sich stetig: Wörter entstehen und sterben wieder aus, Bedeutungen werden abgewandelt, neue bilden sich heraus. Oft ist der ursprüngliche Sinn nicht mehr erkennbar und manchmal hat er sich im Lauf der Entwicklung sogar ins Gegenteil verkehrt.

»AUF EIN WORT« versammelt Gedanken und Anekdoten *über* Wörter, über ihre Herkunft, ihren nachlässigen Gebrauch und ihren veränderten Sinn heute. Das Buch schlägt einen Bogen von »anständig« bis »zynisch« – dabei stehen trotz informativer Details weniger wissenschaftliche Systematik als amüsanter Wortwitz und augenzwinkernde Ironie im Vordergrund.

ISBN 978-3-938157-12-1, Broschur, 96 Seiten,
9,90 EUR

VNL

Verlag Neue Literatur
Jena · Plauen · Quedlinburg
2005

Eike Mewes

Der Tag ist nur der weisse Schatten der Nacht

Drei Filmgeschichten

Wie im Film! Spannung, schnelle Szenenwechsel und kurzweilige, ausdrucksstarke Dialoge. Der Autor Eike Mewes lässt vor dem Auge des Lesers drei inhaltlich ganz unterschiedliche Geschichten wie einen Film ablaufen. Das Auge ist die Kamera! Weil auf eine ausführliche Charakterisierung der handelnden Figuren verzichtet wird, bleibt dem Leser viel Raum, zu dem Erzählten eine eigene Geschichte zu entwickeln.

Eike Mewes erzählt von Klüften, die sich zwischen Menschen auftun können, von Grenzen, Widersprüchen und Befreiungsversuchen, nicht zuletzt von den Abgründen in jedem von uns.

ISBN 978-3-938157-24-4, Broschur, 182 Seiten, 12,90 EUR

Verlag Neue Literatur
Jena · Plauen · Quedlinburg
2006

Günther Rehbein

Gulag und Genossen

Aufzeichnungen eines Überlebenden

Günther Rehbein hat den Gulag überlebt. Und seine Erinnerungen belegen, dass das an ein Wunder grenzt. Doch bei diesem Schicksalsschlag sollte es nicht bleiben: Nach seiner Rückkehr in den sozialistischen Teil Deutschlands wird er vom Staatssicherheitsdienst auf eine Weise bespitzelt und schikaniert, die ihn fast in den Wahnsinn treibt. Rehbeins Leben führt vor, wie ein Individuum von den Machenschaften einer Diktatur beinahe zerstört wird. Doch bei aller Emotionalität wartet das Buch auch mit ganz nüchternen Fakten ostdeutscher Zeitgeschichte auf und zeichnet Abläufe nach, von denen viel zu lang viel zu wenige wussten.

ISBN 978-3-938157-38-0, Broschur, 222 Seiten, 14,90 EUR

Verlag Neue Literatur
Jena · Plauen · Quedlinburg
2006